缑城桃源路旧景　摄于 1953 年

小时候我住在桃源南路
　　现在
　　　我住在桃源北路
　　　我总在想
　　　　人的一生其实就是一条路
　　　　　往南走走，往北走走
　　　　　这一路上的风景
　　　　　　便也是这一世的风景了

四时桃源

应敏明　著

浙江人民美术出版社

图书在版编目（CIP）数据

四时桃源 / 应敏明著. -- 杭州 : 浙江人民美术出
版社，2024. 12. -- ISBN 978-7-5751-0381-7

Ⅰ. I267

中国国家版本馆 CIP 数据核字第 2024S3F006 号

四时桃源

应敏明　著

责任编辑　徐寒冰
责任校对　胡晔雯
封面设计　何俊浩
责任印制　陈柏荣

出版发行　**浙江人民美术出版社**
　　　　　（杭州市环城北路177号）
经　　销　全国各地新华书店
制　　版　浙江新华图文制作有限公司
印　　刷　浙江新华数码印务有限公司
版　　次　2024年12月第1版
印　　次　2024年12月第1次印刷
开　　本　880mm×1230mm　1/32
印　　张　8.75
字　　数　200千字
书　　号　ISBN 978-7-5751-0381-7
定　　价　88.00元

如发现印刷装订质量问题，影响阅读，请与承印厂联系调换。

目 录

第一辑

第二辑

第三辑

第四辑

第一辑

豆腐老头

十六岁时，我高中毕业，被分配到暗岩一家供销社小店当伙计。小店，卖的是吃、穿和用的商品。

暗岩是一个自然小村落，属双水村，离县城很近，从村里过去只要走一条五六里长的沿溪山脚小路。这地方虽然小，却很有名，是围绕着一个古老的路廊①衍生而形成的。这路廊，自古便是缑城②人去台州府的必经之处，明朝时徐霞客开游便经过此地。

路廊是砖木结构的，东头常年放着一只大茶水土缸，缸边挂有三四只毛竹筒，供行人歇脚时取水。早年的路廊都兼茶堂，烧茶水的都是些念佛的老太太。周边除了农户，还有许多商家，修自行车的铺子、缝纫店、小吃店、杂货铺、供销社小店、水作店，还有一座小寺庙，麻雀虽小，五脏俱全，商家做的大都是过路客人的生意。

当伙计的那些年，两个老头对我最好。一个是我们小店里的师父，姓任。任师父是南货行的老人，他辈分高、手艺好，弥勒佛一样的面相；而另一个老头，则是供销社小店旁的水作店老板，姓方，城里来的，人称"豆腐老头"。

紧靠路廊北面，是一座四间的两层楼屋，每间三米三宽、七米长，一楼是通间。水作店在一楼，屋内有个大土灶，土灶旁堆着成捆的柴火，土灶上有一海口大铁锅，套个大木桶，用于烧豆浆。作坊的西头，有个磨豆浆的圆石磨，直径近一米，旁边堆着一袋袋黄豆。灶台旁边，还有个长方形的石板做的豆腐作台，作台上置有三四个正方形的木制豆腐格。室内空气里始终流动着散不去的豆香。

屋外廊檐下挂着一个大竹米筛。民间传说，旧时做豆腐的人最怕小精灵"五通"来偷豆腐。"五通"相貌丑陋，高不盈尺，专偷东西，连米缸里的米也要偷，而把竹米筛挂在门口就能防止"五通"的入侵。这个故事是我刚认识豆腐老头时，老头讲给我听的。有段时间，半夜我会起床从小店里溜出来，摸黑到暗岩路廊去转转，看看能不能邂逅传说中那个调皮的小精灵"五通"。我至今仍觉得现实中如真有"五通"这个小精灵倒是蛮有趣，也是件美好的事。

那时，豆腐老头已至六旬，身材短小单薄，长脸形，眼睛扁长，常年穿着一身有皱褶的灰旧中山装，到了夏天也是如此。让我印象深刻的是，老头镶有两颗金牙，张口时，口中闪有亮光。

老头跟我投缘，每天晚饭后，我总会带上一只搪瓷口杯，到老头的水作店里去坐坐。因为要煮豆浆，水作店里的土灶一年四季都是烧着的。我去时，最喜欢坐土灶边，柴火的光线映照着我的大搪瓷杯子，让杯子上"为人民服务"的毛体字闪闪亮亮的。有时，我们两个会说很多话，天一脚地一脚地瞎聊，有时又都一言不发。不过，即便不说话，场面也不会尴尬，我们似乎相互有着某种默契。

晚上临走时，我都会把那只搪瓷口杯放在水作坊里的土灶上。到了清晨，豆浆好了，老头就会拿那搪瓷杯舀下豆浆桶最上面那一层最浓最香的，给我留着。那是物资匮乏的年月，我也正是长身体的年纪，那每天一杯的豆浆为我打下了好的身板底子。

水作店里有四个品种，豆腐、香干、豆腐皮、空心豆腐。在这一带，老头的豆制品很是有名，他的手艺是祖传的。每年到了七月，老头便要到岔路去收购六月熟的黄豆（当地人叫草豆），岔路是旱地，地阔，日晒充足，适宜种出好豆。虽然六月豆产量低，但做出来的豆制品又韧又香。老头收豆子，一定要亲自去。验豆时，他会抓出一把黄澄澄的豆，放几颗在嘴里嚼。豆硬，又能嚼出浓浓的豆香，才是入他眼的好豆子。

做豆制品时，老头会将当年的六月豆早一晚泡上，把豆子泡松开，再放到石磨上去磨。磨细后，老头就会把豆粉加水装入布袋里，用石头或木棍挤压，把豆浆沥出来，再倒入大木桶里。沥豆浆一定要沥干净，直至布袋沥不出豆浆、全剩豆渣为止。这时，就可以把豆浆放到大锅里去煮了。老头跟我说过，豆制品要做得香，三个要点一个不能少：一是要当年的六月豆；二是要用石磨把豆磨细；三是煮豆浆要慢火，要多烧会儿。

豆浆煮熟后，老头便开始小心地用一只手向大木桶里滴多年的老盐卤（老盐卤做出的豆制品味道更足），另一只手拿根木棒慢慢搅拌，眼睛看着豆浆在老盐卤作用下结成好看的豆浆花。接着，他就可以开始加工各种豆制品了。

那年代，穷人多，一些村民买不起豆制品，就来买点便宜的豆腐渣吃。有时，老头也不收钱，那些豆腐渣，他几乎都是半卖半送。我也到水作坊里去捞过几次豆腐渣，带回家后，母亲就捞咸菜和豆腐渣一起炒，现在想起来，早上拌稀饭是最好吃的。

豆腐老头孤身一人，以小作坊营生，小本小利，很是辛苦。我纳闷的是，我和老头相处三年，从没见他的家人来看过他，也从来没有听老头说起他的过去和家事，这让我觉得有点神秘。我曾听说老头祖上家境不错，现今家里有好几个子女，都在公家单位上班，不知真假，我也从未跟老头验证过。

好在，在他那光线昏暗的水作坊里，总会出现本村的一对母女，她们让这简陋的水作坊色调暖和了起来。小女孩还没上学，扎着两根小辫子，喜欢穿红袄，经常围着老头跳来跳去，总会甜甜地喊着"爷爷""爷爷"，叫得老头非常开心。那母亲三十出头，个子不高，一弯细眉，配着厚唇。她经常会在下午时分出现，到水作坊帮老头推石磨、磨黄豆。那女人用力推着那直径一米的圆石磨，腰弯得很低，汗水从额头上冒出，往地上滴，石磨不停地发出"吱吱"的声音……

记忆中，有一年冬夜，豆腐老头发烧了，我去看他，他蜷缩在床角，瑟瑟发抖。屋内漏着风，寒飕飕的。我看见老头，他似乎显得比平常更瘦小一些，眼睛也较平常浑浊了。看见我，他竟像个孩子般露出些想要依靠的神色。那晚，我来回奔了七八里路，去卫生所给老头配退烧药。当我买回药，一进门，上二楼，我看见豆腐老头已起身靠着床头，那女人正用勺子给老头喂药汤，此时的老头已少了病态，嘴角挂着笑。

我在暗岩小店做了三年伙计，那三年里，豆腐老头待我如亲人。我没什么好回报他，好在小店有酒，老头平素里就好这一口。那时买酒要酒票，但每大只要老头来买酒，无论有没有酒票，我总会卖酒给他。

三年后，我离开了暗岩小店，和老头便少有交集了。

杏树脚下的阿官

民国至"文革"前，缑城最有名的卜易家是杨子云先生，民间称其为阿官，他就住在杏树脚下。阿官先生是位盲人，长得清瘦高大，常年一袭粗布衫，平时走路持着一根已油光水亮的细竹竿，深一步浅一脚。他家有五间木结构的房子，其中三间两层，两间平屋，那两间平屋的后墙就搭在千年杏树的树身上。他的卜易馆在家东头那间房里，约二十平方米，中堂挂着人皇伏羲的画像，画像下一张长条案，放香烛和瓷质帽筒各一对。阿官差不多每天都端坐在长条桌前一张八仙桌旁的太师椅上，八仙桌上还放着一把紫砂壶、一把折扇。当年，找阿官算命、测字、占卜、挑日子都是要排队的。阿官声音洪亮，抑扬顿挫，神情像判官。

阿官出生于一九〇七年，老家在三门沙柳镇溪头杨村。他自幼聪慧，三岁那年因故失明。十岁时，他父亲来缑城给芸香纸店做伙计，阿官则在三门跟着一位盲人先生学算命，以求将来有口饭吃，不至于饿死。当年师父教他学的是鬼谷子给盲人算命先生创造的、口口相传的"瞽目遁"，为了能将口诀倒背如流，他曾被师父打得皮开肉绽。二十二岁之前，阿官住在溪头杨，白天游走于乡间替人算命糊口，生活艰辛。

事有凑巧，当年缑城杏树脚下的三间木结构矮屋是芸香纸店老板的柴屋，阿官的父亲也经常来此叠柴、运柴，他很早就认识了也住在杏树脚边上的卜易家张广扬先生，并与他结为好友。张广扬先生也是盲人，但他手指极细长，人长得有仙气。一天，阿官的父亲看到张广扬先生心情不错，就趁机请求他收阿官为徒。就这样，阿官二十二岁那年来到了缑城杏树脚下，一边摆摊算命测字，一边跟张广扬先生学艺。

阿官极具卜易天赋，三年后他从张广扬先生处出师。出师那天，缑城周边五县卜易高手齐聚缑城西门杏树脚下，一来论天文地理易经卜卦，二来验证一下阿官的功力。场面由张广扬先生主持，大家面朝祖师人皇伏羲画像，由五人通香，并一一宣读通情。通情毕，只见五人每人手握三枚铜钱，放入课筒中摇，接着占卜起卦。根据卦象由阿官一人摸着铜钱断卦，说明事由。只见阿官淡定从容，将天干地支掐于掌中，把卦象的来龙去脉说得清清爽爽，并指明了解惑的方向，艺惊四座。民国二十三年，阿官和他父亲购置下了杏树脚下芸香纸店的三间柴屋，经过扩建和翻建，正式开起了卜易馆。一时，生意兴隆，高朋满座。

长期以来，对于阿官的神机妙算，缑城民间传说众多，最神奇的有这么四个故事：

其一，民国二十四年，一日缑城发生一起凶杀案，凶手已逃，李涵夫县长多处搜捕无果，感到束手无策。他不得法，就来到阿官的卜易馆卜上一卦。卦毕，阿官说，今天上午巳时凶手会出现在溪南范家一带，中午午时，凶手就会跑到城东面的白峤岭脚。李县长将信将疑，但也无他法，他抱着试一试的想法，回县府组织了两队人员，一队人马去溪南一带搜捕，一队人马由他自己带领去白峤岭截人。上午巳时去溪南范家的一队人马未逮住凶犯，中午午时，凶手真的出现在白峤岭脚，被李县长一行一举擒获。为了感谢阿官的神算，李县长亲书"杨子云卜易馆"的匾额，挂在阿官卜易馆的中堂，直至"文革"前。

其二，民国某年间，缑城西门的八士巷，夜里经常会传出一个女人的哭泣声，凄惨无比，弄得人心惶惶，八士巷的一位长者就来卜问阿官。阿官占了一卦说，那女人是冤死的。长者一听非常害怕，就问阿官有何解法。阿官说，下礼拜桃源桥市日，在下午申时，有个东路老妇人会牵一头乌羊来卖，其他乌羊是黑卵，但这只乌羊是白卵。你把这只白卵乌羊买下来，在晚上子时牵它到八士巷走一圈，那女人就会被它收走，八士巷从此会太平。到了那天市日，下午申时，老者果然看到来自东路的一位老妇人牵着一头乌羊来了，他埋头一看，乌羊真是白卵，就买了下来。到了晚上子时，他牵着白卵乌羊到八士巷走了一圈，从此，八士巷就再也没有出现过女人的叫声。事后，老者去询问阿官缘由，阿官说，天机不可泄漏也。

其三，民国三十六年，有一天，缑城有名的郑姓财主被枫槎岭的土匪绑走，土匪扬言要郑家五天内送赎金大黄鱼（金条）二十根，不然撕票。消息传来，郑家人惊慌失措。虽然郑家屋多田地多，但家里哪有现成的二十条大黄鱼，家人赶紧四处筹措，筹了两天也只筹到八条大黄鱼，非常慌张，只好来找阿官算算吉凶。只见阿官面朝人皇伏羲像，上香，占卜，并根据卦象掐指一算，说，你家主人有惊无险，明天上午辰时必定回家。郑家人将信将疑，准备等到明天上午辰时，如郑财主未准时回家，就拿八根大黄鱼和避司弄的房契去赎人。哪知到了第二天上午辰时，便见郑财主竟然真的神色自如地回来了。一时，一家人惊喜无比，随后就请人写了横匾"神算阿官先生"，下午就送过去谢阿官。下午郑家一家人到了阿官家，一开始调侃，阿官先生，你说今天上午辰时我家先生能自行回家，可现在已到下午酉时了，先生还不见踪影。哪知郑家人话音刚落，阿官就拍案而起，手指着郑家人说，你家先生上午辰时已回，你竟还敢诡言。看见阿官先生真生气了，郑家人赶紧笑脸赔礼，并送上横匾。此事一时成为嵊城美谈。

其四，话又说到李涵夫县长。民国二十七年，有天李县长来阿官处喝茶。阿官怎么都感觉李县长的言谈举止中有异样，但他一时也说不出什么原因，只见他马上拿出竹签筒，叫李县长测字抽了支竹签，李县长当即抽到了支有血光之灾的下下签。接着阿官又替李县长排了生辰八字，算了命，阿官大吃一惊，跟李县长说，县长大人，您半月内有血光之灾，请您在此月内，在家中静养，不宜出远门。当时，李县长身体健壮如牛，便一笑了之。哪知刚到半月，李县长赶赴宁波开会，在途中车祸而亡。李县长之死，竟被阿官一语成谶。

民间除了占卜测字，需求最多的还是算命，排八字婚配、红白事，造屋选吉日。其实阿官最出名、最擅长的还是算命。阿官的盲人算命，还受过嵊城上辈卜易算命名家"桃源子"的点拨。每当有人来算命，阿官都会端坐太师椅上，让人报上年龄、出生年月、性别，然后，他掐指默算几分钟，在这几分钟内，他大脑迅速换算，把顾客的信息换算成天干地支，又把天干地支换算成年月日时四柱八字，再按四柱八字分析阴阳五行的旺衰休囚、冲克制化，排列出主顾的个性、学业、文印、事业、婚姻、财运及寿年等一生流年运程。这时，他便胸有成竹，"眼睛白着，三弦挟着"，一边弹三弦一边念唱，念白徐缓，唱腔高亢，道出顾客的一生运程，说得一清二楚。比如婚姻、财运、官运、寿年等他都用念白；对于劝人为善类他会用"算命调"唱；比如要说顾客境遇不佳、疑遭小人时，阿官会唱道：

做人要小心，

背后的小人。

你难忖（方言：不要以为）肩膀被他拍一拍，你就可以把他当成大善人；

你难忖衣裳边被他拉一拉，你就可以把他当成活菩萨。

他是小人呀！

你可要当心。

在昏暗的房间里，一脸严肃的盲人，冷漠地弹着算命调，高深莫测，场景神秘。一般来算命的人，都会入戏，奉阿官为神明。

当年，猴城儿女婚配，许多家庭都会由家长和媒婆拿着男女双方的生辰八字和生肖，请阿官算算天干地支和生肖是否三合六合。一旦算下来不合时，阿官一定会正襟危坐，眉头紧蹙，连说三声："配勿来咯，配勿来咯，配勿来咯——"最后一句还拖着长音。中配的，阿官则说两声："一般配配，一般配配。"上配的，阿官则喜笑颜开，一边用手指有节奏地敲着八仙桌面，一边也连说两声："好配咯，好配咯。"相对婚配，红白事、造屋选日子则简单些，只要当事人的生肖和吉日宜就行。只是在丧事上，参加葬礼的人和出丧日子生肖不合时，则要在出丧那天回避一下。凡是来请阿官来选日子的，都会按照阿官吩咐的去做。

　　"文革"开始后，阿官是猴城第一个被游街批斗的人，他手持细竹竿，戴着高帽，步履趔趄，吃尽苦头。那年月，杏树脚下的卜易者都歇业了，有名的有阿官、乌人、严望水、潘为丁。由于阿官名气最大，就要求他现身说法，破除迷信。"文革"前一段时间里，阿官天天被宣传部的同志领着去各个公社大队做报告，要他以亲身经历，说明算命、测字、占卜、挑日子都是骗人的把戏。在台上的阿官说，卜易者都是一听（引诱多讲），二套（套话），三哄（骗）。他还经常举他算命的例子，二十世纪五十年代初，东门有位六旬汉子来算命，阿官听他声音洪亮、握手有劲，认为他身体很好，就说他能活过阎王都要来讨命的八十四，哪知这东门人当年便病死了。更为有趣的是，阿官说，有次西门柔石故居边有户农家能生蛋的老母鸡不见两天了，那时候鸡蛋要给一家人换盐吃，老母鸡是她家的"鸡屁股银行"，两天不见，这家女主人急得不得了，没办法，她来找阿官，请他算算老母鸡跑到哪里去了。只见阿官掐指一算说，这只老母鸡还在，在离鸡主人家西边一百来米处一户人家的柴屋里，女主人一寻，果然寻回。其实这鸡是有人把它关进别人的柴屋，然后告诉阿官，讨点酒喝的。当时，阿官的此类现身说法很受欢迎，宣传部的同志看他说得生动，也就很高兴，阿官在台上做报告时，他会主动给阿官倒茶水，以示对他的奖励，阿官对此当然也是受宠若惊。

　　其实，阿官的卜易真还有个好处，一些走投无路、寻死觅活的人来阿官处，听了阿官的劝慰，都能增加他们活下去的信心。因为，他们因此而认为一切的厄运都是天注定的，人是争不过命的，也就好死不如赖活，认命了。从某种程度上来说，卜易者又是心理学家，能安慰人的。

阿官喜喝酒和美食。他一天要喝四顿酒，早中晚夜。喝酒，人家是越喝越糊涂，他可是越喝越新鲜。最著名的阿官喝酒事件，就是当年李涵夫送匾那次。阿官高兴了，跟李县长在西门杏树小酒馆喝酒，据说他一个人喝了一坛酒，讲了一夜故事。二十世纪六十年代初，阿官经常囊中羞涩没酒钱。没酒喝，他的肚子难受得就好像是爬满了蚂蚁。一天，阿官把他的老婆叫到跟前，拉着她的手说，老婆呀，你手上的戒指成色太低，香港的戒指成色才好，款式又新颖，现在我把你的戒指卖掉，托人去香港给你带只戒指来。说着，阿官就把他老婆手上的戒指撸了下来，转眼就去换酒喝了。

二十世纪六十年代之前，阿官日子过得还算富足，不仅蔬菜要吃时令，猪肉要吃岔路的黑猪肉，还一天到晚念叨着八月桂花大黄鱼，冬鲫夏白，九鲚十泽。那时杏树脚也卖海鲜，到了有大黄鱼的季节，往往小黄鱼都卖光了，而大黄鱼价高卖不掉。这时，卖大黄鱼的人一定会拎着最大的那条去找阿官，阿官每次总会推辞说，大黄鱼太贵了，我吃勿起，吃勿起。一边却用手去摸摸大黄鱼肚子大不大，肚子越小黄鱼肉就越细紧鲜滑。这时，卖鱼的人总会说，阿官先生，这大黄鱼您先吃上，等有钱了再付我。每当此时阿官都会说，好咯，并顺水推舟地把这条大黄鱼收下，当天就会清蒸或红烧着吃了。

　　阿官赊账吃大黄鱼在杏树脚是出名了的。阿官平时还喜欢煮田螺下酒，尤其喜欢吃清明前后的田螺。他总说，清明前后的田螺最能醒目。这时，一起喝酒的人往往会笑着揶揄说，阿官先生，你还需醒目？说毕，阿官也会哈哈大笑了起来。其实，阿官对三岁失明一事一直是耿耿于怀的。

　　阿官有八个子女，他家平时每餐吃饭前，家人一定要先坐齐等他。他在动筷前，有个习惯动作，一定要伸手把桌上的菜碗再拢一遍。然后，他先动筷，全家人才能动筷。他管子女也很特别，靠声音。他会站在自家二楼的窗户前，喊子女的名字，子女一个个有回音，他才放心。

　　阿官卒于一九七四年，时年六十六岁，距今已有五十个年头了，但猴城还流传着一句妇孺皆知的口头禅："尔（你）像阿官一样。"在此，阿官泛指能预测点事情的人，而这句口头禅，已成为猴城当今一句有名的俗语了。

冤家父子

一

老魏和小魏是对父子。老魏高大魁梧，身板硬，单眼皮，马脸，脸部肌肉僵硬，像刀削过一样，眼珠子漆黑，目光能割人。小魏细个儿，皮肉嫩，眼睛透亮，单眼皮，白面书生的模样。

乍一看，老魏和小魏的相貌大相径庭，不像是父子。小魏面貌也不像母亲。单位和邻里议论纷纷，说小魏是老魏捡来的。老魏夫妇也说，那年春里，有人把一个小男孩丢在了他家门口，他俩膝下无子，也就领养了。有邻居出来作证说，当年，包小孩的包袱上还挂有一张写着生辰八字的红纸。这些似乎坐实了小魏是老魏夫妇捡来的。当然，这一切都是瞒着小魏的。

小魏和老魏从小无缘，幼时只要老魏一抱上手，小魏就会哭闹个不停。老魏不抱，小魏一人躺着，或由他妈妈抱着，都很安静。老魏的老婆翠英一直说，老魏和小魏这对父子，生来就是一对冤家。老魏不信，一天，他一个人偷偷跑去西门杏树脚找算命先生，老魏报上他和小魏的生辰八字，瞎眼算命人手指一掐，说，小魏生在凌晨一点丑时，命硬；老魏属鸡，小魏属兔，父子生肖相克。

这倒是真预言了日后这对父子的关系。

二

早年老魏在緱城可是个人物，民国时他是走水路贩海鲜的，跑的是单帮。緱城离石浦港不到百里，石浦港是东海港湾，水温高，水质清，鱼肉特别鲜嫩。老魏主要贩黄鱼、带鱼、鲳鱼、目鱼、螃蟹、海鳗等。从石浦港走水路到緱城时间不长，一天就能到，关键是运费低。如果走陆路，车拉人挑，时间差不多，但费用太高，价格就没有竞争力。

那时，一般人还不敢走水路，这水路上有"绿壳"（当地海盗和强盗的代名词），因头目满脸是麻子，江湖上就称之为"麻子"。早年，那麻子没做"绿壳"时，是老魏一起练武时结的把子兄弟。麻子坐上石浦港"绿壳"的头把交椅后，老魏走水路就沾了光。每次老魏的船经过"绿壳"出没地，只要老魏站在船头吆喝一声，就能顺利通过。老魏因此得水路之利，当年緱城的海鲜许多都由老魏从石浦港运过来批发给小商小贩。老魏在緱城老街有两间水产铺，那时，海鲜没办法储存，老魏就按时令卖鲜货，平时长年卖干货、咸货。

"土改"时，评成分。工作队难评老魏的成分，评"资本家"老魏不够格；评他"流动小商"，他还有两间店铺；最后定他为一个字"商"。幸运的是，镇压反革命时，"绿壳"麻子在石浦被捕，当即被枪毙。人死了，无从对证，不然的话，老魏极有可能因为和麻子的把兄弟关系而被列为恶霸，说不定和麻子一样吃枪子了。对于这段历史，老魏一直掖着藏着，讳莫如深。

三

二十世纪五十年代公私合营，老魏一条破船、两间店面入股，参加了公私合营，六十年代初，他们的水产门市部并入了供销社。

那段时间，老魏的日子还是比较安逸的。在单位和邻里间，老魏保持少说多做的作风，尤其是加工水产品做干货咸货，老魏很有一手，业务上，供销社的人都要向他学习。但老魏也有烦心事，老魏和翠英结婚近二十年了，膝下还无子女。老魏祖上又是三代单传。以前走水路，险，老魏日子过得惊惊颤颤，也就没时间去想传宗接代的事。二十世纪六十年代初，老魏按捺不住，向翠英提出要到外面去借腹生子。翠花也不是好惹的人。当年翠花虽是农家女，也是农村乱弹草搭班子的花旦，忙时农活，闲时唱戏。老魏就是在花楼殿戏台上认识翠花的。翠花一经装扮，扮相妩媚，声如莺啼。当年只要翠英在花楼殿演戏，他一场不缺地去看戏捧场。日子久了，又加上请了镇长保媒，翠英也就嫁给了老魏。

现在，翠英一听老魏要借肚生子，要冷落她，就上演起一哭二闹三上吊。但这时的翠英没想到，这些招没用。如果翠英真吊死了，还真上了老魏的当，他可名正言顺续弦了。闹久了，翠英也没法子，只能由了老魏。

老魏有个远房亲戚，老婆个子不高，皮肤白嫩，很会生养，不到三十岁，就生养了三男一女，家里穷得孩子光屁股满街跑。一天，老魏就上门跟他直说，要典借他老婆肚子生孩子。缑城旧时就有典妻的习俗，就是穷人家把老婆典租给别人家生小孩，孩子生完就回自家。当年柔石写的、后改编成电影的《为奴隶的母亲》，说的就是緱城典妻之事。新社会当然不能做这事，但为了老魏家不断子绝孙，他想好了，甘愿冒任何风险。好在，老魏那个远房亲戚穷得实在走投无路，只好答应了。他们偷偷摸摸地说好了，对外绝不透露半点消息，老魏每月给他三十元钱，孩子生下来是男孩再给二百元、女孩一百元。

小魏就是老魏借肚子生的，生得像他的生母，白白净净，除了单眼皮像老魏，其他一点也不像。小魏没满月，按照事先商量好的办法，一天，母亲就偷偷把他丢在老魏家门口。

四

老魏的父亲也是做海鲜生意的，老魏从小就被溺宠着。小时候他就长得高大，胃口也大，十岁就能吃下十个包子、一只红烧鸡。物质贫瘠时期，没东西吃，而老魏总会有花样弄到吃的。

一天，老魏找出家里藏了多年的大渔网，用丝线把大眼洞织成小眼洞，他一个人跑到山坡上去，先观察是否有鸟儿频繁出现，然后用竹竿撑起撒开了的网放在山坡上，一天下来会有各种鸟儿自投罗网。除了网鸟，老魏还会在不同的季节下田捉田鸡，下河摸螃蟹、泥鳅、黄鳝，上山捕蛇。再没东西吃，他就会去供销社买瓶农药来，去药溪坑鱼。

每次有了战利品，老魏就会一个人躲进厨房，把门关起来烧着吃。老魏会烹饪，是食客，会烩炒鸟肉、煲鸟汤、红烧田鸡、椒盐蛇段、清蒸鱼虾螃蟹。他最拿手的是将捕到的野山鸡（带毛和内脏）用三河岭的生黄泥包裹起来，放进灶膛火灰中煨，煨熟后，剥开黄泥，鸡肉香酥，入口即化。

老魏这人天生喜欢吃独食，每次他弄好吃的，总是放在自己面前，先吃上一肚子，剩下些残羹冷饭，才允许老婆翠英和儿子小魏吃。有时，好饭菜放在桌上，小魏嘴馋，忍不住伸手用筷子去夹，被老魏看见会用竹筷掉头去打小魏的手指。平时，小魏调皮捣蛋也没少挨老魏的揍。

一天，小魏在地里玩，听到隔壁邻居夫妻说悄悄话："你看，老魏待小魏一点都不好，终究不是自己亲生的。"从那天开始，小魏真认为自己是老魏夫妇领养来的。

五

"文革"开始，老魏在各种批斗会上从来不是主角，够不上格，但有陪斗的份。说起来也很滑稽，大概是老魏陪斗陪习惯了，到后来形成条件反射，只要组织了批斗会，他会主动上台去一边站着。其实，老魏这一招真灵，大家都认为老魏思想改造态度好，许多人还因此对老魏产生了同情心。后来，老魏的厄运终于来了，有人举报老魏和"绿壳"麻子是把兄弟，批斗时要老魏老实交代和"绿壳"麻子的关系。好在，老魏本来就是江湖中人，知道承认等于杀头，所以死不承认。

老魏越不承认，批斗就越厉害，但不知为什么，越批斗，老魏的脸色却越红润。原来老魏每次批斗完回家，一定会一个人偷偷拆开卧室后面墙上的砖头，从砖洞里拿出他秘藏的百年老山参，放在嘴巴里用牙齿狠狠地咬上几口，然后又放回去。那种老山参劲大，临死的人咬上几口都能多挺几天。

在老魏被人揭发是"绿壳"麻子把兄弟而遭批斗的那段时间，小魏已经上小学四年级了，但因为老魏，他入不了"红小兵"，同学还把他叫成"小绿壳"。加上，小魏平时经常遭老魏的打骂，想到自己是老魏捡来的弃儿，命这么苦，小魏对老魏充满着切齿的阶级仇恨。所以，他发誓要和老魏划清界限。机会总算来了，一天小魏看见老魏在卧室里挖开砖头查看两包东西，觉得很奇怪。第二天，小魏趁老魏不在，也挖开砖头看。砖洞里有两包东西，一包是十多根老山参，一包是几十张欠条。当天，小魏就去向学校红小兵组织报告说，发现老魏的"变天账"。这消息在学校如惊雷般炸开了。当即，学校革命组织会同几个红小兵，在小魏的带领下，来老魏处抄家，抄走了一包老山参、一包欠条。这些欠条都是民国时一些小商小贩欠老魏的海鲜钱，也是老魏幻想着哪天能把这些钱要回来的证据。这不是"变天账"又是什么？

那天，猴城的一所中学操场上举办了一场万人批斗会，轮到批斗老魏时，小学生小魏竟然敢当着万人的面说自己从小是弃儿，从小受阶级敌人老魏的欺压，宣布和他脱离父子关系。

那天，老魏被人打折了腿。

六

那次批斗会后，小魏就离家出走了，八年未回家。"文革"后，老魏要退休了，听说小魏还下放在农村，日子过得很苦。那时候，供销社员工退休后，有一子女可顶替，老魏就叫翠英去找小魏，让他顶替自己，进了供销社工作。那年，小魏十九岁。

　　就在小魏正式进入供销社工作的那天，老魏远房亲戚的老婆，也就是小魏的生母，找到了小魏，告诉他，老魏是他的亲爹。

　　很多年以后，老魏老了，脸上肌肉松开了，性情也变得越来越温润了。小魏也早已成家，有了自己的子女。

　　但这对冤家父子，一辈子都没有和解过。

独眼唱人

老人今年七十有一，中等个儿，瘦，头顶微秃，两只眼睛一大一小，一亮一瞎。因着眼睛，他得了两个绰号，乡人称其"独眼西叶"，同行唤他"大小眼先生"。

我是在一场朋友老母亲的葬礼上见到老人的。灵堂上，一位妇人在为逝者哭灵，唱的是越剧《黛玉葬花》，四个男人在一旁伴奏。哭唱声和着乐器声，婉转凄切，犹如一台戏。

妇人哭罢，其中一位伴奏老人端坐长板凳，左手打"三块"（如快板，但有三块），右手执鼓筷，轮番击打起响板和落地圆鼓。见老人起兴，另外三位马上也抖擞起精神，拉二胡、敲铜锣、吹唢呐，一时间惊天动地。老人开腔，唱起了平调《刘备哭灵》，虽然词不达意，倒也情绪相契。老人大段大段地唱着，唱得声嘶力竭，当听到"千把百万支箭穿刺我胸膛"时，我浑身起了鸡皮疙瘩——我从未见过如此震撼的民间表演。

表演结束，我主动与老人攀谈。走近一看，他竟是一位独眼老人。

老人是宁海长街总浦塘人，叫董西叶。董先生说，他的眼睛原本是好的。六岁那年秋天，他随父母去田里堆稻草垛子。堆到最后一个三米高的垛子时，突然刮来一阵怪风，掀翻稻草垛子，把他埋得严严实实。当他被父母从草堆里扒出时，双眼已被稻草刺中，鲜血直流。

那时家里穷，没钱医治。有好心人告诉他母亲，胡陈有座平水庙，庙里有个会治眼疾的和尚。母亲牵着幼儿赶了三十里地，找到平水庙。和尚看过眼睛，给了一包草药。母亲每天熬煎草药，涂抹在儿子眼睛上。三个月后，董西叶一只眼睛好了，一只眼睛还是瞎了。

董西叶九岁才上小学，因为眼疾，时遭他人取笑、羞辱，不到两年，他就辍学回家了。

一天娘舅来访，见西叶呆坐角落，神情落寞，建议外甥去学说唱，说有一技傍身，今后可为自己留条活路。父母点头应允。娘舅随即介绍了同村一位"癞头强"师父。"癞头强"在本地一个戏班唱后场，能唱会敲善拉，只是瘌痢头不雅，上不了前场。

拿定主意后，娘舅让西叶提着两包红糖、红枣，登门拜师。"癞头强"见小西叶虽患眼疾，但长相文气，心生喜欢。他叫小西叶随便吟唱几句，西叶天生一副好嗓子，声音清脆有力，"癞头强"当即收他做了徒弟。

一开始，"癞头强"并不教西叶才艺，西叶每天扫地、端水、给师父点香烟。闲活做了大半年，"癞头强"终于教他吹拉弹唱了。多年以后，董西叶方才领悟师父的良苦用心：拜师学艺，先得懂规矩、磨性子。"唱戏人得不急不躁，才应付得了场面。"师父说。

"癞头强"不识谱，民间艺人的功夫大多靠口口相传。"癞头强"告诉西叶，唱词或长或短，音调忽起忽伏，唱腔才能有韵有味。初学时，"癞头强"每天打着拍子叫徒弟哼唱"咚咚锵，咚咚锵，咚咚咚咚锵，锵锵锵"。师父说，这是为了找准乐感，打开嗓门。过了一些时日，师父开始教西叶戏份。小西叶天资聪颖，很快就学会了好几折地方戏，生、净、丑、二胡、点鼓、敲锣，样样都能上手。

到了十四五岁，西叶开始跟师父外出赚钱。每次出去，"癞头强"身上挂满胡琴、唢呐、铜锣，小西叶则是前胸挂小鼓、后背驮大鼓。师父走在前面，他跟在后面，月亮夜附近乡道上常常可见这对师徒行进的身影。年及弱冠，董西叶离开师父，独自跑起了江湖。西叶虽然会唱传统戏，但独眼人上台表演毕竟不便，似也有碍观瞻。于是他只能做一位江湖说唱艺人，出现在四乡八里的红白喜事上，或参加一些民间文艺演出，赚点辛苦钱。时间久了，西叶在业内名声日隆，同行人接下"大单"、生怕掌控不了场面时，都会请"大小眼先生"去坐镇。

西叶老人广受欢迎的原因，在于他的一手绝活。无论什么场面，他都能根据事件、人物、环境、情绪现编现唱。比如，一次前村有个村民不幸被雷电打死，此人平日为人很好，大家都觉得老天爷不公平，但村里的多嘴婆说，此人肯定前世作恶，今生才遭报应。西叶老人听了愤愤不平，在灵前即兴唱道："可怜可怜真可怜，被雷打死睡田边，大家都说前世事，难道前世没有天。"言下之意，如果前世也有天，为什么前世不打死他。这便唱得听者心服口服。

从拜师学艺始，西叶老人说唱已经有五十八个春秋。半个多世纪，这位独眼老人靠着一张嘴养活了自己，也养活了一大家子。如今，他的儿女都有出息，老人自己也衣食无忧，但他还是经常出去献唱，说闲在家里浑身软绵绵，出门一拿上乐器，人立马就有了精神。

　　老人说这话时，我眼前又浮现出他说唱的场景：双目一睁一闭，左手打"三块"，右手执鼓筷；击鼓时人忽起忽坐，鼓声如雷，老人高腔滚唱，声调旷远、粗粝。此时，我耳边回荡的早已不是人声和器乐，而是来自灵魂深处的呼唤……

大宋老倌

大宋老倌走了，这是事后老倌的隔壁邻居告诉我的。听罢，我竟一时缓不过劲儿来，心中像是蒙了一片阴云，不窜风、不透气，浸不出一点光线。

老倌生活在越溪乡大宋村。越溪乡在宁海的东边，靠着海，滩涂密布，海草离离，但大宋村却是坐落在离海滩较远的山旮旯处，零零散散，几户人家。老倌家就在山旮旯旁，四间的两层小楼，空气极为新鲜，夹杂着泥土、树花的馥郁之香。

老倌是农民，农民只能糊口，难养好家，而老倌养好家的本领是"跑地皮"。"跑地皮"是古玩行里的术语，就是起早贪黑，到老镇子、老村子、老宅子旁转悠吆喝，收购老物件，农村老人叫这些"跑地皮"的人为"收宝客"。宁海"跑地皮"的人主要是收购明清家具，是这个行业中最底层、最辛苦、最卑微的，但也是常常能产生奇迹和故事的一类人。如某一日收到一件宝贝，第二天就成了富人；如某某捡漏到一件很值钱的旧物件，就有了娶媳妇的钱……故事真真假假、虚虚实实。许多贫寒的"收宝客"不要说晚上，连白天都在做收到宝贝的美梦，这样的梦想能让他们暂时忘记生活的苦难，似乎日子也就美好了一些。

大宋老倌姓什么、名什么，我全然不知，也不确定具体年龄，只知他七旬有余。老倌五短身材，瘸腿，由于长年雨淋日晒，黝黑的脸上折着深深的皱纹。让人印象深刻的是他的双眼，清澈有精神气，就像猎犬的双眸。从老倌的外形一看便知他是个经得起风霜、跑得了江湖的人。我也不知道这是褒他还是贬他。听说他"跑地皮"有二三十年历史，有人说他一天可徒步"跑"上百里，四邻八乡、旧宅老屋里的人几乎都认识这个瘸腿老人，不知有多少物件经他的手从这个历史悠久的缑城消失。宁海自晋代建县以来，名人辈出，名匠不断。宁海五匠闻名于世，不知产生过多少精巧之物，尤其是明清家具，独树一帜，包括鼎鼎有名的"十里红妆"。但这些宝贝自改革开放以来，被一群像大宋老倌一样"跑地皮"的人，过筛子一样淘空了，许多老物件都远渡重洋去了美利坚、大不列颠……乡村、城市许多的历史沉淀、文化符号也因此和我们渐行渐远，甚至完全消失。但这个罪不应该怪到老倌头上，何处又不是如此呢？对于老倌来说，这只是一个养家的行当，而且宁海就算没有大宋老倌"跑地皮"，也会有小宋老倌或者其他什么老倌。

　　我和大宋老倌相识已经十余年了，时隔多年，我还记得第一次去他家的场景。那是一个乍暖还寒的早春，我在朋友的带领下去"跑堂子"——也就是去"跑地皮"的人家里买货。那一次极巧合，当时老倌从外面收货回来，蛇皮袋里装了一只脏兮兮的篾丝盒。我对这个脏兮兮的东西毫无兴趣，幸亏朋友眼尖，告诉我这是清代的祭盘篾丝盒，是难得的佳器。于是，我将它拿在手上端详起来。祭盘盒呈长方形，内有十二个祭祀用的小篾丝盘，盒内底部朱红漆书写"乾隆乙亥年太源福号"，器物以大漆描金，器物下盒雕有人物，精美无比。没多费口舌，我就花三千多元将盒子买了下来。大概老倌看我出手还算阔绰，人还爽直，便从此和我结下了忘年之缘。

　　行内都叫他"大宋老倌"，于是我也不甚礼貌地称他"老倌"。可他对我却极为尊重，十多年来始终叫我应同志，好像我是个在机关单位工作的同志似的。后来我想，老倌叫我应同志也没有错，因为我们有共同的爱好——喜欢旧物。和老倌相识以后，我三天两头往他家跑。老倌是宁海最会"跑地皮"的人，每次"跑地皮"回来，都会打电话给我："应同志，今天我跑来什么东西……"于是，我也不厌其烦地跑到他家去看货、买货。时间久了，感情好了，凡是老倌"跑地皮"跑来的旧物，都让我看第一眼，我没看过之前老倌绝不卖给其他人，结果弄得其他买家颇为反感，好像老倌家的好东西都给应同志买走了。这在无形中给我造成了压力，有时老倌的货不好，我也尽可能掏钱买一些。但老倌确确实实曾卖我一些好东西，至今我还珍藏着，并时时欣赏着。

　　如今老倌仙逝已有一段时间了，于情于理我都应该去大宋村吊唁一番这个平凡而又传奇的人。然而不知为何，我心底深处却惧怕去他家。怕去老倌家被那熟悉的环境勾起无尽的悲伤？怕在老倌家看到他的遗像不知如何和他对话？我不知道，人的情感是如此复杂。思前想后，还是作此小文，以寄哀思吧。

上海女知青杨同志

二十世纪八十年代初，我在区供销社当文书。那年我十八岁。办公室在緱城千年老街中大街的一处楼房里，在二楼，窗朝南，窗外有株硕大的梧桐树，手一伸出，可以摸到宽大的梧桐树叶，茸茸的，软软的，手感很好。

我办公桌对面，坐着一位女物价员，年近三十，我叫她杨同志。她是上海知青，先是投亲靠友下放到宁海杨家村务农，三年后招工进供销社工作。今天听来，叫年轻的女人"杨同志"怪怪的，但当年我就是这么叫她的。或许因为我是初来乍到之人，叫她同志体现我对前辈的一份尊敬。其实，不仅是她，在单位除了有职务的按职务称呼，其余年纪比我大的，我都叫同志。

杨同志中等身材，宽脸，厚唇，有点胖，戴着一副塑料蓝框眼镜，相貌平凡，但她穿着讲究，举止文静，声音轻柔好听，整个人透着洋气——一看便知是个上海人。

杨同志爱干净，我们的办公室总是窗明几净，一尘不染，这倒让我享受了整洁环境的舒适。她早上来上班，一定先拖地擦桌，中午又要重复一次。有时，我要拖地擦桌，她总嫌弃我做事毛手毛脚，擦不干净。我们办公室除了干净，还总是弥漫着一股不浓不淡的香味。她洗手很勤，办公室右边靠窗处的一把方凳上，总是放着一只花色搪瓷脸盆，盆中有一条干净的花毛巾，一块美国"力士"牌香皂，无时无刻不散发着一股好闻的香味，在那年代这可是奢侈品。

以至于我离开办公室，身上还有这种味道。有时会让人误解，这小青年身上怎么会有香味？

现在没人带手绢，那时作兴 [1]，杨同志口袋里总装着一块好看的丝手绢。她会在手绢上滴花露水，很香。平时，她常会拿出来轻轻擦抹额上的汗丝，动作缓慢、轻松，但看上去我觉得她没在擦汗，像是在做假动作似的，让人觉得有点矫情。

那时候还是计划经济，物价工作极重要。我们单位进来的所有商品都由杨同志定价，不管商品畅销还是滞销，差价比例都是一样的，上级有规定，控制在百分之十左右，不能因为畅销了，差价就定得高。供销社下属部门多、商品多，平时，杨同志的工作比较忙碌，她那把红木算盘使用频率也很高。杨同志有个习惯，一有空，就喜欢擦抹红木算盘，不沾上一丝灰尘，油光可鉴。

工作空闲时，杨同志会掏出一只微型收录机，听听刚刚入境的港台音乐。她会把声音调到最低，差不多就她一个人能听到，有时会用蚊子般的声音跟着唱。

我看得出，在单位上班，她不安心，总想回上海。好在二十世纪八十年代计划经济有点放开，商业单位可前往宁波、杭州、上海进点商品。这下，杨同志就有发挥空间了，也有了经常去上海的机会。杨同志祖上是宁海黄坛杨家，其父民国时是上海步云胶鞋厂的老板，在上海滩商界颇有名气，后来一直在胶鞋行业工作。凭着这层关系，单位就派杨同志去进点以胶鞋为主的百货。每次她去上海

注①："作兴"表示"按道理，按规矩，按正统来说，应该这么做"。这个词强调尊重传统和规则。（宁波、台州方言）

都不曾失手，常有收获，因而，单位领导都高看她一眼。有时从上海回来，她还会带点小点心和小商品，会给我一两只小蛋糕或一块"力士"香皂。这年，我处对象了，对象是一个单位的，我就把杨同志送我的"力士"香皂送给了对象。对象说，这香皂味道好闻。这对象日后就是我的妻子。

　　一直以来，我都对杨同志充满着好奇。民国时，她是上海资本家家里的大小姐，那该是怎么样的生活场景呢？现在，这一切只能通过过去的电影才能了解到。我第一次见到杨同志的父亲是在我们办公室，第一感觉是他们父女真像——宽脸、厚唇。杨父亲穿着蓝色的束腰夹克衫，讲话声音洪亮。他一进门看见窗外的梧桐树就说，这梧桐树原产法国，当年上海法租界里种植得最多，老家的中大街两边种满了梧桐树，真美。

　　事后我知道，杨父亲那次来，是跟我们单位领导商量女儿年纪大应该找对象的事。但让杨父亲失望的是，杨同志是个不婚者。过了几年，杨同志返回了上海。一九八八年底，我结婚前和爱人去上海买东西，头天晚上还是在杨同志家打地铺过的。这是我们最后一次见面。再过了若干年，听说她因病走了。她一生孤寂，未曾婚嫁，但应该也有快乐的日子吧。

小张和老张

先说小张。

小张今年三十岁出头，小个，圆脸，眼窝深，有些像越南人。小张玩瓷器，老窑瓷器。他在宁波古玩城有爿^①店，店不大，放着一张八仙桌、几把凳子，柜台、橱窗里摆放着各式各样的瓷器、瓷片。平素里，小张总一副无精打采的模样，身体软绵绵，眼睛白花花，可一谈老窑，唐朝的、宋朝的，他就口吐莲花，眼睛眯成一条缝，好像随时能放出电来。

现在的古玩界黑不隆冬的，但小张从不做假货，口碑很好，就算自己吃进假货，他也不以假售假。当然，人在江湖走，哪有不湿脚的，早年一次，他花了几万元拿进一件南宋龙泉斗笠碗，结果买"砸"（假货）了。几万元对于做点碎瓷和瓷片小本生意的人来说，抵得上几个月的收入了，但在众人面前，小张居然还满不在乎乐哈哈地说，只怪自己功夫不到家，买了个教训。其实，谁都知道，小张的那个痛，肯定是刺心扎肺的。

平日里，小张总与古瓷做伴、跟圈内人交流，没见过他交过什么女朋友。朋友好奇，就打趣，小张，你都三十好几了，怎么还不娶老婆？小张听了就打哈哈，总说，快了快了。有一天，小张在朋友圈中发出了一张姑娘的照片，在留言中隐约透露出他有女朋友了。但在过后的很长时间里，人们终究还是没有在小张的店里见过那姑

注①：浙东方言中，"爿"字用来计算店铺的单位。

娘的情影。也不知小张真有女朋友否？

日子一长，行内的人都晓得，小张有眼光，人品好，所以许多喜欢老窑的人空闲时间都爱往小张的店里跑，看看货，喝喝茶，聊聊天，老张就是其中一个。

老张今年刚过五十，和小张是古玩上的朋友，二人站在一起颇有喜感，小张一米六出头点，老张却是一米八五的高个。小张神态诙谐，老张表情严肃。老张玩老窑资格比小张老，但老张碰上了难题，也会和小张商量。小张说，老张是不耻下问；老张说，小张是后生可畏。老张的裤兜里永远缺钱，因为一有钱就会马不停蹄地去送给古董商——当然，这个古董商也包括小张。

老张不是喜欢老窑，是爱，爱到什么程度呢？比方说，有线报，某个地方出了件老窑，不管是白天黑夜，不管是忙时空暇，老张都会第一时间跑去。一天晚上，南京有线报说，出了件宋瓷，老张一听，二话不说，当夜便冒着狂风暴雨，开了五个小时的车赶去。再比方说，老张从外地买回一件老窑，只要能拿上手把玩，他一定会一边开车，一边把玩欣赏，全然忘了开车的安全。还比方说，老张收藏老窑十多年，家藏老窑也不少，但他愣是没有匀出过一件。许多藏家都喜欢老张的藏品，总希望老张能匀上一两件，有的还死缠烂打。老张被逼急了，就认真地说，你要买我的东西，还不如割我块肉去。

老张是真爱老窑，大家知道了，便也不找他买了。

老张高高大大，怎么看都像古画里的高士。其实老张是个道士，家传的，在周边一带很有些名气。

老张学做道士源于他的爷爷。他的道士爷爷很有趣，平时极贪杯，就好这一口。差不多每次做完道场主家请他，他都会喝上点，不请他，他也要喝上点，几乎每次都要喝醉，有好几次醉着回家，还掉进村口的河里。老张七八岁时，父亲就吩咐他，只要爷爷出去做道场，他就要陪着去，为的是晚上能搀扶醉了的爷爷回家，免得又掉进河里。

有一天晚上做完道场，老张搀扶着酩酊大醉的爷爷回家，路上，爷爷指着天上的星星说，爷爷是天上的人，你就跟着爷爷做道士吧。

在道士爷爷的精心栽培下，老张唱、念、敲、写、剪、画，作法样样在行，参加过在中国香港、新加坡举行的道士法会。

老张还怀揣道家绝学"趟火"，能替人治病消灾。老张邻村有个女人患精神疾病，她家人就来请老张去"趟火"作法祛病。那天主家买来七大箩筐木炭，统统铺在道地①上，有十米长。当木炭被烧得通红时，只见老张身着龙袍，手拿宝剑，口中念咒，赤脚轻盈走过，脚竟丝毫未伤。当时，围观者众，整个道地却静得仿佛能听到空气细微的流动声。不知是巧合还是老张真有神功，反正那病人病情竟日趋缓和，逐步好转了。

老张认古玩，也像他"趟火"一样有绝活。他的绝活就是，认古玩，他可一不看、二不听，全凭摸。一次，有位藏友把老张眼睛蒙住，拿出一件唐代越窑叫老张摸着认，哪知老张摸一会儿就说："碗坦口、釉不涩、底平圆，是唐代越窑玉璧底碗。"藏友一惊，慌忙解了老张的眼罩，连称遇上了高人。

注①："道地"是当地居民对合院建筑及院落空间的传统称谓。

　　小张和老张都是緱城人士，小张是北路人，老张是东路人。老张除了玩老窑，还得忙自己的活计。小张呢，依然一个人，独来独往。去外面淘货，就关了店；不去淘货，就守着店，一把宋代的影青壶，几只元代的龙泉小杯子，泡上一壶有年头的普洱茶，呷着，这杯中滋味，也就他一个人知道了。

大脚老陈

老陈，猴城人士，一眼看去，油水很足。一米八出头的个子，满脸都是肉，脖子粗，眼睛、耳朵大，眉毛软细。老陈长得熊腰虎背，长年拖着一双圆粗的病腿，卷起裤脚，腿脚像抹过油的面包，手指一摁皮肉就弹不回来，民间管叫这叫"烂脚"。"烂脚"起皮奇痒，老陈就一天到晚抓挠。阳光好的时候，能看见他抓下的皮屑在光线中轻飞舞动。本来脚就大，加上浮肿，老陈要穿四十八码的鞋，"大脚老陈"的绰号就是这么来的。

二十世纪七八十年代，老陈在供销社下属某个村合作商店当经理。说是经理，其实小店里只有他一个人，经理兼营业员。小店平常卖的是村民必需的副食品和小百货——香烟、老酒、酱油、米醋、小糖、饼干、桂圆、红枣、蜡烛、电池、针头线脑，不一而足。

这个村在出猴城的南大桥二十里处，杨溪从村边流过，不久便入大海。村口有株大樟树，溪边一片沙滩地，能种出齐腰高的萝卜，夏日沙滩地上还盛产华东地区最著名的蟋蟀。由于地势低，村子每年八月十六都要发大水，进来的水有一人高。好在村里家家户户有小竹排，大水进村，人们就撑着竹排走街串巷，互换食物，安之若素。每到这一时节，老陈总是最忙。洪水光临前，他要囤积抗洪物资，蜡烛啦、手电筒啦、饼干啦。洪水一到，他就叫上村里的老文书，撑着竹排，沿着小巷挨家挨户送上干粮物资。小孩遇到洪水最是欢欣雀跃，老陈见了会给每个小孩一颗糖吃。

老陈的店是幢老房子，在村中间一条弄堂口，约二十平方米。平日小店生意不浓不淡，小孩来买颗小糖，妇女来打瓶酱油，男人来买包香烟。那年月糖、烟、酒全凭票，全村人计划中的糖、烟、酒都是小店供应的。小店的货，全靠老陈迈开大脚上城挑回来。两个大竹筐，一根竹扁担，老陈挑着货进了村，箩筐一路盛满了村民们投来的期待目光。

整个村，就数小店最热闹。村里人抬头不见低头见，但在小店里遇上的次数最多。农闲时，一些女人还会聚在小店门口的石阶上，一边闲聊，一边纳布鞋。老陈长相宽厚，女人们对老陈不设防。有些小媳妇甚至当着老陈的面给孩子喂奶。老陈没上过学，但从小听隔壁王秀才讲故事长大，加上记性好、嘴皮子薄，所以还有讲书的本事。村里的女人喜欢听老陈讲《红楼梦》《西厢记》，小孩和老人则喜欢听《隋唐英雄传》《封神演义》《三国演义》《水浒传》。夏日傍晚乘凉时，来小店听老陈讲故事的人，常常是里三层外三层。

老陈除了买卖公道、会讲书，还乐于助人。那时，村子东边有座孤零零的土墙屋，里面住着一位年轻寡妇。屋子不远处，有座和尚庙，这座庙建于元末明初，颇有年纪了。庙里住着个会耍拳腿的和尚，乡人每每看到他沿着竹稻筐旋风般走圈。这和尚平日喝酒吃肉又好色，他看中了那个寡妇，晚上常去敲门，弄得寡妇夜夜用木柱抵门。一天，寡妇实在不堪和尚骚扰，跟老陈说了这事。一日傍晚，老陈请来村里戏班子的化装师父，一起来到寡妇家里。老陈脸大，他让化装师父给自己化成吊死鬼模样，长长的舌头是用白海绵做成、粘上去的。等到天黑，屋里点上豆大油灯，老陈让化装师父和寡妇躲进里屋，独自候着花和尚上门。果不其然，天刚黑，夜未央，那和尚又来敲门。待和尚敲了几分钟，老陈慢慢打开家门，那和尚正满怀喜悦，还以为寡妇想开了，哪知迎面撞上一个高大的吊死鬼，顿时"啊呀妈呀"一声惊呼，扭头就跑。事后，那和尚大病一场，卧床月余方见好转。从此，年轻寡妇就太平无事了。

村外的杨溪清清流淌，堤岸边整片整片的白色茅花，像毯子一样舒展，迎风摇曳。老陈在这个村子开了二十多年小店，那天退休了。老陈没坐车，还是一根竹扁担，挑着两个空箩筐，蹒跚地迈着一双大脚，回到了猴城。

许多年之后，村民坐下来还会说起那个肥头宽耳的大脚老陈。言语之中，惦念的全是他的好。

"神针"葛道官

岔路镇祥里村,西北面依靠天台山山脉,天台山一支清流从村中蜿蜒流过;东南面开阔,是适宜种大麦的旱田,初夏金黄的麦浪翻滚,浩瀚无边。祥里村方圆二十里人家都姓葛,又称"廿里葛藤棚",是东晋著名道士和医学家葛洪的一支后裔。至今,村后背山脉中的学士坪还遗存三间一千多年的老石屋,传说是当年葛洪的炼丹处。学士坪山不高,但古时大树参天,虎豹出没,仙气氤氲。

祥里村就在学士坪脚下,村中有位叫葛道官的人,是葛洪四十多代的嫡传,道字辈,在当时的村里辈分很高。葛道官生了一副好相貌,近一米八的身高,高大魁梧,一身力道。葛道官一八九二年生,如果今天还活着的话,应该有一百二十八岁了。清末和民国大部分时间,他都生活在祖祖辈辈生息的祥里村。

祥里村承续葛洪医学,源远流长,代代相传。葛道官年少时即随父学医,还常年跟随父亲到悬崖陡峭的梁皇山上采草药。相传,少年葛道官卜山灵敏如猴,识得百草。葛道官祖上以行银针治病最为著名。少时,父亲便让他站桩、打坐、吐纳行气,修炼葛家独门祖传功法,打下功底。不到二十岁,他内外功和行针都练得了得,日后行针,针针不虚发。

年轻时,葛道官在四邻八乡很有些名气,大家都晓得这位英俊郎中。有一些姑娘,更是将他视作心仪的对象。一年元宵,葛道官率领祥里村一批后生去后梁皇村"打狮子"。葛道官舞狮头,腾挪转移，八仙桌角边随意上下，博得乡人的一片喝彩。后梁皇村一姑娘，叫桂香，人生得清秀，鼻挺嘴方，有英气。两人一接触，便暗生情愫。后经道官父母托媒人上门，两人于民国三年成亲，后育有二男二女。一九六三年葛道官仙逝后，桂香继承其丈夫衣钵，在猴城继续行医一二十年，这是后话。

民国三十七年，已年过半百的葛道官来到猴城南大街，购置下四间临街的泥墙茅屋及屋西头的一亩土地。初来乍到，南大街的人们均被葛道官的风采所吸引。此时的葛道官留齐耳长发，一袭长布衫，左手戴金戒指，右手戴银戒指，气宇轩昂，仿佛有仙风道骨。

开业不到一礼拜，一日半夜，葛道官一家安然入睡时，突然传来一阵急促的敲门声，起床开门，只见一位老者拄着拐杖，满脸通红，汗流如雨。老者说自己儿子突然魔怔，竟连亲娘都不认得，要侮辱她。葛道官一听就明白了几分，按今天的说法，此人得了精神病。葛道官二话没说，拿起了银针盒，就随老者出诊。到了他家，只见患者还在手舞足蹈，口角流涎。葛道官一把摁住患者的肩膀，奇怪的是，刚还手舞足蹈的后生，一被摁住，就坐在床沿，再也动弹不得。随之，葛道官拿出中粗的三根银针，一根插进患者的后脑风府穴，二针插入左右二颊的颊车穴。同时，又在患者的后背和膝盖以下扎了十几针。针插毕，须臾，只见患者脸部抽搐一下，从下肚发出了吱吱呀呀的女人声，接着女人声从下肚慢慢传出，然后破门远去。男子当即觉醒，神志恢复。

治愈该病例后，葛道官在猴城名声大振，来求医者络绎不绝。事后，葛道官说，此大针法叫"鬼门十三针"，针针凶险，尤擅治精神类病人。

旧时行医人讲究"头痛医头，脚痛医脚"，葛道官却反其道而行之，是"头痛医脚，脚痛医头"。缑城东门花楼殿旁有位私塾先生，患常年顽固性头痛。一日，他又头痛难忍，就慕名上门请葛道官看病。葛道官让私塾先生坐下，先看了舌头和眼睛，并搭了脉，随后就从铁盒里拿出八根细银针，将它们按长短分别夹在手指缝中。他让私塾先生脱了鞋袜，卷起裤脚，在膝盖以下八个穴位开始逐一扎针。看到这架势，私塾先生心慌，忙说，道官先生，你针扎错了，扎错了，我是头痛。葛道官却不急不慌说，没错没错。当他的八枚针扎完，刚刚头还剧痛的先生就已有了很大的缓解，转而称奇。就这样，私塾先生在葛道官处扎了三个月的针，医好了头痛这顽疾。

中世纪，许多欧洲人看病是由当时的剃头匠用剃刀进行放血治疗，葛道官也经常用银针挑穴"放血"。特别是急性中风，放血疗法很有用。二十世纪五十年代末，水角凌一位打铁匠突然中风倒地，家里人急忙来请葛道官。葛道官到时，病人已躺在地上口吐白沫，不省人事了。只见葛道官从铁盒中拿出六根大号银针，对着病人的后脑风府穴、鼻下人中等六个穴位挑刺，挑穴处黑血浸出，患者的神志随之清醒，四肢也活动了起来，险情得以化解。慢性中风者，则要打持久战。葛道官当年能同时接收七八个常年卧床的中风病人，有的经针治后生活能自理，有的病情有很大的改善。

旧时的人和今天的人一样，也有亚健康，查查没毛病，但平时人总是病快快的。对这类病人，葛道官有"驱寒祛邪之敷背大法"。他让病人躺下，在病人后背九个穴位走罐行针，留针半个时辰，先打通脉络，后在病人背上铺上一层薄薄的牛皮纸，接着铺上一层捣烂的姜泥，再铺上一层艾草绒，然后点燃艾绒，让其暗火燃着。这时，姜泥灼热，艾香四溢，浸入体内，病人会顿觉五脏六腑都舒服了，神情清明。

葛道官平时左手戴金戒指，右手戴银戒指，它们都有妙用。旧时缺医少药，葛道官出门在外经常会碰上突发病人，他就把金银戒指勒直，便可当针用，重症行金针，轻者行银针，都是免费行医。如遇突发昏厥的病人，他就会用金针扎人中、虎口，往往能让昏厥者苏醒。

金戒指还有一种用途。旧时小孩经常患"急惊风"，民间相传煮过的老金汤能给小孩压惊。葛道官的金戒指从祖上传下来都已经几百年了，救过无数人，有神道。加之，当时缺金，所以缑城小孩患"急惊风"，许多人都会跑来问葛道官借金戒指煮汤给小孩喝，喝后都说有效。

葛道官自小识百草，他除了精通针灸，还善抓方子。他家后院一亩地种满了各种草药，是个百草园。有时病人急需敷草药，或煮药汤喝，他去后院拔来就是了，方便了不少。

悬壶济世，杏林春暖。葛道官去世至今，一晃半个世纪了。但今天，缑城民间还流传这样一句闲话"大利元的挑针，葛道官的神针"。大利元的挑针，说的是旧时缑城的大利元，治疗疔疮很有名，手到病除。方法是先用针挑开疔疮，挤走脓血，而后敷上独门膏药，半月即愈。而葛道官的"神针"，到今天早已成为口口相传的民间传奇了。

阿六

阿六，五短身材，一对黄豆眼，两片薄嘴唇，一副滑头模样。

阿六住西门杏树脚。杏树脚因一棵千年杏树得名，这杏树生得擎天一柱，华盖遮天。《志异》上说，人活千年能成妖，这杏树活了千年，也就成了精。几百年来，这杏树周围出了多少有名的算命先生，都说是因为托了树精的庇护，占卜算命才能一语定乾坤。杏树脚方圆上百里的人家，无论造屋、结婚、丧事，还是出远门，都要到此地来挑日子。因而，此地变得有名，人来人往，便成了个热闹的所在。卖肉的、卖小吃的、配钥匙的，甚至杂耍艺人都聚集到此，林林总总，烟火升腾。

阿六从小便在杏树脚下混，因为家穷、模样难看不讨喜，总被人欺负。一日，阿六碰到常年在杏树脚下混、身子瘦小、与他同龄、经常挂着鼻涕的邻居，人称"鼻涕阿华"，阿华竟然莫名其妙地把一盆脏水泼到阿六身上。阿六被戏弄了。想到终日被人欺负，今日连鼻涕阿华都看不起他，阿六一时悲从心中而来，终于忍不住爆发，发下毒誓，说总有一日，自己要成为猴城最有名的一个人。

但发愿归发愿，活命归活命。为了糊口，阿六这小混混也只能做些偷鸡摸狗的事情。阿六最拿手的活儿是偷鸡蛋，据说他跟高人练过油锅里二指头捡鸡蛋的本事。当年，只要有人到杏树脚下摆摊卖鸡蛋，就一定会遭阿六的暗算。阿六偷鸡蛋动作手法隐蔽娴熟，几个手指头如同弹簧一样，往鸡蛋篮里一弹、一沾，鸡蛋眨眼间便进了阿六口袋。据说他双脚的长布袜里可藏几十个鸡蛋，藏了以后还能行走如风，了无痕迹。

阿六偷鸡蛋从未失手，唯有一次。这一日，岔路琴塘童拳师的夫人提着一竹篮鸡蛋来杏树脚下卖。阿六看见，照常去偷蛋，没设防童拳师也在旁陪伴。童拳师从小练过眼功，双目如炬。阿六一动手便被察觉，他一把将阿六擒住。童拳师劲道十足，擒阿六如缚小鸡。阿六手腕被童拳师锁住，如同卡进铁钳里，他心知碰到高手，赶紧带着哭腔求饶。童拳师看阿六求饶得可怜，一副身子骨瘦如柴梗，经不住自己一拳头，才心软放过他。

经此事，阿六"三只手"的名头就传了开来，众人看见他就像看见瘟神一样避开。阿六晓得大家都厌恶他，为了糊口，只能装出一副可怜相，看见熟人，婆呀、公呀、伯呀、姨呀，叫得亲。听他这般叫，众人也就狠不下心来。虽然阿六偷鸡摸狗，总不算什么大恶，只为有口饭吃，所以大家有时也就睁只眼闭只眼。

就这样，一直到了一九四九年秋。解放军打过长江，一路南下。失去长江天堑的国民党长江部队节节败退，一支部队一路退到猴城。溃兵没纪律约束，横行乡里，欺男霸女，民不聊生。这一年，阿六十八岁，脑子活络，看国民党兵威风，就想着法子去巴结住在他家不远处的一个杨姓排长，想靠上杨排长出人头地，以报受人欺负的仇恨。杨排长生得一双斗鸡眼，耸着双肩，身子瘦得只剩一副排骨，这相貌倒和阿六般配，二人臭味也相投。平时，阿六总会送些偷来的鸡鸭孝敬他，杨排长也视他为小兄弟。投靠了杨排长，阿六也真立马变了个样，人五人六的，也很是风光了一阵。鼻涕阿华被他报复过好几次。有次他还逼阿华趴在地上模仿蛙叫、蛙跳，那一刻，阿六真觉得扬眉吐气。好景不长，眼看解放军要打进猴城，长江部队开始撤退了。长江部队撤退后，大家发现阿六也突然从这个小镇里消失了。有人说他好像跟了长江部队，从猴城南边水车港头下海去了台湾，但这消息无处确认。起初，大家还议论一阵，但随着新中国成立这件大事的到来，大家很快便忘记"三只手"阿六了。

一晃，到了一九五二年冬的一天清晨。那一天，天气异常寒冷，还下着雨，猴城黄坛杨家后山传来奇怪声音，嗡嗡响，震得人耳朵痛。有村民发现，那声音来自一架飞机，飞机像只大鸟一样嗡响着在后山顶上盘旋。当时，猴城刚解放，此地又是沿海前线，敌情重，警惕性很高的村民赶紧将情况报给黄坛乡政府，当地的民兵连随即持枪赶赴后山搜巡。等他们赶到时，飞机已经飞走。此时，眼前山色萧条，百花凋零，山路泥泞，民兵们在附近进行搜山，搜来搜去，最后发现杨家后山顶的一棵大树上悬挂着一顶降落伞，伞下有个穿国民党军服的人。这人被挂在树杈上，上不来，下不去，四脚乱蹬，狼狈不堪，像只落汤鸡。民兵们一看，是刚才飞机空投来的国民党特务，想到刚解放不久特务就来搞破坏，他们气不打一处来，加之对方胸前还挂着枪，怕有危险，便举枪齐齐向挂在树上的特务射击，树上的这个人当即被打成了马蜂窝。

特务被打死，上面随即派人员来调查。调查一番以后，让众人诧异的是，这个被击毙的特务竟然是消匿许久的西门杏树脚人"三只手"阿六。阿六为什么会成为国民党伞兵？又为什么会被空投回猴城？一时之间，众说纷纭，莫衷一是。

　　阿六死后，西门杏树脚下那位手指极细长的卜易高手桃源子煞有介事地说，当年他就替幼时的阿六排过八字，命理中的阿六活不过二十岁。桃源子的话是真是假，没人晓得，但毕竟阿六是死了。一时之间，阿六之死成了猴城最热闹的一个话题，阿六也就成了最有名的一个名字。不晓得一直渴望出名而不得的阿六地下有知，又会有怎样一番感想呢？

拐老本

猴城是个小镇，建在一道陡坡上。传说很早时，下了一场大雪，有只猴子沿着这陡坡跑了一圈，画地为牢，人们就将此地称为猴城。日子一久，称呼不雅，又改叫猴城。不晓得是不是地名古怪的缘故，此地尽出奇人，"拐老本"便是其中响亮的一个。

拐老本，坊间都说他有四条腿，两粗两细，行起功夫来如一团旋风，几十人近身不得。老本住在杨柳巷，一棵腰粗的大柳树旁一个窄小的院子里。院子小，围墙高，爬满古藤，好不清凉。早年这小院子做过庵堂，住过一个好相貌的尼姑。后来，尼姑不见了，只留下老本。这老本平常人也见不着，他从不从正门进出，一扇进出的单门常年锁着，都生了锈。只是夜里，不时会有一团影子从院子的围墙里飘出来。借着月光，依稀能看出是个蓬头垢面，生着两粗、两细腿脚的怪老头——两细腿支撑，两粗腿跃起，像撑竿跳一样越过围墙。眼尖的人认出，细腿其实是两根拐杖。随后明白，老本是借助拐杖飞墙入室，拐老本的名号便由此而来。

老辈人说，拐老本的爷爷是清末武举人，祖上曾是明代台州抗倭勇士，当过戚家军武教头。武举人中年因故从跃龙山千丈岩摔下来，折了双腿，终年挂着拐杖走路，创立了独门武功"拐杖功"，艺惊四野。拐老本的父亲没承家传，做了木匠，是位高手。人家弹线用黑色，他用白色，因为读过不少书，识得天文地理，人称白墨先生。拐老本四肢健全，武艺得自武举人，文才得自白墨先生，年轻时文武双全，一生拐不离身。

　　相传，当年缑城有个恶少叫由三，身高八尺，油头粉面，会拳脚，常常骚扰乡亲，欺男霸女。一日，由三看见泊水塘一女子，惊为天人，垂涎三尺，想强行纳亲，而该女子已许配他人，自是不从，呼天喊地，但乡人皆惧由三。拐老本听闻，主动找上由三，自报家门。由三一看是个拄着拐杖的瘦弱年轻人，不屑地朝拐老本吐口水，嘲弄一番。拐老本也不怒，只是递上挑战书：三日后巳时，东门花楼殿戏台见，并立下生死状：拐老本被由三打死、打伤，拐老本自负；由三被拐老本打败，必须向泊水塘女子道歉，并承诺永不骚扰。由三自视甚高，当然应允。

　　三日后，巳时，天色好，花楼殿戏台前人挤人。由三双目如火，赤膊上台，一块块胸肌鼓胀，如碗口般粗的胳膊张牙舞爪。拐老本则静静地拄着拐杖，看上去弱不禁风。裁判是西门身躯瘦削、养着美髯的九叔公。九叔公读完生死状，随即宣布比武开始。由三先下手为强，拉开架势，如恶虎下山，龇牙咧嘴，扑向拐老本。拐老本也不避让，双腿刹住"矮马"，劲道落地三分，双拐齐出，一拐杖撩起由三的胳肢窝，一拐杖撩向由三的裤裆间，由三如山轰然倒地。花楼殿里喝彩声雷动。也就是从这一日开始，拐老本这个名号传遍四乡，时日久了，人们倒把他的真名给忘了。

　　自从那场比武后，缑城正气压住了邪气，民风大正，一些地痞流氓再也不敢作恶，唯恐遇上拐老本，赔了夫人又折兵。

　　自古美人爱英雄，泊水塘女子因此喜欢上了拐老本，拐老本也喜欢她，一来二去，情意绵绵，不料被女子父母发觉。父母不许女儿跟拐老本接触，两人走投无路又相爱太深，就商量着私奔。一晚，月黑风高，女子正在家里整理细软准备出逃，无奈被父母逮着，连夜捆住，三天后让新郎家接走成婚。

看见美人受苦，拐老本精神极其受伤，虎落平阳，英雄落寞。又听闻，那女子到了夫家几次上梁自尽被救下，拐老本终于气郁堵塞生了场大病。夫家见女子时时求死，又看护不牢，只得解除婚约。女子几经周折找到拐老本，可此时的老本已病得不认识她了。看拐老本神志不清，女子心灰意冷，到杨柳巷那棵杨柳树下的庵堂做了尼姑，终日青灯孤影。后来，女子缘何出走庵堂，拐老本又如何住进庵堂，不得而知。

拐老本的病说起来真是奇怪，平日里谈吐正常，可一遇上女人，便四脚乱窜。走亲访友，遇宿，房间里不能看见女人用品，不然他宁可露宿街头。老本一生未娶，年过七旬，收了个徒弟，师徒情同父子。一天，他对徒弟说，你结婚之日，便是师父气绝之时，弄得徒弟年纪老大不敢结婚。拐老本年过八旬时，徒弟也快三十了，拐老本不忍心，便说，你抓紧结婚吧。徒弟心想也好，不久托人说媒成亲。在乡下老家结婚那天，拐老本真没出现。第二天，徒弟狂奔二十里，翻进围墙来看师父，发现师父已经死了。

村里故事

　　这个村子不大，两三百户人家，一半姓周，一半姓潘。两族各有一个祠堂，两个祠堂隔得很近，相距不过五十米。祠堂都建于清代，门外置有旗杆石。建筑和戏台雕梁画栋，很是漂亮。祠堂里挂着祖宗像，放着太公牌位。每过大年，两宗族都要在各自的祠堂里还福谢年，祭拜祖先，还要请戏班子来演戏。看戏，两族不分你我，串着场子，气氛融和。有趣的是，周家演武戏，潘家一定演文戏，反之，也一样。村里老人说，每次过大年村里祠堂夜里演戏，西北天角都会闪过几道亮光，除了本族的先人会来看戏，天上的武将和文曲星也会来看。

　　这村子古旧，墙弄①窄，有些墙弄两三人就要挨着过。院子和院子凑得近，东家的树会长到西家的院子里去，树上的果子小孩子都可以随手采摘。门前的水沟水色清澈，一家一家流过，淘个米、洗个衣，抬头不见，低头相逢。

　　村里的潘姓风水先生说，村子墙弄窄院挨院聚气，聚气则生风水。潘先生矮个，面善，得缑城卜易高手"桃源子"真传，很是有名。他说，这村子东西各有两支水流过，北面山坡有龟形山体，南面清溪对岸有山峦立屏，村东口有千年老樟，该是双龙捧珠、朱雀祥瑞的风水之地。只是，这村口是当年出缑城去台州府的必经之地，人兽车马进出纷繁，扰了些风水。

注①：在吴语区，"墙弄"通常指的是两堵墙之间的狭窄通道，类似小巷子。

这么一说，有点让人丈二和尚摸不着头脑，但仔细一琢磨，倒也是，凡是三关通衢之地难出大人物，说是会漏气，藏不住风水。不过这村子还算厉害，晚清时出了位举人，姓周。当年周家三进院落，建筑高大，曲径通幽，如今却住了好多户人家。这老房子的屋顶、墙壁、道地都长满了青苔，看上去陈旧、潮湿。院子里最体面的人物，自然是周举人的孙子，里面住的人也差不多是他的宗亲，自然尊重他。他年过七旬，平时嗜酒，面孔一天到晚是醉红的。这人书读得不多，但会装门面，为了体现自己是书香门第，常念些唐诗宋词，说点水浒三国，家里挂着字画，院子里栽着盆景，装装风雅。

村子里外还传，他家藏有清代大涤子石涛和现代潘天寿的画。"不怕贼偷，就怕贼惦记"，周家有名画，招来小毛贼。一日，月黑风高，俩小毛贼胆子挺大，从周家邻居处搬来梯子，直接爬上周家二楼。本想翻箱倒柜找名画，哪知周家二楼木窗下正放有几盘未晒干的鱼胶，俩毛贼踩在鱼胶上，翻了个跟斗，摔在地板上，被周家人逮了个正着，送了官。不过说来也真蹊跷，周家藏有名画，名气很大，可谁也没见过周家这两张名画，旁人问起，他都秘而不宣，笑而不答，至今还是个谜。

当年，这村子还出了个三十出头的奇女子，是赤脚医生，平时在周姓祠堂东厢的诊所里上班。农忙时，她会背上诊箱，到田头上农户家看病送药。早年，她曾是兽医，后来公社叫村里推荐一人去学做赤脚医生，大队支书推荐她。支书说，治牛羊会，治人差不多的，就让她去县城卫校学了半年。其实，这个女人真不寻常，她祖上是郎中，手中有绝活。村里人有个头痛脑热的，她都会就近上山拔点草药，病人煮汤喝了就会痊愈。有人生疔疮、烂脚、被蛇咬等，她也会在村前村后抓把草药，直接放在自己嘴里嚼烂，再给患者敷上，没几天都会好。虽说不上手到病除，但也是着手成春。一次，公社主任的老婆得了民间所说的"蛇缠腰"，腰背部分出来许多蛇鳞状血泡，痛不欲生。她数次到县城大医院找西医治，均无疗效。看着病情加重，村支书找到这女子，她跟支书一起去公社主任家看了，第二天一早便去距村十里的白龙潭山涧边采草药。这草药一定要赶在还挂着露水时采摘，采后马上捣烂敷上，药劲才足。三天一敷，她连续采了五个早上，给主任老婆敷了五次，病就痊愈了。这下主任夫妇喜出望外，那年年底公社给她发了张红彤彤的"先进工作者"奖状。

还有搞笑的事。村里的光棍有事没事喜欢往她的诊所里跑，说这里疼那里痛，要求给他打屁股针。过去打屁股针怕病人疼，医生会用手指抓痒一样抓一下屁股的针位，让人放松，再乘人不备一针打下去。一光棍身子骨没热没烧，非说头痛脑热，嚷着要打屁股针，闹得她没法子，一生气就拿着空针头扎了他屁股一针，然后这光棍笑笑走了。

这村子让人称奇的人物还有个和尚。村子东边有个老寺庙，寺庙里有个和尚，此人来历不明，长得人高马大，相貌像鲁提辖，平时喝酒、吃肉。村子曾组织二三十个壮汉，提着棍子去驱赶他。那天，寺庙被围住，只见这和尚赤膊上阵，声如洪钟，抄着短棍，迎着上门的众人，左挡右推，以一敌十，众人无不失色，惊慌而退。

赶不走和尚，一时陷入僵局。

哪知，一场械斗给和尚解了围。这年村子和邻村因山林发生械斗，眼看村人要吃大亏，闻讯而去的和尚赤手空拳上山，三拳两腿制服了对方冲在最前面的三四个壮汉。对方见和尚如此骁勇，知趣地撤退了。这桩事让村民对和尚刮目相看，自然也就接纳了他。后来，乡间有传说，说这和尚本是北伐军将士，庙后山一战负伤后就留了下来。

村子寻常，山水依旧。这年春节，村子两族祠堂又在上演京戏，周姓祠堂演武戏《挑滑车》，潘姓祠堂演文戏《借东风》，锣鼓丝竹声中，簪粉胭淡，又诉旧事心殇。

造园师

　　缑城有个造园师，个子不高，相貌平凡，不太说话，混在一群陌生人中间，可以忽略不计，但在一群熟人中，他始终是个焦点，大家都会顾及他的情绪，不会冷落他。他好像不是这个世界的人，有自己的世界，看似波澜不惊，其实内心澎湃。虽然我们相熟几十年，但平时各忙各的，很少碰面，更难得约在一起吃上一顿饭。前几天，约好聚餐，他一家三口都来了。那天，他穿得很整齐，很有耐心地跟我们这群人待上了几个小时，既倾听又诉说，这现象对他来说是少有的。

　　平时，他是一个内心和行为都很孤僻的人。有一年，面对这纷繁的世界，他感到厌倦了，就一个人背着一条猎枪，在中缅边境的原始森林边待了一年多。他历经枯寂，但练就了空灵的心境。

　　他爷爷和父亲都是有名的厨师。当年，他爷爷在上海滩给国民党上将汤恩伯做厨子，他父亲则是缑城第一名厨。他十八岁时做的第一份职业是裁缝。当年他的裁缝师父看好他，觉得他双手灵巧，心思缜密，说他今后定能成为大裁缝。最后，他终究没有沿着师父说的轨迹走下去，但他把自己的人生裁剪得很好。

　　刚认识他时，只知道他喜欢打猎，家里有条双管猎枪，进口的，平时就挂在屋内白墙上。当年，我就觉得这比挂任何物件都来得有腔调。他平时讲话轻轻，但分量十足，江湖上也传有他的故事。那年月，人家上山都用土枪打猎、土狗追猎，他就已经背上洋猎枪、带上洋猎狗了。那时候，秋后嵊城的山山岗岗，都有他穿梭的身影。因为祖上是名厨，他有厨子的基因，打来的野味都能被他烹饪得色香味齐全，让人啧啧称奇。

早年，他是盆景师。他一有空就喜欢逛跃龙山。跃龙山是嵊城名山，山不高，上有文峰塔，南坡有千丈岸，西坡长有一种叫溪椤的古树。树大，要两人合抱；树枝、树身缠满了古藤；树干向路边倾斜。春夏秋冬，他都会来此处欣赏古树，一次可看上几个时辰。他说，如果这些古树能缩小，就是最好的盆景，是很好的临水式。他还说，这古树自然生长，看似无章法可言，但自然造化非人力可为，魅力更甚。当年，他养的一株临水式鹊梅盆景，获国家级赛事金奖，同是盆栽名家的香港人出资一百二十万人民币想收藏，他死活不让。

二十年前，他开始造园，遍访自然山水，取景取势，无师自通。他擅丹青，造园前都先手绘图纸，按图施工，临场发挥。有次，他应邀在阳明故里余姚造私家园林，正好园林北边有个小山体，施工时看，山体一边需要向右移动一下，空间才协调。山体自然没法移，他就通过移一块巨石、植一株大树，让人感觉山体向右移了，这和明代李渔"取景在借"的造园之法不谋而合。工程完成，主人站在远处定睛一看，深为他造园的能力所折服。

最近，他刚造好甬上东钱湖堤上园林，园林绵延数公里，用石数万吨，采用古树无数，"虽由人作，宛自天开"，给东钱湖添了一处堤边仙境。造园空隙，他会在东钱湖边钓鱼消遣。他问我，有没有听说过有人能听到水中鱼游来的声音？我说没有，他说他能听到。

钓鱼时，他会找上个好位置撒上饵料，过一刻钟，他就会屏息静气侧耳听鱼声。他有特殊的音感，有鱼群来，一种磁波就会传进他的耳朵，他马上放钓，东钱湖的车朋鱼就很凶地来吃他的鱼饵，这情形一般会持续一个时辰，时辰一过鱼群就会消退。

明代造园家计成说："园地惟山林最胜，有高有凹，有曲有深，有峻而悬，有平而坦，自成天然之趣，不烦人事之工。"唯有对自然高度敏感的人，才能造出好园，他算一个。

阿唐

阿唐是位内科医生，四十出头，身板挺，眼睛亮，面白，无须。他医术精湛，猴城人都说唐医生的听筒最灵，一听心肺功能怎样他就有数了。

我熟悉的唐医生可是个好古之人，是我多年的藏友，我叫他阿唐。阿唐收藏明清瓷器和家具颇有成就。玩古玩，靠医生的收入肯定是不够的，因为再多的钱在浩瀚的古物面前都是"沧海一粟"。他以藏养藏，一边玩，一边在藏家之间均让些，玩得有分寸也开心。

藏家都知道，古玩玩得好不好，眼力很重要，自己眼力好，不依靠他人掌眼，快乐的成分就高些。不过古玩眼力光靠练还是不成，这事跟作家、画家一样，要有天赋、敏感度。阿唐这人禀赋高，有眼缘，又有物缘。

反正，我是很看好阿唐的。有时，他在外地买到东西，我会跟他打"闷包"（凭口述下单），这"闷包"打得我还真没亏过钱。一次，阿唐在外地收到一把灯挂椅，电话里跟我说，红榉料，披灰做，圆杆细，打磨精。我一听，明末的。电话里，我沉住气，不还价就买下。后来，我让省城一家拍卖行拍了这把椅子。我怕刺激阿唐，瞒着几年没说。一日，我俩喝了一瓶"茅台"，酒酣之后，阿唐说，这"茅台"你该请，我一怔，阿唐带着醉意继续说，当年这把明代榉木椅让给你，是还你当年帮过我的一个人情。说得自以为聪明的我脸一阵红一阵白。

　　阿唐成名一战，是在"鬼市"上。古玩行的"鬼市"，就是天还没亮，跑地皮的、小古玩贩子，甚至有些败家子，会拿上有年头的物品（或称古玩）到专门的集市上摆地摊卖。集市惯例不设灯火，买货的人点起烛火或拿着手电在地摊上淘宝，撞运气。鬼市上普品多，但偶尔也会淘到"高货"（好东西）。

　　那天，天还漆黑，城西李头早就在鬼市上摆开了摊位，摊位上放着几把椅子，有清代太师椅、官帽椅、窗下单背椅，一旁角落还放着一张四方禅凳。阿唐到时，已围着几个人，打着手电，在讨价还价。阿唐也打起手电瞄了一眼，看见一人拿起禅凳跟李头谈价。李头说，这禅椅是红木的，买家说是花梨木的。阿唐用手电打了一下禅凳，心头就一紧。好在，李头说红木，买家说花梨木，价格谈不拢，等买家把椅子放回原处，阿唐赶紧上前端着不放，按李头说的红木价买了。买好了，阿唐不敢在鬼市上久留，趁黑赶回了家。因为阿唐用手电照禅凳时，发现禅凳是明式，造型简洁，线条流畅，木质紫黄细腻，还看见了几个美丽的"鬼脸"——有无"鬼脸"是鉴别黄花梨的重要依据，别的木头结疤处松散，唯有黄花梨木结疤处细腻平滑，看上去像个古怪的人脸，俗称"鬼脸"。事后，阿唐从鬼市上捡漏黄花梨禅凳这件事在緱城古玩界传了好几年，大家都说阿唐看东西的眼光是緱城最厉害的。

　　大家都说阿唐眼光好，说得他有点飘飘然。世事就是这样，人一飘就会出问题，就像淹死的都是水性好的人一个理。阿唐看明清瓷器的眼光不错，城南阿虎有个高六十厘米的康熙青花棒槌瓶，阿唐说是"小康"（光绪）的，以便宜的价格买了下来。瓶墨分五色，蓝得深幽，典型的康熙翠毛蓝青花，人物、山水绘得极好，胎洁白，底足修圈规整，树叶款。后来，阿虎知道这康熙棒槌瓶是给阿唐低价"诓"去的，一直怀恨在心，但阿虎有城府，平时还和阿唐套近乎，伺机报复。

阿唐做梦都想收藏一件明永宣青花，阿虎知道了阿唐的心思，就设了个局。一天，他告诉阿唐，朋友在南京明皇陵周围承包了一片山林，这山林中有明代贵族墓，他朋友在等机会挖墓。阿唐自然知道盗墓犯法，但还是经不住永宣器的诱惑。反正他认为自己不挖墓，就买一件收藏。这年大年三十除夕夜，阿虎说，借着除夕的爆竹声，他朋友炸开了一墓，挖出了一只永乐玉壶春瓶，连夜送过来了。第二天一早，阿虎领人送来了，阿唐打开麻袋一看，露出一只还沾着黄泥的玉壶春青花瓶，拿卷尺量了一下，高二十八厘米，品相完整，画的是三顾茅庐的故事，青花处紫点斑斑，用的是苏麻里青料。阿唐一激动，一发昏，当即高价买下了。

古玩真是个江湖，阿唐便宜买了阿虎的康熙青花棒槌瓶，这情形在古玩圈来说还是情有可原。阿虎设了个漂亮的骗局，让阿唐高价买了一件不值钱的假永宣器，就显得不那么地道。不久，阿唐便知这件永乐玉壶春瓶是假的，也只能打碎牙齿往肚子吞。其实这种事在古玩圈常有发生，要紧的是藏家要戒贪，一贪，心智一乱，就会出事情。但话又说回来，玩古玩，还真不好不贪，不贪，太理智，也玩不好古玩。古玩是个让人痴迷的事儿，不付出点还真成不了事。

阿唐行医和收藏两不误，日子过得充实有趣，玩古吸取了教训，人也越发坦诚。上班时，阿唐穿着白大褂，挂着听筒，认真医诊，猴城人脑热肚痛都喜欢去找他。阿唐说，看古玩和看病一个样，多学多看，积累经验，就会了。

"牙人"曹二

缑城有座桃源桥，桥下是桃源河；河填了，叫桃源路；桃源路上原来桃源桥的地方，人们依旧叫它桃源桥。二十世纪六七十年代，桃源桥一带是缑城农贸集市点，每月农历三六九，人山人海，水泄不通，有卖海货的，有卖山货的，有卖田头货的，等等。城里人买农副产品，乡下人卖了农副产品换些日用品回家。除了卖农副产品的乡下人，集市上可是什么人都有：有四季赤膊、拳擂胸膛、吆喝卖膏药的；有躲在角落、摊开红纸、摆上签筒算命的，骗得一些人一把眼泪，一把鼻涕；还有玩骰子赌钱的，唱戏的，不过算命和玩骰子都是偷偷摸摸，被发现要抓进"学习班"批斗的。

还有一种人也是偷偷摸摸的。那时集市上有一种奇特景象，总有那么几个人在市场上转悠，瞄准机会，给农村来的相对大宗的农产品做中介。这种人能说会道，路子较广，俗称"牙人"。"牙人"最怕"打办"（打击投机倒把办公室）的人，远远看见就会四处逃窜，不然抓住要被扣上"投机倒把"罪名。在那信息闭塞、农民不善交易的情况下，"牙人"起到了很好的桥梁和服务作用。

曹二就是"牙人"，镶着两颗金牙，声如洪钟，一身蛮力，常年混迹于桃源桥集市。有天，集市上两个男人不知为何扭打在一起，曹二去拉架，不承想刚才还扭打在一起的两个男人，竟然转身合力和曹二打起来。曹二想，真是好心当作驴肝肺，一怒之下，抢起拳头，三下五除二，把这两人打翻在地，旁人纷纷叫好。事后才知那俩男人是亲兄弟，为了卖掉的农产品钱分配不均打了起来，碰上曹二劝架，估计是看错了情形，以为曹二要欺负他俩，便一致对外了，这真叫不分青红皂白。但这一仗，让曹二在集市上树立起了仗义的形象。

说起来有趣，曹二除了有侠气，还有信用。这信用建立在他有两颗大金牙上。乡下人就羡慕曹二有两颗金光闪闪的大金牙，这大金牙值钱。乡下人的货物让曹二做中介，不怕他拐走，万一拐走了，让他卸下两颗大金牙抵账就行。曹二心不黑，中介费最多收交易额的百分之五，从不诓人。由于曹二人缘好，路子广，月收入不错，有四五十元，相当于一个干部的月工资，一家子上有老、下有小，日子还过得去。

一物降一物，纵然曹二强悍，能说会道，但也有"克星"，这"克星"就是"打办"的老鲍。老鲍山东人，矮胖，南下干部，负责打击"投机倒把"。曹二这活计就是"投机倒把"，是老鲍的重点工作对象。平时，曹二灵活，集市上的乡下人又护着他，老鲍总抓不到他的把柄。每次，曹二遇上老鲍，都会笑嘻嘻地递烟，老鲍也不客气，接过烟就抽，总要说上一句，我总会逮住你。

一天，曹二的熟人东乡老李牵来两只山羊，叫曹二帮忙卖个好价格。曹二想起剧团最近演样板戏大获成功，快过年了，团长托曹二买两只羊，斩了，大家分点。正当曹二牵起两头羊，走向去剧团的近路狭墙弄时，盯梢的老鲍终于迎来抓曹二的机会了，只见老鲍一把拽住曹二的手臂，想控制住曹二，谁知曹二活络，一看是老鲍，一甩手挣脱开，顺着狭墙弄跑了。老鲍追不上，直喊，我总会逮着你的。但没抓住，老鲍也没法子，总不能说人家牵着两只羊走路就是投机倒把吧。

老鲍没抓住曹二这种事常有发生，曹二看见老鲍是真怕，就像是老鼠看见猫——万一哪天老鲍给曹二办个"投机倒把罪"，曹二是要坐牢的，到那时不光曹二吃苦头，家人的生活也没着落了。苦思冥想，曹二想了个法子。他知道老鲍嗜酒，一日三顿，有时断了酒，就会讨点医用酒精兑着喝。那天，曹二抱着一埕自己烧的白酒去送给老鲍。老鲍家住在落塘道地，石台阶多，尽管曹二有蛮力，但由于心虚，还是累得满头大汗，气喘吁吁。一进老鲍家，老鲍可乐了，又让坐，又递烟，又捧茶。老鲍说，曹二呀曹二，我正抓不到你投机倒把的把柄，今天你居然来腐蚀、行贿干部。我治不了你"投机倒把罪"，先治你"腐蚀干部罪"。随后，老鲍让曹二抱着那埕白酒，跟着他去了"打办"。曹二一时愣住，想，这下要坐牢了。

进了"打办"，曹二很听话，老鲍叫他用稻草打地铺，他也没二话。只是曹二给老鲍递烟，老鲍拒绝接，老鲍说，现在办正经事，不能抽你的烟。听罢，曹二也只能哈哈。让曹二没想到的是，这三天，老鲍有的没的问了一些问题，压根没审他"投机倒把罪"的事儿，还让他好吃好睡了三天三夜。第四天早上，老鲍拍了下曹二的肩膀说，你走吧，还让他把那埕酒抱回家去。这着实让曹二丈二和尚摸不着头脑——莫名其妙，曹二慌得连声谢都说不出来，真不知老鲍葫芦里卖什么药，心里忐忑得不得了。出门时，老鲍说了句，菊嫂说你人好。

说起菊嫂，曹二当然知晓。菊嫂是城东白峤村人，当年是美女，可惜红颜薄命，丈夫早死，留下两个女儿、一个老母亲。那时，许多人上门求亲，都被菊嫂拒绝。菊嫂说，我嫁人了，两个女儿和年迈的婆婆怎么办？家里的农活都是菊嫂一个人干的，自留地的蔬菜、家里养的猪，是曹二帮忙介绍卖掉的。有人说，曹二贪色，可这真是冤枉了他，平日里看上去有点流里流气的曹二真不是这种人。曹二帮菊嫂，是因为一次菊嫂婆婆生病，急需钱看病，菊嫂去集市上卖菜凑钱，卖到傍晚还没卖掉，急得两眼含泪。这一幕让曹二看到了，心生同情和敬意，当即买下了菊嫂的全部蔬菜。事后他还联系了一家学校，让学校包销了菊嫂自留地里的蔬菜和自家养的猪，曹二没赚一分钱的差价。平时，曹二和菊嫂没什么联系，在集市上也只是点头之交而已。这个故事是菊嫂听闻曹二被老鲍抓进"打办"后，讲给老鲍听的。

老鲍听了菊嫂的话，放了曹二——当然也不是无缘无故的，老鲍和菊嫂有故事。有段时间，老鲍被打成"走资派"，"造反派"要抓他，老鲍躲进白峤村时是菊嫂给他送饭的。老鲍知道菊嫂人实在，他信菊嫂。

一晃，曹二老了。现在这年月信息发达，集市上早没了"牙人"的行当，桃源桥也早已换了新貌，高楼林立，热闹非凡。曹二还是习惯每天去桃源桥晃悠，逢人就要笑谈，笑着便露出两颗金光闪闪的大金牙来，煞是可爱。

表哥

　　我有个表哥，二十世纪五十年代初出生，山里人。山里树木多、毛竹多、田地少，照理是靠山吃山的。改革开放前，山林还没承包给个人，人不能私自去砍树木，砍了就叫作破坏山林，毛竹则可按计划砍伐。那时，山里人每户人家仅靠几分薄田和编织少量的竹制品出售糊口，卖多了不行，说是会长资本主义尾巴，所以大家生活很是艰难。

　　表哥家有五个兄弟姊妹，其中两个是后爹生的。表哥的生父以前是当地的保长。电影和书中的保长，不是地痞就是汉奸走狗，但他这个保长当得窝囊，穷山沟没油水，不能向上进贡，上面不看好他，而下面的村民则认为他没做啥好事，也不讨好。"文革"来了以后，他却死得很冤。一天，批斗会在赵家村召开，这是表哥的生父第一次挨斗。那天批斗的程度并不惨烈，因为在老家，表哥的生父确实没怎么鱼肉过乡里，所以没人动手打他。让人意外的是，批斗后的当天晚上，留宿在家的他却悬梁自尽了。事后，人们纷纷议论，许多"地富反坏右"被批斗无数次，照样能吃能睡，一副死猪不怕开水烫的样子，想不到表哥的生父竟然这么脆弱，仅被批斗一次就上吊自尽了，除了可惜，整个事件还很诡异。

　　父亲死了，家也就塌了，生活更加陷入困顿，母亲一个人要负担起三个小孩和两个老人的生活，日子真是过不下去了。不得已，表哥母亲就托人招赘一个老光棍，想让他帮家里干些农活，种点吃的、编点竹制品，不至于全家饿死。原来指望这老光棍来了后家里的生活能改善些，哪知没过三年，表哥的母亲又给老光棍生下一儿一女，家里人口一多，日子就愈发艰难了。

表哥从小饥一顿饱一顿，整天穿着草鞋和破衣服，但他很聪明，从小就爱画画。当时家里穷，根本买不起铅笔和颜料，他就蘸着水在道地的石板上涂鸦，画什么像什么。当年乡村里画得最好的人一定是油漆匠，表哥的母亲看他画得好，没想别的，就想他是块做漆匠的好料。一天，表哥母子去找村里有名的油漆匠阿祥师父，母亲领着表哥跪在阿祥师父面前说："阿祥叔，请您给这小子一碗饭吃吧。"母亲说完这句话，泪水不知为何扑簌簌直流了下来。那年表哥十三岁。

从那时起，表哥就跟着阿祥师父风里来雨里去，走村串户给人做油漆工。他俩既漆家具也漆棺材，当然，最多的是给人漆结婚家具。那年代穷，人们结婚前做家具也都是拣简单的做，只有条件好的人家才会做张三弯大眠床①。每当有人做大眠床，表哥施展画画才能的机会就来了。大眠床有围屏，要画上油漆画或水粉画，每次阿祥师父都叫表哥画，画的无非是京剧样板戏中的英雄人物，杨子荣、李玉和、郭建光、柯湘、阿庆嫂等，还有就是牡丹、月季、梅花、海棠等花卉，他都画得很出彩。一来二去，方圆几十里，表哥的围屏画很是出名。遗存到今天的，有的已被人当作艺术品收藏了。

虽然在外干活条件艰苦，但表哥跟着阿祥师父心里是快乐的。表哥家住山脚边上，三间木结构平屋，四面漏风。继父刚进门时对

注①：方言，即床。

他们还好，没过多久懒汉的本性就显露了出来，有点钱就只顾自己喝酒，没钱喝不上酒就会打骂表哥的母亲，喝上酒又会喝得撒酒疯，常常搞得家里鸡飞狗跳，不得安宁。几个弟妹都没钱上学，待在家里，目光呆滞，脸色像咸菜一样难看。表哥每次做工回家，总会偷偷地塞给母亲几块钱，这时，他能看见母亲的神情是愉悦的。

一次，表哥跟阿祥师父一起去宁波给人做油漆，一做做了三个月。完工那天，阿祥师父给表哥结算了工钱，一共七十二元。表哥揣着钱，去了宁波的一家商店，给母亲买了件春秋衫，给弟妹们称了几斤动物形状的饼干。他去逛商店还有一个心愿，就是想买一台小型收音机，可用来听故事和音乐。那种"红灯"牌小型收音机，是他在宁波做油漆的那户人家看到的，比巴掌大点，放在书桌上。主人整天围着它，一边听样板戏，一边跟着哼，神情洋洋得意。表哥做梦都想拥有它。正好，这家商店的玻璃柜台里就摆放着这样一台收音机，标价四十八元六角，表哥大气地掏出了五张十元的人民币递给售货员，买下了这台收音机。那年表哥二十岁。

从宁波回山里时是盛夏，阳光如火，山里不知名的野花开得正艳。表哥手拿着"红灯"牌收音机兴奋无比，他一边走在回家的山道上，一边将收音机打开收听，那天正好在播浩然的小说《艳阳天》，那男播音员的声音充满磁性。事后，表哥回忆起，那次回家，他的心情是少有的喜悦。

一推开家门，母亲和弟妹们都满脸笑容地迎接他。他把衣服给母亲，把饼干给了弟妹，这时他才发现，家里还坐着一位穿着花衬衫的姑娘。母亲给他介绍，这是后山村的银花，你在后山的表嫂听说你今天回来，叫银花过来看看你。银花坐了一会儿，也没和表哥聊上几句就走了。临走时，表哥的母亲塞给银花许多块饼干。

银花走后，表哥的母亲才说，这银花是专门来看你的，相亲来了，是你后山表嫂介绍的，妈了解过她，觉得不错。那年代，山里人穷，娶媳妇难，自由恋爱更少，但表哥当年人长得俊，又有好手艺，是山里姑娘心仪的对象。表哥对银花第一印象也蛮好的，银花人长得清清爽爽，眼睛又亮，加上母亲说了，他也就应允了。

那年弟妹都长大能给家里添力了，表哥也早已出师多年，收入多了些，家里的日子略有转机。银花不管表哥在不在家，都会经常赶过来给表哥的母亲打打下手。

一天，母亲对四个弟妹说，今年全家人都用力多编点竹制品拿到城里去卖，换点钱，明年春上让你们哥娶了银花。

表面上看不出表哥对现状有什么不满，但他心里是个心气很高的人，总觉得生活中的种种过往如同一根柴梗横亘在他的心头，让他无法释怀。加上，他每天听收音机，视野越来越开阔了，他总想着能逃避现实，忘记过去；总想着有一天能离开山里去大城市，去不了大城市去小县城也成；总之想去没人认识他的地方，开始崭新的生活。

一天晚上，他偶然听到收音机里中国台湾电台在广播，电台里煽动性地把美国、中国台湾、中国香港等资本主义社会描绘成了天堂，遍地黄金，人人生活得幸福如花。那时候，偷听台湾电台是犯法的，是反革命，但表哥不知为何，竟听上了瘾，天天晚上蒙着被子听。听几次还好，听多之后表哥竟被敌台给洗脑了。一天，他鬼使神差，竟提笔给电台留下的通讯地址去了一封信。信中的核心内容是，我家现在生活得很艰难，能否介绍我去台湾打工，赚钱养家。说实在的，当年表哥是真心想去台湾打工，没想去做特务。表哥在那年月写完这样的一封信，内心还是极其害怕和忐忑的，这封信在表哥怀里足足揣了有一个礼拜，他始终不敢自己去投寄。一天，他看见后山村他叫九叔的一个熟人下山去，就把这封信交给了九叔，让他帮忙投进松坛镇老街拐弯处的一个绿色邮筒里。

当时表哥还真是天真，信寄出后，他每天晚上按时收听电台固定频道的广播内容，期待能收到好消息，然后到"天堂般"的台湾去打工。

消息表哥自然是不可能等到的，等到的是半个月后的一天在家中被公安抓走了。三个月后，表哥因为偷听敌台、投敌被判刑七年。表哥被判刑后，伤心的银花也不得已嫁到山外去了。

很多年后，一个参与破案的民警描述了当时的整个过程：那天，九叔把信投进了邮筒，当天下午，邮电所在分拣信件时就发现了这封寄往香港的信。那时候的人阶级斗争的弦都绷得很紧，邮电所马上报告了县公安局，公安局一查，信上的地址是敌特机关，写这封信当然是通敌投敌的反革命行为。当晚，县公安局就紧急调集了精兵强将，成立了专案组。

紧接着，破案工作迅速展开，他们兵分几路开始地毯式排查。开始一礼拜并没查到什么线索，后来，一位老公安民警提出，投信的时间正值农忙，当时全县正在开展农业学大寨运动，男女老少都要出勤劳动，可以查查投信那天谁没出勤。公安局马上调集来本公社下属各大队的几十本记工簿，把凡是那天没出勤的人都分别请到公社来问询。表哥那天是出勤的，自然没遭查询，但查询到了没出勤的后山村九叔。民警问他，那天没出勤干什么去了？九叔说，母亲拉肚子，他去松坛卫生所配药。民警又让他对笔迹，也对不上。最后民警问他有没有寄过信。说到寄信，九叔当然记得，表哥那天请他代寄过一封信。

表哥通敌投敌案就是这样被侦破的。表哥坐了六年牢，提前一年出狱，出狱是一九七七年，"四人帮"粉碎后的第二年。

如今，表哥已年近七旬，每天带着一帮徒弟干着油漆活儿，不过人发福了，模样越来越像赵本山的搭档范伟。

王松寿办厂记

一

一九八三年的某夜，雨下得很大，村民们都躲在家里不出门。王松寿扛着锄头，带着儿子王小，来到后院的猪圈里，把已睡觉的猪叫醒赶至左角，便在右角墙脚根刨起土来。雨夜没人串门，父子俩安心刨土，片刻工夫挖出一个酒坛，坛口上封着黄泥。王松寿说，这是"土改"前你爷爷埋下的，里面不是老酒，是两千块袁大头银洋。酒坛很重，两人系上绳索抬回了王寿松的卧房。王小拿起砖头，砸开封泥，"哗啦啦"一声一声，把银圆倒在床上，堆成一座小山。王小双眼发光，王松寿则想起他可怜的父亲，双眼泛泪。王松寿坚定地对儿子说，明天我们背上这些银圆上省城杭州，找么叔把它换成钱，再把这些钱换成一台塑料车，给镇宏伟塑料厂加工产品。

王松寿，猴城镇白石头村人，五十岁出头，早年在镇小学当过民办教师，语文教得好，因成分不好长期无法转正，二十世纪七十年代初又回乡务农。王松寿上过中学，是村里有文化的人，村里的节日对联、村民的红白喜事记账都是他的活儿，人缘很不错。但人缘好归人缘好，王松寿一家在村里政治地位是很低的，讲话小声细腔，做人唯唯诺诺，唯恐出事。按他的话来说，他是压在石头底下的蟹。但王松寿骨子里是个心气很高的人，平时喜欢读书。

最近，听中央广播电视台连续说，中央支持乡镇大力发展工业经济，允许个人办工厂。县里召开三级（村、乡镇、县）干部大会，会上县委书记说，民营经济是国有经济有益的补充。王松寿已琢磨了很长一段时间，他认为中央下定决心发展民营经济。王松寿想到，有猪圈里那坛银圆做本金，他家可能会有出头的机会了。前几天，王松寿就找过集体性质的镇宏伟塑料加工厂厂长的表侄叶青峰。王松寿说，现在政策放开了，允许个体经营，办厂用工不超过五个人，不算剥削。叔想去买一台塑料车，给你厂配套加工如何？青峰向来尊重表叔，突然面对表叔提出为他工厂加工的要求还是有点意外，他们厂至今没发展过外加工的业务。但转念一想最近的政治风向，联系到最近厂里业务繁忙，给上海华生电扇厂加工风扇叶子的合同完成不了，他压力很大，就对表叔说，这事我做不了主，明天我到镇里向镇长汇报一下，三天内答复你。有了表侄这句话，王松寿就回家候着。叶青峰想着当年他家里穷、人口多，表叔常接济他们家，尽管多是番薯、芋头等粗粮，但饿的时候能耐饥，再说当年表叔家粮食也不宽裕，是口中舍粮。想到表叔一家对他们家的好，叶青峰暗下决心，明天要好好找镇长汇报。

二

第二天起早，叶青峰就骑着自行车赶去镇里找分管工业的孔副镇长。凑巧，孔副镇长正在办公室，看见叶青峰来有些吃惊，说："叶厂长什么事呀，这么早来办公室？"边说边给叶青峰沏茶递烟。叶青峰长着心眼，先汇报说，最近刚从上海回来，今年厂里的生产单子业务饱满，主要是上海华生电风扇厂风扇叶子订单数量很多，自身加工能力不足，镇里能不能拨几万元钱下来，再添置一台新的塑料车。孔副镇长一听既喜又忧，喜的是宏伟塑料厂业务饱满，他这个分管工业的副镇长就省心许多，忧的是叶青峰来要钱，镇里没钱。想到钱，孔副镇长就蹙起了眉头。孔副镇长说，镇里费用只够人头费，多种经营开展得也不好，镇里真没钱。听了孔副镇长一番话，叶青峰表面哭丧着脸，心里窃喜，心想帮表叔的事有戏了。但叶青峰人蛮鬼，他没直截了当地说，怕被孔副镇长怀疑他假公济私。他装着闹情绪，不给孔副镇长递烟，自顾自抽起来，一副非要到钱、不然不走的样子。此刻，孔副镇长似乎也有愧疚感，他想了一下说，三中全会召开至今也有五年了，中央号召大家解放思想，发展经济，县里也有要求，你可动动脑筋，把业务下放到下面的个体加工点，这样就能解决厂里加工能力不足的问题。听了孔副镇长这番话，叶青峰想，目的达到了，便告辞了。

叶青峰乐哈哈地来到表叔王松寿家，表弟王小也在。叶青峰一进门便对王松寿说，叔，中午叫婶婶炒两三个菜，我们叔侄喝上几盅。王小在一旁，看着叶青峰的神情，知道事成了。王婶炒了几个鸡蛋，红烧了半斤溪坑鱼，油炸了几两花生，叔侄二人加王小，每人半斤番薯烧酒打底，围着一张八仙桌喝了起来。一喝上，叔侄就话多。先回忆了些往事，叶青峰说，我们上代人就亲，我小时候最喜欢叔带我和王小一起去杨溪摸鱼虾。接着说，镇里孔副镇长同意我找代工点。你买台塑料车，为我们厂加工产品的事成了。说完了这事，叶青峰借着酒胆说，叔，买一台塑料机的话，差不多要五六万元。我们现在万元户都了不起了，您哪来这么多钱？被表侄这样一问，王松寿心头一紧，一时也答不出来了，他不能说出他从猪圈里挖出上代人埋的两千块银圆的事。他支吾了几声，想到在宁波城里开毛线店的娘舅，就说，他过几天去宁波找娘舅借几万，再用老宅抵押给信用社贷几万。叶青峰见表叔说得有谱，就吩咐表叔抓紧落实。第二天，叶青峰就向孔副镇长汇报，说加工点的事情落实了，白石头村的王松寿人机灵、愿意干。说到这里叶青峰留了一手，没说王松寿是他的表叔。

三

幺叔是白石头村隔壁杨柳村田姑的大伯，幺叔是个绰号。田姑是王松寿早年的女同学，性格风风火火，和王松寿说得来。王松寿早就知道田姑的大伯幺叔是省城开寄售商行的，暗地里兼营银圆，卖给台湾、香港人。去年过年时幺叔回过杨柳村，也到白石头村回收过银圆。王松寿记得，那天幺叔由田姑领着来到了他家。幺叔细瘦，长着一对鼠眼，初看让人不待见。王松寿看在老同学田姑的份上，从家里的床底下摸出三块银圆，递给了幺叔。幺叔拿起一块银圆放在嘴边对着银圆边齿使劲吹一口气，而后迅速把银圆放在耳边听声音，这时，王松寿都能听到银圆发出如蜻蜓振翅的"唰唰"声，幺叔满足地把三枚银圆收入了口袋。幺叔对乡人规矩，没还过钱，更没找理由说品相不好压王松寿的价格，按市场行情最高价二十八元人民币一枚回收了。幺叔临走时丢下一句话，有银圆卖可找他。

此刻王松寿想到了幺叔，父子俩决定去省城找幺叔兑换银圆。

临走时王松寿问田姑要了幺叔杭州的地址：杭州西湖边清河坊街三弄十七号。猴城到杭州通常的路径是，先坐两小时客车到宁波，然后转坐四小时火车到达杭州。为这件事王松寿发愁呀，听说火车上公安查得严，背着两米袋的银圆，万一被车警查出来，不但要充公，而且可能还有牢狱之灾。好在他有位远房亲戚，刚买了两辆旧客车，专跑杭州，有夜班车。王松寿就叫亲戚给买了客车最后一排的两个座位。为了银圆不在路上发出声音，还在米袋里掺进了大米。十多小时的颠簸，父子俩一夜提心吊胆，未曾闭眼。早上六点到杭州了，出站后，王松寿拿出田姑写的有幺叔地址的纸条，正好碰上一辆"黑的"，就打车到了清河坊街。

清河坊是西湖边上的老街，是热闹的地方，商肆众多，人来人往。面对繁华，王松寿双脚踩在老石板路上紧张得像踩在棉花被上一样，飘浮、不踏实。王小年轻，倒不紧张，好奇地看着周围的一切。不过，两个背着米袋的乡下人还是招来了众多疑惑的目光。父子俩费了一番周折找到幺叔。幺叔的房子不起眼，在弄堂边角，一小间，大约不到十平方米，好在门口挂有"幺叔寄售商行"的招牌，还算醒目。寄售商行从门口到里边、从地上到房顶都堆满了旧家具和旧电器，幺叔坐在门口的旧藤椅子上，看见王松寿父子来有点意外，但见到老乡毕竟亲切，忙把藤椅让给王松寿坐，自己和王小坐在门槛上。他抱歉地说，松寿大哥屋子小，挤不下三个人，我们门口聊。不聊还好，一聊幺叔吓着了，两米袋沉甸甸的银圆，这可不是一件小事呀。虽然听王松寿说了原委，幺叔相信这银子是祖传的，来路正，但万一出什么事，那很麻烦的。再说幺叔一时也拿不出这么多兑换的现钱。么叔本想推辞，但一想到按行规能赚百分之十，也就是六千元，他一年生意也难赚到，就不太愿意放弃这桩生意。这时王小说，爸我肚子饿了。么叔这才想起，已到午饭时间，他就请二位老乡去清河坊一家面馆吃卤味面条。吃着吃着，么叔看见了对面的邮局，大腿一拍说，有了。只见么叔放下吃剩的半碗面说了句，我去对面邮局挂个长途，你们吃好去寄售行门口等我。等了两个时辰，汗漓漓的么叔满脸堆着笑，一对鼠眼眯成了一条线，回来了。么叔说，香港人三天内到，你爷俩就住在弄堂小旅社里等吧。王松寿父子来到小旅社，住上二楼的通铺，每人十元一晚。

第三天，香港人真来了，是一个小年轻。么叔没让他们在小旅馆成交，怕被人看见出大事。早两天，他把寄售商行里的旧家具搬掉一点，整出一个容得下四人的小空间，让香港人验货。么叔做事，一手交货，一手交钱，钱讫两清，不拖泥带水。么叔反锁上门，香港人拿起一枚又一枚银圆，对向银圆齿边吹风听声验真伪。两千块银圆不是小数目，一个人吹费劲，香港人吹了几百块，就让么叔帮他代吹验货。香港人相信么叔。两个多时辰，货验完了，没假银圆，都是真家伙。香港人打开了行李箱，里面密密麻麻码着一沓沓十元大钞，一千元一叠，香港人就数了六十叠给么叔。寄售行有规矩，寄售品要收百分之十的佣金。但么叔念及此笔交易额大，又有田姑的情面，还知道这些钱是王松寿上辈人留下的家私，今天要派大用场，买设备、办工厂，分分钱都要用在刀口上，就拿了三叠钱，也就是百分之五的佣金三千元，把五十七叠共五万七千元如数转手给了王松寿，并让他们父子当面点清。王松寿父子哪见过这么多钱，越数手越抖，心越慌，口水都沾光了，手指头发红发僵，但有钱数总是喜事。父子俩每数好一叠就交给幺叔，幺叔按原封给它扎回去。终于数完了，香港人推着藏有银圆的行李箱走了。王松寿父子原想出百分之十的佣金六千元，见幺叔主动只拿了三千，心里便十分感动，连连道谢。这么多的钱，王松寿父子又把它装进了米袋里，里面依然掺着大米，以免让人发现异样。当天晚上，王松寿父子没去旅社睡觉，就和幺叔一起坐在寄售行度过最难熬的一晚，就像是看守着一座金库。第二天上午七点半，父子俩就坐上了远亲的返乡客车。幺叔直把他们送上车再回去。在车上，王松寿再三嘱咐儿子说，我们父子背的是几代人的身家性命，不能有闪失。

四

塑料车紧俏，买要托关系，不托关系要排队，还不知猴年马月能提货。王松寿跑了宁波、杭州好几家塑料设备生产厂家，求奶奶告爷爷，无奈这些厂家都是白天黑夜加班赶货也供不应求，实在没法子帮王松寿优先排货。王松寿焦虑呀，没钱愁钱，现在有钱了，又愁买不上机器。

这天，王松寿提着两瓶"洋河大曲"来到县政府办公室找秘书小何。小何是个帅小伙，当年曾插队在白石头村，房东就是王松寿弟弟。小何一看王松寿来，还提着两瓶酒，忙问："松寿叔，您找谁，还提着酒？"看着一脸疑惑的小何，王松寿也直爽地说，小何，叔就是来找你的。他一五一十地讲了原委。小何听了，也纳闷了。他说，叔，我又不是造塑料车的，找我没用。王松寿说，有用，我想让县政府帮我给宁波那个塑料设备生产厂家写个条子，说明情况的重要和紧急，说不定那家厂子会优先供我一台。小何一听似乎在理，就说，县政府的公章可是官印，哪有随便盖的。不过，当前全县上下都在宣传大力发展乡镇工业企业，说不定我们主任愿意帮你个忙。说完，小何起身让王松寿坐会儿，自己去找主任汇报。见小何起身，王松寿拦住了小何，让小何把两瓶酒给主任，这下惹小何生气了。小何说，叔，政府应该为百姓办事，你送什么酒，还拿进县政府，尽出洋相，赶紧拿回去。王松寿一看这架势，也懂得轻重，就不吱声了。小何去主任办公室汇报了五分钟，结果带来一个消息。主任说，不用打介绍信了，县里国有第二塑料加工厂转型，有两台塑料车要处理掉，而且这车子用时不长，有七八成新，叫他去洽谈一下。

第二天，王松寿就叫上叶青峰一起去位于缑城镇南门的县国有第二塑料加工厂。叶青峰和厂长熟，厂长姓厉。厉厂长说，我们被县化肥厂合并，改行了。昨天，县府办小何来过电话，说一位叫王松寿的白石村人要办塑料加工厂，来看看旧塑料车。厉厂长说，我们这两台俗称"一百二十克"塑料车，是比较先进的卧式注塑机，还是两年前从杭州萧山买来的。叶青峰一听，知道这塑料车可注压重量一百二十克以内的塑料件，匹配他们的产品加工能力。说到这里，厉厂长放缓语气，有点可惜地说道，本来县政府办小何打来过电话，我们议个价就能转让给你，问题是前几天有几个黄岩人来过，也说要买旧塑料车，这样一来有竞争，我们只能公开投标竞争了，谁价高谁得。王松寿一听急了，他知道黄岩人买旧设备最厉害，他们全国跑，做旧设备翻新生意。王松寿忙想问厉厂长，本地人能否通融支持一下？话没出口便被叶青峰拦住了，叶青峰知道国有企业有规定，没法通融。他就跟王松寿说，黄岩人买去做生意的，我们自己用，到时我们标高一点就是了。厉厂长说，三天后投标。

王松寿返家了。哪知刚到家，一个戴着草帽、瘦个儿的人等在他家门口，手里提有一网袋水果。看见王松寿径直向门口走来，他就问，您是王松寿吧？然后他就自报家门，正是要买塑料车的黄岩人。黄岩人直截了当地问，你要用一台还是两台车？王松寿说，一台够了。黄岩人说，这事好办了，现在投标就我们两家，你一台、我一台，如何？王松寿正愁着呢，怕招不过黄岩人，听他这么一说，心情就豁然开朗了起来。那天，他留黄岩人在家吃了顿便饭，暗地里与他商量定了投标的具体金额等事宜。三天后投标进展顺利，王松寿标下了两台车，共七万六千八百元，比黄岩人总报价多了五千多。王松寿中标后，信守承诺，一台以三万八千四百元的价格转让给黄岩人。黄岩人也讲义气，让王松寿先挑一台。

五

办塑料厂要场地，王松寿租来了废弃的村小学操场的半亩地，请同村的篾匠阿四上山砍来毛竹，搭起了油毛毡棚，买来了塑料打碎机等配套机械。为了这半亩地，王松寿还宴请白石头村王村长。王村长三代农民，苦大仇深。酒过三巡，半酣后，王村长就说，王松寿啊王松寿，旧社会我爷爷在你家打工，新社会三十九年了，前天，我家婆子说，要进你的厂子做工，说赚工资比种田可强多了。

这世道真是……王松寿听罢，一时语塞，尴尬无比，他只能劝酒递烟，恭谦地说，村长您是领导，我办厂子需要您的支持和照顾，弟媳尽管来厂里上班。宴罢，王村长早已醉态酩酊，王松寿和王小挽扶着送王村长回家，还捎上一坛土酒和两条"上游"牌过滤嘴香烟。翻了皇历，选了个黄道吉日，提塑料车那天，王村长和王松寿一起去。王松寿叫上一辆重型装卸车，到了县国有第二塑料加工厂，为图个吉利，先给六七吨重的塑料车系上红绸布带子，然后用吊车把塑料车吊上装卸车，拉回村子，到厂门口用吊车卸下，再用几根粗大的木滚轮，在众乡亲的帮助下拖进厂房内。

人群散去了，王松寿一个人坐在厂房里。偌大的空间静谧无声，苍茫的暮色穿过窗棂照着他。他注视着塑料车，良久，眼角不由地流下了一串串滚烫的泪水。

收废品的老张

老张满脸皱纹，双目犀利，个儿细长，四肢结实，是个年近六旬的汉子，一辈子的行当就是收废品。

他早年来自江西，父亲当年是从陕西逃荒到江西的，住在江西景德镇郊野的一座破庙里。就在这破庙里，父亲认识了不知从哪里逃荒来的一个女人，也就是他的母亲。

老张就出生在这座破庙里。

老张自小就没上过一天学，他的父母都是收废品的拾荒者。当人家在读书的时候，老张就混迹在废品堆里。那年代物资匮乏，拾荒很少能捡到铜、铁等废金属。当时，老张一家人主要是靠捡和收购一些骨头、毛发、破旧衣服、牙膏壳等维持生计。

说起来也巧，老张住的破庙旁就是一家食品公司的屠宰场，每个礼拜天，都有供销社的废品收购站人员来屠宰场拉走牛骨。所以，只要一到礼拜天，老张的父亲就早早地赶去给车装骨头，因为他装完车还会打扫好屠宰场，公司就允许他捡些零散的牛骨抵工钱。

老张母亲个头瘦小，眼睛大而无神，智力有点问题，平时就上街捡破烂，捡破棉花、破衣服等废品。那时候，几乎没有破衣服可捡，但江西人的风俗是，家里死了人，死者的破衣服要烧掉，他母亲就经常打听，附近哪户人家死人了，她就去早早地候着，在人家烧之前抢来或讨上一两件。隔天，她还会去几家理发店帮忙打扫，这几家理发店就把理下来的头发卖给她。头发轻，头发屑和短头发每两五分，长头发每两一角一分。而她转卖给供销社收购站时，头发屑和短头发每两八分，长头发每两一角八分。据说当年短头发都拿去提炼氨基酸液，长头发大都被工厂加工成假发，用于出口。

有一次，老张母亲从理发店收来几两头发，不巧，一出店门就被风刮走了。那轻盈的头发在热闹的街道上飞扬起来，好漂亮。他母亲追呀追呀，最后，无奈又伤心地看见，那束头发向她示威般地挂在一株树杈上……

当年江西缺粮少肉，可老张家差不多每礼拜天都会在破庙的那口大锅里煮牛骨。冬天还好，夏天牛骨就会散发出难闻的腐臭味，但这是他们家最丰盛的餐食。每当骨头煮熟时，老张他爸都会拿出那把有点生锈的剔骨刀，仔细地剔出骨头缝里的肉屑，有时积少成多，会有一大碗。有些时候，由于煮的骨头多，锅大，汤水沸滚时蒸出的香味会穿透四面漏风的庙壁，飘得很远，总会引来一些叫花子抢食。此时，老张的父母总会笑哈哈地，任凭叫花子喝完最后一滴汤。但在夏天，每礼拜连续吃腐败的肉，小时候的老张就经常会生疮了。他满身脓疮，臭苍蝇整天围着他转，痛痒得常常让他在破庙的石板地上满地打滚。

十二岁那年，不知什么原因，一个阴沉的下雨天，老张母亲撑着一把破伞跟老张说，她去理发店扫头发去了。那天，他父亲回来得很晚，当他放下挑来的一担骨头时，老张告诉他，母亲还没回来。

这时，天已漆黑，母亲会去哪里呢？踏着夜色，老张和父亲找遍了他俩想得到的以前她拾荒会去的所有地方。第二天，他父亲又揣上几根熟红薯去景德镇找。父亲找了七天七夜，也没能找到。

二

老张十六岁了，依然和父亲一起住在破庙里，常常饥一顿半饱一顿，衣不蔽体。破庙旁的几间破屋，依旧还住有几个叫花子。

二十世纪七十年代初的一个春日，有个叫花子给老张和他父亲带来一个让人兴奋的消息，说有个叫阿四的叫花子从南方一个叫浙江的地方回来，说那里垃圾堆里有破衣、废纸、废塑料，饭店里有剩菜、剩饭吃。老张听得双眼发绿光，仿佛看到了小山般堆着的废品和流着油的饭碗，就鼓动父亲说，我们去浙江。本来就是两个身无分文、举目无亲的人，不存在对财产和亲人的眷恋不舍。那年春天，老张和他的父亲就卷起那条千疮百孔的被絮，跟着阿四，一路搭拖拉机、爬货车、步行，走了三天零一夜，终于到了浙江一个叫桃源的小镇。

桃源是个很动听的名字，《搜神记》里刘晨、阮肇在桃花溪遇仙的神话，也随着天台山的水流到了小镇，于是小镇自古今都被称为桃源镇。元朝县丞黄溍诗曰："桃源名更美，何处有神仙？"至今，小镇仍有桃源街、桃源桥、桃源村、桃源河，都是小镇最美的地方。

天台山的水流入小镇，形成那条桃源河，贯穿着小镇不长的南北。叫花子阿四就住在桃源桥的桥墩下。阿四，微胖圆脸，身材短小，生性幽默，能逗人开心，以乞讨和拾荒为生。小镇不管大人、小孩都叫他"花子阿四"。

桥墩下冬暖夏凉，闲暇时，阿四还会拉二胡，用他的讨饭腔假声唱上一段赣剧《打金枝》：

全凭文武保华裔，

安禄山反唐兵马起，

他要锦绣社稷做万岁，

多亏了老皇兄郭子仪，

才斩了安禄山贼子的首级……

常常赢得小孩、老人的赞叹。

平时，花子阿四在小镇上遇见一些小媳妇，常会开上几句玩笑，就会被镇上的女人责骂，但大家都知道花子阿四就是嘴贫，并无邪念，所以，当花子阿四赣剧唱得有滋有味的时候，有些小媳妇喜欢听，远远听着而面露喜色。

桃源河上，在桃源桥的北面一里路光景，有条横跨河流的石头桥，名叫春浪桥。春浪桥两岸桃红柳绿，合抱的溪椤树树枝从溪边伸到桃源路上。春浪桥下，清澈的水面上浮着一条被人遗弃的破木船，花子阿四就把老张父子安顿在破木船上。老张父子支起了帐篷，配上了锅、盆、瓢、筷等，踏踏实实地过上了收废品的日子。

老张父子收废品比花子阿四有经验，秤、绳、麻袋、吸铁石等收购工具都是从江西带来的。说到吸铁石，还真有大用场，生铁、熟铁、钢会被吸铁石吸住，而金、银、铜、铝是吸不住的。废金属氧化后外表都是黑黝黝的，没有吸铁石有时还真难辨别。

那天，老张父子从旧皇历上翻到个黄道吉日，就请人在石头桥栏杆上用大红漆写上几个字：老张收废品。

小镇有许多街巷，名字都很好听，金竹岭、避司弄、水角凌、泊水塘、龙灯墙、万家巷、一善巷、白石头、八士巷、三坊墙弄等等，纵横交叉，人口稠密。

二十世纪七十年代，小镇人口近八万，还有国营厂、社办厂，工业和生活废品自然比江西丰裕多了。老张父子每天就穿梭在这些街街巷巷，小镇的街巷也会轮番响着老张父子带着浓郁赣腔的吆喝声："面盆爿、破鞋衣裳爿、骨头鸡毛、玻璃碎，卖伐……"

这吆喝声充满节奏，长腔声音悠长，能传到很远的地方。

三

那时候，老张的父亲整天提着一杆长秤，老张挑着一副担。父亲穿着粗麻上衣，腰里扎着一根绳，既可系衣服，又能捆废品；老张则穿着不知从哪里捡来的不合身的中山装。

老张的父亲毕竟是从小混江湖的人，见过三教九流、五行八作，也跟人学过一点收废品的偏门伎俩。一般的鸡毛、玻璃碎、破鞋、破衣裳他都称量实足，买卖公道，可一收到铜、铝等值点钱的，他那点偏门伎俩就会用上了。那时，家家户户缺铜少铁，万不得已的时候，会拆下柜子上的铜配件出售，换点救急的钱。

二十世纪七十年代，黄铜一元二角一斤。每次称铜铝时，老张的父亲就会顺溜地操起平时称铜铝的那杆短秤。秤砣是被做过手脚的，稍许偏重些，但偏得很轻微，这样称每斤黄铜就能占到半两的便宜，也就多赚了六分钱，可那时候猪肉才三角六分一斤。

后来收废品发迹了，老张有时也会在朋友间说起这些往事，但人们往往会原谅一个人实在贫穷时耍过的无伤大雅的小把戏。

老张父子平时走门串巷是行商，但到了礼拜天，就会坐在春浪桥上当坐商。老张的父亲会把那杆秤挂在溪椤树伸向桃源路的粗大树枝上，谁送来废金属、纸板箱、牛骨头等，就会在树枝下称。每当称毕，溪椤树枝下的老张父亲总会拖着长音大声唱道：

废铁八斤。

纸板箱二十斤。

牛骨头三十斤。

旧衣裳鞋丬十五斤……

老张会顺着父亲的唱声，负责付钱和记账。

经过多年经营，老张父子有了些积蓄，就离开了春浪桥桥下的破木船，上岸了。他俩在水角凌北面租下了一个老旧的四合院，住人又收废品。花子阿四还是光棍一人，就跟着住在西厢的一间屋里。屋里住人，屋前放废品，也收废品。

在春浪桥桥下的破船上住时，他们贫寒潦倒，没有小泼皮来欺凌，搬到水角凌后，老张父子有了点家业，就惹来了几个小泼皮，经常上门敲竹杠。开始老张父子让着，今天给几盒烟钱，明天递个酒钱，但时间长了，敲诈次数多了，老张父子也实在无法承受和忍耐了。

一天，老张父子和花子阿四三人商量出一个办法来：此后，每当小泼皮来敲诈时，花子阿四和老张就抬出一块磨刀石，阿四拿出收废品收来的一把一米长的大砍刀，坐在小矮凳上，目不视人，只是使劲"嚓嚓嚓"响地磨大刀。磨得起劲时，还会亮起嗓子唱赣剧，他斩钉截铁地唱道：

> 多亏了皇兄郭子仪，
>
> 才斩了安禄贼子的首级。

开始一两次，小泼皮们以为只是偶尔碰上阿四磨刀，但几次过后，这些小泼皮们就从"嚓嚓嚓"的磨刀声中和老张父子血红的眼珠子里看到了血腥。从此，小泼皮们知趣地退了。

四

那年，老张已是个二十五岁的小伙子了，已到了晚婚的年龄，父亲自然也着急地张罗起老张的婚事。

隔着一条墙弄，他们家对面左侧的不远处住着一对母女，长得都好看。虽是邻居，平时两户人家倒也没什么多的接触。这母女俩靠在县前街卖大饼油条为生，不知道真是她们大饼油条做得好吃，还是因为都长得好看，反正她们的大饼油条卖得好，都来不及做。

女儿上过初中，已经二十出头，人长得雪白粉嫩，好像画上的水粉人一样好看，人称"水粉人"。老张喜欢水粉人，因为水粉人长得漂亮，父亲自己不识字，则喜欢儿媳妇有文化。

老张每天早上都要去县前街，在水粉人的摊上买大饼油条。水粉人卖的大饼是放在一个生有炭火的筒壁里烘的，油条则是放在油锅里煎的。

水粉人煎油条，她母亲烘大饼，每天早上要排队才能买到。每次老张总是规规矩矩地排队，不因为是邻居就去插队"开后门"，倒是水粉人，每次看见老张排队总招呼他，要他到前面来先买，但老张总是憨厚地笑着说："我排队，不耽误工夫的。"

每次老张从水粉人手中接过大饼夹油条时，都会借机和水粉人搭讪几句。

老张能从水粉人眼中读到异样。

一天，老张的父亲找花子阿四说，儿子年纪不小了，他喜欢墙弄对面的水粉人，你去说说媒。花子阿四就屁颠屁颠地去找水粉人母亲。水粉人父亲早亡，母女相依为命。水粉人的母亲平时是不大愿意和光棍人搭腔的，但一听说阿四是为老张来说亲，也就热络了几分。

平素里，母女也注意着墙弄对面的老张。小年轻不错，起早摸黑干活勤快，虽然老张不高大魁梧，但也身板挺拔，人模人样。嫁给他水粉人是愿意的，只是小镇上的人嫁女一般不喜欢嫁给江西、安徽来的外地人。但老张父子勤劳治家，家底还算殷实，也就不会亏待了水粉人。

晚秋了，老张家门口那株高大的红枫树，树叶火似的红着，鲜红的枫叶零零碎碎地洒落在卵石铺的小巷道上，水粉人窗台上那几盆不知名的各色小花也开得正忙，看来好日子就要来了。

花子阿四看着也高兴，一天到晚哼着赣剧段子，什么《杨八姐游春》呀，《打金枝》呀，《玉堂春》呀，《下河东》呀……看见一家子人喜洋洋的，老张他爸是打心底里开心。

老张就像换了个人似的，每天修胡子、整头发，容光焕发，水粉人也经常跑过来，帮老张家洗洗衣、烧烧饭。

有一天，老张捧着水粉人的脸，声音颤着说："真好看。"

水粉人也被感动了，双颊桃红投入老张的怀抱。

两家说好了，老张的父亲就到泊水塘找算命先生挑日子。算命先生根据老张和水粉人的生辰八字，选了个结婚的黄道吉日。

成亲那天，老张的父亲还给水粉人二十块收废品收来的白花花的洋钿和一对银手镯。

据说，当晚水粉人就瞒着老张把洋钿塞进了绣花枕头里。

五

一晃几十年过去了，老张的父亲因病已故去好几年。老张很早就发迹了，成了桃源镇收废品的大户，早已搬离了水角凌，一家人住上了亮敞带花园的洋房。老张和水粉人生的女儿也二十多了，像水粉人一样漂亮。

只是，老张上了年纪，眼窝子就变得越来越浅，一想起当年失踪的老母亲便会泪水纵横。

怀念老朱

老朱，大名朱顺永，二○二三年七十六岁，六十岁退休后一直在家，只关心三件事：麻将、喝酒、爬山。

老朱有两个女儿，大女儿嫁在本地，小女儿移民加拿大。老婆平时喜欢唱京剧，是嵊城小有名气的"京票"。平凡人家，日子寻常。

退休后的每天午后，老朱都要和老同学搓几圈麻将，在我的印象中，老朱牌技不错，输赢豁达，不是小气的人。但偶尔碰上老朱的老同学，都说："老朱麻将天天要搓，但输了又要心疼。"我总笑着回答："输钱谁不心疼。"老朱的老同学回答得也好："赌有输赢，但输了心疼不能太明显地表现出来。"有次碰上老朱，我说："老朱，你打点小麻将，几百上下，输了不要心疼。"老朱说："不知为什么，退休后麻将输面大。"说了，停顿了一下，又笑着说："不心疼，不心疼。"

老朱喜欢喝酒，我是知道的。我于一九九○年到县土产畜废公司担任书记兼经理，老朱是公司办公室主任，比我大十六岁。老朱留给我的印象是为人厚道，乐于助人，文章写得好，毛笔字也写得好。二十多年来，我家的春联都是老朱书写的。老朱下过乡，当过知青，在农村中学当过语文代课老师。那时，他老婆也在同学校代课。

二十世纪九十年代"改革开放"，计划经济向市场经济转轨，办企业的应酬多。那时的应酬无非是递烟喝酒，烟我会，年纪轻轻就是一杆"老烟枪"，酒我却天生不会喝。这时，老朱办公室主任的作用就发挥出来了，他总是义无反顾地帮我挡，让阵地不失守。其实，老朱的酒量也不大，六七两白酒而已。

有次，湖南涟钢的人来公司，为了能跟涟钢签下废钢铁换钢材的合同，那晚老朱代我喝了一斤的宁波大曲。当时，我以为老朱会当场扑到，哪知喝完了他还安排好卡拉 OK，陪客人唱了一晚。老朱忙前忙后，招待周全，但第二天一整天不见人影。同事说："朱主任昨晚在卡拉 OK 厅的卫生间吐了好几次。"

退休后，老朱好一口酒的习惯没改，平常一日二餐酒，三时八节还会叫上老同事、老同学聚餐，一碟花生米、几盆小炒，喝酒、闲聊，日子过得赛神仙。

老朱长相俊朗，身体很好，虽早有白发，但细瞧还是偏年轻。退休后，他喜欢爬爬山，到处走走。有年早春，我们几个老同事一起去雁苍山挖兰花。宁海山兰普通，但极香。我向来认为兰花以香为贵。老朱家里养了些他挖的山兰，每年要送我一盆。那天，到雁苍山的一段山脉，我眼尖，看见不远处山崖上长出一簇兰花，含苞待放。我说："老朱，我去挖。"老朱把我拦住说："崖陡，你爬山少，我来吧。"只见六十多岁的老朱揪住树枝攀崖，身轻如燕。片刻，老朱便挖下了这簇兰花，给了我。

我印象中，老朱退休后的好多年日子都过得舒坦，精神头也很好。

大约十年前，有天同事告诉我："老朱中风了。"我心头一紧，赶紧跑去医院看。这时险情已过,老朱神志清楚,但落下了后遗症,日后走路一瘸一拐,变瘸子了。我也不知道,老朱中风和嗜酒有无关联。

老朱一病十年,病情日益加重。因为我们两家住得近,不过百米,经常碰上。每次碰上老朱,他都会说:"应经理,我麻将不能打了,酒也喝不下了,活不长了。我太孤单、太苦了。"每次,我都心酸,却爱莫能助,这人世间最大的悲哀莫过于此吧。我只能吩咐当年一起的老同事多关心关心老朱。公司老同事都重感情,三时八节都会去看望老朱。后来几年,每次老同事去看他,老朱都会拉住老同事的手不放,神情极无助,像是永别。每每看到这种情景,我顿生悲伤,为老朱,也为自己,深感生老病死的无可奈何。

二〇二三年六月四日下午三点,老朱永远地离开了我们。这对长期患病、生不如死的老朱来说,无疑是解脱。当天傍晚,我去老朱家看他,老朱的老婆正在给他换寿衣。我坐在门外的樟树下,微风掠过,神情落寞。我想起二十多年前,父亲去世当晚,老朱半夜跑来帮我操持,点脚灯、商量具体事宜。一晃,老朱也走了。

老朱是我为数不多的好兄弟之一,是个好人,我很怀念他。

老范

　　老范起得很早，春寒还没有消退，凉风习习。他顶着霜露，搭乘兵团的拖拉机去二十里开外的大溪镇赶集。这不，春耕刚忙完，个个都累瘫了，肚子里的油水也刮了个精光。昨夜，他们宿舍的人凑了份子钱，委派老范去斩点猪头肉回来，解解馋，添添油水。

　　说是老范，其实是个刚满十八的粗壮小伙子。那年月，兵团这帮小青年都是刚毕业的学生娃，稚嫩得很，却有点油滑，喜欢以"老"字相称，让自己显得成熟。他们响应国家"上山下乡"的号召，把青春献给了祖国的农垦事业，来到温岭建设兵团。虽然兵团按部队建制，但穿便服，说穿了就是来做有组织的农民，种稻谷、棉花、西瓜、甜庶等。毕竟还是学生娃，由于农场劳动强度超大，干得他们是喊爹哭娘、呼天抢地，此时，理想的鸟儿也不知飞到哪里去了。

　　大溪镇镇上的集市可热闹，各式摊头都有，人挤人、货挨货，农民来卖种的养的，换点买盐买线头的零花钱回家。这是那个年代农民唯一合法的经济收入。

　　一家熟食摊上，猪头刚出锅，热气腾腾，放在案板上面目狰狞。但对此时的老范来说，这猪头实在太可爱了。他把鼻子靠近猪头，贪婪地吸着那股子热气，肉香就顺着气管直达脏腑。猪头肉便宜，三毛二一斤，老范就切了三斤半。只见长着络腮胡的屠夫，三下五除二，刀落肉离，马上一包猪头的腮子肉就用油纸包好了。

想着宿舍兄弟们的馋相，老范没在集市上多逗留，起步往兵团赶。当时没回程车，老范就提着猪头肉沿着乡间的小道走。近中午，气温升高了些，太阳温柔地照着一弯小溪，溪水静静地流淌，溪边一簇簇小花绚烂地开着。

老范起得早，又赶了一段路程，饥饿虫早已爬满了他的胃壁。此时猪油透出了包猪头肉的油纸，散发出让老范着实难以拒绝的诱惑。老范想，反正有三斤多，就吃一块猪头肉吧。老范蹲在路边，打开油纸。这时，猪油已结珠，快要从油纸上滴下来，老范赶紧用舌头把冒出来的油舔了一遍。没有经历过缺衣少食的年代，是无法体会当时的老范舔到那猪头肉油水时的感受的。

一块猪头肉慢慢地在老范的口中融化，老范试图让那美味在口腔里多搅拌、多停留一些时间。老范想，有三斤多，就吃一块，没事的；走了一会儿又想，有三斤多就吃两块，是看不出来的；又走了一大段路，再次想，有三斤多，我就吃三块吧……一路上，老范就这样为了吃猪头肉寻找着各式各样的理由，自我安慰着。结果就在老范回农场的路上，一两一块，三十多块的猪头肉，不知不觉快被吃光了。当只剩下最后三块时，老范真有些慌张起来，宿舍的兄弟们还等着吃猪头肉呢。好在老范平时就是个大大咧咧的人，也豁出去了，他想，反正只剩下三块猪头肉，回宿舍也分不匀，他一横心，就把那最后三块猪头肉也吃下肚了。

吃完那三斤半猪头肉，老范年轻身体的满足感是可想而知的。那天，老范在外面混到天黑，认为大家该睡熟了，才悄悄地溜进宿舍。哪知，老范刚进屋，宿舍的灯"唰"一下就亮了，他看到的是兄弟们愤怒的目光……

　　日后，老范返城进机关工作，不久当上了科长。范科长不到三十就谢顶，挺显老。兵团的战友都戏说，是那天老范猪头肉吃太多，头顶都冒油的缘故。

角儿华维扬

华维扬长方脸，大眼睛，英气逼人，个子不高，一米六八，但上台不显矮。和华维扬一起上台演过戏的第五代耍牙传人叶传民说，华老师唱戏身段漂亮，架子好，一上台，一亮相，就能镇住场子。

华维扬生于一九四〇年，自小跟父亲——嵊城京剧名票友华宣禄学唱京戏，身板、乐感都很好。他十一岁时，华宣禄因肺病亡故，之后家境陷入贫困。因食不果腹，他被金华的姑姑收养，带到金华去生活，日子艰辛。

十三岁那年，金华京剧团招生，华维扬揭下贴在街头的招生帖子去报考，并从众多考生中脱颖而出。当时一位考官指着他说，这帮学生中能成材的，一定是华维扬。

华维扬在金华京剧团十一年，一心苦练，打下了坚实的京剧基本功，唱念做打样样出彩。他演老生，也演武老生。他嗓音不高，有韵味，可连续唱几个礼拜的戏，嗓子都唱不倒。他在金华京剧团做了三四年主角，会很多戏，老生戏有《打渔杀家》《四郎探母》《战太平》《武家坡》等，武生戏有《长坂坡》《回荆州》《恶虎村》《狮子楼》《三岔口》《野猪林》《白水滩》等。

"文革"前夕开展戏剧改革，当时金华地方戏婺剧新排的《白蛇传》受到周总理表扬，红极一时。为了进一步做大做强婺剧，上级决定把金华京剧团并入婺剧团。合并以后，原是京剧主角的华维扬受排挤，工资还降了一级。为人清高的华维扬一气之下，揣着身有本领走遍天下都不怕的想法，辞职回乡务农了。

华维扬家在缑城东门。紫气东来，旧时的缑城东门了不起，住着一些大家族，有龚家、王家、袁家、华家等。当时的缑城剧团在东门白石头三号，是个旧四合院，大门厚重，门槛又厚又高，迈步时要高抬腿。

华维扬从金华回乡后住在缑城剧团旁的东门老宅，两间平屋，平屋后有个后道地，长了株金桂，他常在树下练功。那是"文革"初期，外面已开始乱糟糟了，但华维扬不问天下事，只知种田和唱戏。华维扬有个同族远亲，叫华赞谟，他家四合院门口有株一人抱的大杨柳树，缑城人称其家为杨柳树脚下华家。华赞谟年轻时当过国民党军官，后来返乡，他年纪比华维扬大好几岁，辈分高，是公辈，于是华维扬叫他赞谟公。赞谟公早年还在上海谋生过，学来一手好京胡，会唱一口好京戏。那几年，华维扬赋闲在家务农，天天嗓子痒，就每天傍晚跑去赞谟公家吊嗓子。每当晚饭后，赞谟公就会准时在自家院子里操起京胡，前脚拉起，华维扬后脚准能到。华维扬常说，京胡过门不等人。

一九六九年，缑城以平调剧团为基础成立了县毛泽东思想文艺宣传队，专门演样板戏。当年，虽然缑城有较好的京戏群众基础，但要找个科班出身的人演主角也难。这时，有人举荐了科班出身的华维扬。就这样，华维扬被招进了文宣队，还作为老师父级的业务骨干录用，一进队工资就在演员中最高，月工资有三十九元。

到了文宣队，排的第一出样板戏就是《智取威虎山》。华维扬演杨子荣，和他配戏演座山雕的演员叫计敏杰。计敏杰说，华维扬演的杨子荣英雄气概尽现。当年，他们的《智取威虎山》演遍浙东，反响极佳。一炮打响后，文宣队又连续编排了《平原作战》《沙家浜》《红灯记》《杜鹃山》《磐石湾》《白毛女》等，华维扬连续出演主角赵永刚、郭建光、李玉和、雷刚、大春，等等。

华维扬演样板戏时，京胡琴师叫陈公亮，鼓板师叫柳梅成。陈公亮拉的京胡地道，柳梅成的鼓板节奏掌握得好。柳梅成的鼓板、陈公亮的京胡、华维扬的唱腔无须刻意配合，琴瑟天成。和华维扬搭档的还有一个武生，叫陈汝华，那跟头翻得极飘。他可以在空中吃饼干，可见在空中滞留的时间长。

京剧演员遭受伤痛是平常事。在缑城剧院演《平原作战》时，华维扬演主角赵永刚，当演到赵永刚遭遇日本兵马上兵刃相见时，发生了意外。那时，鬼子兵的道具是铝刀，为的是能发出碰撞声的舞台效果。本来，鬼子兵的刺刀是刺向华维扬左肩上方，华维扬的头转向右面，哪知那演员那天晚上喝了点酒，当华维扬把头转向右边时，他竟然猛地刺向右肩上方，当即刺伤了华维扬的鼻骨，导致骨折，鲜血直流，只能停戏。

那时候文宣队演戏很苦，经常要下乡，每个演员包括名角华维扬都要自带水壶、铺盖，下乡大都睡祠堂、学校，一般都是白天演一场，晚上演两场，连轴转，极耗体力。一年夏天，他们在三门演《智取威虎山》，已连续演了一礼拜，但由于三门人喜欢看，强烈要求加演几天。据叶传民回忆，当时天热得真是夸张，连天上的麻雀都纷纷掉下来，演员们也早已热得、累得筋疲力尽了，华维扬连走路都打跟跄。这时，华维扬平常藏着的火暴脾气就爆发出来了，他脱下戏服就甩手罢戏，弄得场面非常紧张。当然，最后华维扬还是精神饱满地完成了节目。

华维扬的拿手戏是京戏老生，但也会反串演小花脸，曾演过《济公捉拿华云龙》中的济公，一改老生的硬朗豪迈，幽默诙谐了起来。一九七八年，文宣队改为平调剧团后，他又唱起了平调，在《三请樊梨花》《劈山救母》《逼上梁山》《回天记》《王锡桐》等平调中担任主角。

平时，生活中的华维扬没有什么朋友，但最爱逗小孩，和小孩玩耍。他会用毛竹做精致的蟋蟀笼和鸟笼，把这些蟋蟀笼和鸟笼分给道地里外的孩子，教孩子斗蟋蟀，带他们去竹林去捉一种叫"竹叶青"的小鸟。这些时候，华维扬是最高兴的。

华维扬的老婆也是猴城东门人氏，地道的农村妇女，不识字，长得人高马大，嗓门也高，当年在剧团食堂烧饭。平时剧团的人和他家相邻，经常会看到、听到他们夫妻吵架。一吵架他夫人就喜欢摔饭碗，一摔饭碗，华维扬就会拉开嗓门亮起"好呀，好呀"的京腔，摔一只，唱一声。那声音也很漂亮，好像真是在赞美他夫人碗摔得好似的……

华维扬是个纯粹的戏人，不关心政治，心中只有戏。在"文革"中因演样板戏红极一时，他也没有加入任何革命组织，没谋个一官半职。平时他为人简单，不谙世故。当年上演《智取威虎山》时，戏中的角色都由他分配，一个演员为了谋一个角色，一次演戏完毕，好心给他端来洗脚水，却被他一脚踢开，弄得别人非常尴尬。华维扬的性格中既有耿直的一面，也有性情敏感火爆、会做出常人难以理解的事的另一面。这为他后半生多舛的命运埋下了伏笔。

　　华维扬先生已作古多年了，但当年他演绎《野猪林》中的武老生林冲那苍凉的声音至今还在盘旋："大雪飘，扑人面，朔风阵阵透骨寒……"

青青

　　曹家村是个古老的山村，阿旺家世代住在这里。春耕开始，山里到处色彩斑斓，是景色最好的时候。

　　这天，阿旺去镇上的供销社，凭耕牛酒票①打来二十五斤老酒。打酒的是位漂亮的女售货员，和阿旺熟，超额给多打了五斤。晚上，阿旺在家里宣布，这个月积攒下来的三十几个鸡蛋，不去供销社换烟钱了，他要打鸡蛋酒给青青吃。青青是条矮小壮实的雄性小黄牯牛，八岁，正壮年。阿旺怕白天打鸡蛋酒，家里三个小孩会馋，所以他五更就起床，叫母亲阿菜打上一大壶鸡蛋酒，他拿去喂青青。

　　清晨，很是安静。牛棚里，青青"呼嚓、呼嚓"的呼吸，响亮而有力。看见阿旺走来，青青眼中充满期待，由于兴奋，一块一块的肌肉也抖动了起来。阿旺慈爱地看着青青，一边抚摸着青青的下颌和两腮，一边说："青青啊，你在我家也好多年了，又到春耕了，今年的犁套我又给你整了一个新的。老人说，春耕深一寸，可顶一遍粪。青青啊，你可要多使上一把力呀！"阿旺自言自语，青青好像也听懂了，它毫不客气地喝下一大壶鸡蛋酒，吃下那十块黑黢黢的乌饭麻糍。

　　天早就亮了，下着小雨，水雾把山村蒸得青翠欲滴。阿旺穿着蓑衣，背着牛轭和犁，牵着青青去犁田了。

　　阿旺家的水田就在山脚下，田形长方，长满了做肥料的草籽草。

注①：二十世纪六七十年代间，为供应耕牛饮用酒以助其御寒，有关部门专门分配的"酒票"。

梅红的草籽花挂着一颗颗滚圆的水珠。青青一看到嫩嫩的草籽草，兴奋了起来，闷声低头吃起来。阿旺一看青青不干活，就生气地亮起嗓子骂道："小子呀，刚刚吃了一大壶鸡蛋酒、十多个乌饭麻糍，再这样不停地吃草，是要被撑死的！"

话音刚落，懂事的青青就停止了吃草，抬起头来，站在那里一动不动，任阿旺给它套上牛轭。阿旺套好牛轭后，就放好木犁，并用力把铁犁头插入田中。这时，阿旺拉了一下牛绳，口中发出"吁"的声音，只见青青精神一抖，犁起地来。

阿旺今年五十了，剃着板头，上身长，下身短，有力气，是个把犁的好手。三十多米长的田，阿旺犁得它像是墨斗线弹的一样直。青青很用力，把土翻得很深，长势茂盛的草籽草都被掀在犁开的泥土下面。

春耕头天，青青犁了三个时辰的田，就早早被阿旺赶回家了。阿旺说，头天犁田，不能太猛，牛的力道要慢慢透出来的。

小黄牯叫青青，是母亲阿菜给取的名。阿菜年轻时虽然面黄肌瘦，但身材好，眼睛也亮，当年阿旺的父亲老曹去三门贩牛时，顺便把她娶来。阿菜嫁到老曹家第二年，在一次跟老曹赶牛去城里的途中，在一个叫暗岩的路廊里，生下了阿旺。

老曹是缑城有名的牛贩子，满脸横肉，镶一口大金牙，一年到头腰里总是扎着一根长长的粗麻绳，用来穿牛鼻孔牵牛。传说他力大无比，可双手压服一头惊牛，人称"牛魔王"。一年到头，他都是从三门贩牛到缑城。每次贩牛，他会早几天去三门买好牛，第二天下半夜从三门出发，上午就能赶上缑城的牛市。

老曹看牛是好手，平时，最喜欢小黄牯牛。小黄牯是小种黄牛，善耕水田和旱地，跑山路如同平地。每当他牵上一头年轻的小黄牯到市场上，就会不间断地吆喝："小黄牯牛一头，牛眼亮堂，鼻内无垢，牙齿齐全，牛龄 X 年，水旱田均会耕，正劳力啰。"

老曹每年都要贩牛几十头。他说，假如一年贩不到二十几头，一家人是要挨饿的。

刚七十出头那年，老曹被突如其来的山洪淹死了。

说来也是怪事，虽是雷雨季节，但那天田野里只下着毛毛细雨。老曹牵着三岁的青青，在小溪边的草坛里吃草。这时，村后远处的大山上开始乌云滚滚，雷电闪裂，暴雨如注。民间有说法，雷雨隔田岸。老曹思想麻痹，没把暴雨放在心上。哪知，没有一袋烟的工夫，山洪暴发，小溪瞬间洪水飞涨，正走在溪堤上的青青滑入了水中，它不谙水性，胡乱挣扎，眼看就要被洪水卷走了，说时迟那时快，"牛魔王"老曹一看情形不对，猛地发劲，只见他双手紧紧攥住牛绳，使劲往上拉，青青也在水中拼命挣扎。好在青青年轻，两腿正好蹬着一块溪石，一跃而上，捡回了性命，但不幸的是，惯性却把拉绳的老曹甩入了河中。

大伙儿和阿旺一家呼天喊地地顺着小溪找了三天三夜，才在那个满是月光的晚上，在下游的杨溪找到了嵌在溪边杂草中的老曹。被洪水浸泡了三天的老曹肚子鼓圆，面目狰狞。

阿旺一家把老曹埋在村边的山坡上。老曹入葬，阿菜哭得昏过去。在阿旺撅最后一畚箕坟顶土时，只见青青飞快地从村子里朝山坡跑来，眼泪汪汪地站在老曹墓前，四蹄急促地在原地踩得"嗒嗒嗒"作响……

老曹死后"三七"那天，阿菜静静地站在牛棚里直视着青青，突然，她失声痛哭起来，拿起牛麻绳狠狠地抽打着青青。只见青青不躲不闪，任阿菜的抽打雨点般地落到它背上。

差不多一晌工夫，阿菜的泪水哭干了，看着任凭她用麻绳抽打的可怜青青，她怜爱地抚摸着青青满是抽痕的牛背，就牵着它去村外吃草。

村子的老墙弄窄，正好赶一条牛，老墙尽头一户人家也养着一条雌性小黄牸，叫花花。看见青青走过，花花"哞"地欢叫了起来。平时，青青看见花花就会撒欢，今天，青青没有理睬花花，默默地走了过去。

山坡满是青草，青青却没有去吃草，它挣脱开阿菜的绳索，跑到老曹的坟前，前蹄一下子跪了下来，混沌的牛眼里泪水在打转，它牛头向天，"哞"地长声嘶叫起来。片刻，青青一跃而起，疯狂地跑进山里，不知去向。

这一下阿菜吓着了，哭着满山去找。她的哭声招来了阿旺和村人，大家一起去寻找，但到天黑也没找到青青。

望着深不可测的莽莽大山，阿菜悲伤极了，只好先回家。到家时已深夜，阿菜就在牛棚里等着，迷迷糊糊地睡着了。她在心里喊着："青青，你在哪里，快回家吧……"

夜更深了，蒙眬中她突然听到了熟悉的呼吸和脚步声，她睁开眼睛，看见亲爱的青青正用头角顶开虚掩着的门，进了牛棚……

又到春天了，村边的溪水更亮，山也更绿。村右边的那块山坡上，各种野花盛放着，"牛魔王"老曹的坟茔也早已长满青草。不远处的树林里，各种不知名的鸟儿都在欢乐地歌唱。阿菜在溪边洗衣，阿旺荷锄在菜地里除草。

小黄牯青青和同村的小黄牯花花，并肩奔跑在山坡上，阳光照得它俩身上的毛发熠熠生辉，让人感觉在山坡上奔跑的不是两头牛犊，而是两匹骏马。

青青和花花一会儿奔跑，一会儿又放慢了脚步，耳鬓厮磨了起来。突然，青青一跃而上，伏在花花的背上，完成了延续生命的事儿。

第二辑

一条叫桃源的街

我出生在二十世纪六十年代初，印象深刻的是七十年代的那条桃源街。那时的桃源街长不过三里，北到今天的北大街口，南到南门杨溪。北大街外是蛙声阵阵的千顷良田，肥沃得很；而南门杨溪则是缑城人的母亲河，灌溉、饮水、洗衣等都要靠它。那时的杨溪，清澈得像面镜子，人们可掬水而饮。

桃源街和中大街交叉成十字，这十字路口周边便是当年宁海的商业中心，卖百货的、卖五交化的、卖副食品的、卖水产的，等等，皆集中于此。印象中，那里最具标志性的建筑就是四层高的东方宾馆。桃源街上还遍布着宁海中学、宁海剧院、文化馆、人民医院、城隍庙、天主教堂、派出所、电影院这些宁海人耳熟能详的单位和建筑，还有许多小营生——开国老店、国胜洗衣店、张斌打铁店、天台人弹棉花店、制秤店，等等。

我记得当年文化馆对面有个大道地，旁边有条窄窄的墙弄，叫狭墙弄。狭墙弄南墙上镶嵌一块刻着"惜字"两字的石碑。大道地临街面整道墙上长满了青苔，右上方还镶嵌着一扇雕有草龙纹的石窗。缑城最热闹的地方，就是大道地对着文化馆这段街。每逢农历三、六、九集市，农民们都会把自产的农副产品送到此处售卖，这段街物挨物、人挤人，热闹非凡。现在的小孩无法想象，当年一车车齐腰高的水车萝卜，一排排满竹箩的红钳蟹是怎样的壮观场面。在不同季节，集市上还卖装在竹笼里的蟋蟀、一分一根的番薯糖、一分一盅的小野栗。那时候猪肉贵，记忆中是六角六分一斤，还是凭票限量供应，一人一月六两。海鲜便宜一些，好像带鱼、乌贼、白蟹不到一角一斤。

小时候嘴很馋，只要口袋里有一分钱，我就会跑到桃源桥头的东墙角去买饴糖吃。只见癞痢头王师父在电线杆上钉一根木钉，把刚出锅半烫的饴糖挂在电线杆上，像拉面一样摔打，拉成条状，动作娴熟顺畅，然后他将糖放在作板上剪成梭形，一分一粒。每次我吃完一粒，总还赖在那里不走，看到我的馋相，有时癞痢头王师父会弄点糖屑给我吃，我也很满足。有意思的是，癞痢头王师父打糖时，会习惯性地不时在痢痢头上抓两下，头屑就会纷纷落在饴糖上，有时为了手不粘糖，打糖时还往手掌心里吐点唾沫，很不讲究卫生。

当年在城隍庙门口，经常有个林姓"老本"（老本，浙东称有功夫的人）摆地摊卖烂泥膏药。他赤膊用木棒猛力击打自己的胸脯，常获得围观者的满堂喝彩。地摊不远处，还有个陈姓小铜匠，打锄头、镰刀等。本来各做各的生意，井水不犯河水，一日，不知为何两人拌上了口角，"老本"看不起小铜匠，伸手就要将小铜匠拎起来，准备把他摔到地上，哪知小铜匠极机灵，闪身一躲，顺手拿起榔头，一榔头敲在"老本"头上，"老本"瞬间倒地。没片刻，小镇上就传遍了"老本"打不过小铜匠的故事，从此"老本"也就变得不那么"老本"了。许多年以后，陈姓小铜匠成了小镇有名的企业家，这是后话。

二十世纪七十年代经常有游行、集会。游行队伍敲锣打鼓，前面有个人吹着铜口哨，拿着一米多长系有红缨的金属质地指挥棒在指挥，指挥者就是我父亲的老熟人老孔。只见老孔动作张扬，表情神圣，当年甬提有多威武了。这是他一生的荣耀。

记忆中，那时的桃源街还有段路，经常臭气熏天，因为那里是个生猪收购场。有一次，收购人员没能摁住一头将被送去斩杀的大猪，正逢集市，猪硬是撞倒许多人，最后，这头猪窜进一条弄堂，跑得无影无踪，年少的我也赶在人群后追了一把。今天想起这一切，还真是有趣得很。

那时候母亲在桃源街边的"二建"公司工作，孩子还小。记忆中，每年放寒暑假，我跟弟弟就被母亲放到"二建"公司对门的南丰姆家玩。南丰姆是母亲的好姐妹，她的五个儿子也是我的好兄弟。有两件事我印象特别深，一是他们家养猪，经常会煮整锅烂番薯，每次煮好，南丰姆都会先找出几只没烂掉的给我和弟弟吃，特别甜；还有一件事是南丰爸会打糖，我家每年的米糖都是他打的。一九四九年前他是地主兼小副食品店店主，小副食品店就是卖米糖的，他的米糖打得最好吃。当年我最喜欢吃的就是夹杂着花生的米糖。

二十世纪七十年代初，我们家住在宁海剧院对面，也就是刚被拆迁的影都的位置上。那是两间低矮的烂泥地小屋。有一次，这两间小屋还差点被弟弟给烧掉了。弟弟比我小两岁，那年冬天，他玩火，结果灶间失了火。家里没人，为了灭火，他竟然搬来柴火，压上灭火，结果火越烧越旺，已经烧着了高高悬在梁下的饭篮了，差点烧穿房顶，幸亏父亲及时赶到。

七十年代中期，我家搬到桃源街边相邻的天主堂内。天主堂建于清光绪三十年（一九〇四）。电影《七十二家房客》说的是二十世纪四十年代，一个院落生活的七十二家房客甜酸苦辣的人生故事。那时候的天主堂可谓现代版的"七十二家房客"。它占地五亩，有破败房屋百余间，住着各色人家近百户。刚住进天主堂时，晚上我是不出门的，因为有邻居老人说天主教堂的墙壁晚上闪着五颜六色的玻璃光，里头有"洋鬼"。此外，以前天主堂内有育婴堂，收留被遗弃的婴儿，也经常会有死婴，所以，大家都说此地还有"冤小鬼"。现在回想起来，那时的天主堂真美，特别是礼拜堂，建筑风格为哥特式，用罗马柱承托穹顶，门窗是彩色进口玻璃，光怪陆离。天主堂院子里面还有许多混砖结构的房子，夹杂种着竹子，风一吹，竹影婆娑。记忆中，那里还有一口老井，井水十分清澈，冬暖夏凉。

时间过得比风还快，转眼，我也过了天命之年。想起来也怪，我一直生活在这条叫桃源的街上，至今没离开过。小时候我住桃源南路，现在，我依然住在桃源北路上。我总在想，人的一生其实就是一条路，往南走走，往北走走，这一路上的风景，便也是这一世的风景了。

避司弄往事

　　我的外婆家在避司弄南尽头的东边，是一座木结构的四合院。记忆中，那个院子干干净净的，前院有个葡萄架子，后院则有一棵大橙树。那时，果树上的果子什么时候能长出来、什么时候能吃，成了我们这些孩子心中最记挂的事情。

　　我的童年就在这座四合院里度过。外公是位老知识分子，印象中，他总是笔挺地坐在中堂的太师椅上，不苟言笑。外婆从小没上过学，每天忙里忙外，脸上总是一团和气。

　　在猴城，避司弄可谓人人皆知。不过，虽然名头大，其实它不过是一条长不到二百米、宽三四米的狭墙弄而已。有些老人说，在很早的时候，猴城自南往北都是山，到了现在的县政府驻地往北，才变得平坦。当年的避司弄就是山里的一条水涧。明朝，永乐帝因为宁海名儒方孝孺不肯为他登基写诏书，就灭了方孝孺十族。当年猴城哀声连天、血流成河，许多方孝孺的族人就被灭杀在这条水涧里。尸体堆积如山，将水涧填得满满当当。很多年以后，这里变成了一条弄堂，但因为当年那场事，人们给弄堂取名避司弄，谐音避尸弄。"避"是土话，是溢出的意思。当然，这样的说法无从考证，或许只是老人口中的一个传说而已。

　　避司弄的北口就在县前街，现县政府正南面不到一百米处。那是当年猴城最热闹的地方。晚清、民国时的避司弄，两边都是商贾和有钱人的院子。从县前街进避司弄，左边依次有灵影照相馆、咸货行、胡家坦旅社、源来居纸店、范文成院子、银行、林家道地等；右边依次有源来居布店、徐法家院子、万丈春药铺和院子、范银金院子、邬家道地等。新中国成立后，这些房子大多换了主人。一段时间里，万丈春药店变成了警队和解放军一中队的驻扎地，二十世纪七十年代初还变成了电影院。

听老辈人讲，晚清时避司弄最大的老板叫范文成，当年半条避司弄的房产都是范文成家的，他家光佣人就有几十个，还专门配有养马的人。当年的中大街上不时能听见"嗒嗒"的清脆马蹄声，街上的行人和商店里的人都会驻足观望，小孩子更是羡慕得不得了。可惜后来范文成染上了鸦片，导致家道中落，大部分房产就转卖给了其他商户。

徐法家则是西溪山里人，父辈在上海做竹木柴炭生意发了洋财，回乡在避司弄从开金银店的范银金处置了几个院子，前后相通叫四串堂。

民国时，万丈春药店的老板叫陈洪澜，水车人，家大业大。当年，避司弄朝东一面有三分之一的房产都是他家的，有相通的三个大院子，其中一个是药店。他在一市、七市还有大量的田产。当年陈洪澜还是缑城有名的慈善家，灾年捐赈，平时救济穷人，曾获国民政府颁发的慈善奖状。就是这么一位有钱人，平时生活却极为节俭，有两则小故事可见一斑。

据说，陈洪澜当年去一市、七市收田租，从不坐轿，三四十里路都是走着来回。一次，他赶去收租，当地的土匪听说陈洪澜要来，就早早等在枫槎岭上，准备劫他。陈洪澜全然不知，收完租后，一人走上枫槎岭，结果就遇上了土匪。土匪看见陈洪澜穿着一身粗布衣衫，就向他打听，路上看见过陈洪澜没有？陈洪澜一听，双脚便软了，嘴上却说，自己不认得陈洪澜。这时，恰逢两个轿夫经过，陈洪澜装肚痛，坐上轿，这才摆脱了打劫的土匪。据说，这也是陈洪澜平生第一次坐轿。还有一则故事，说有一年端午，一个乡下亲戚给陈洪澜送了一条几斤重的大鱼，陈洪澜舍不得吃，就拎着去卖给了避司弄口的咸货行，自己则留下大鱼剖出的内脏下酒。

　　避司弄的建筑大都建于晚清、民国。胡家坦的旅社是混砖木结构的三层楼，用料粗实，少雕刻。源来居、徐法家、范银金、万丈春等宅院是中式建筑，但明显也有西式元素——一些门窗有西式菱形纹且上玻璃的，徐法家院子的木梁上沿还刻有西式花纹。其中一些院子还有古木，让人有岁月静美的感觉。如今，避司弄的建筑大多已极为败落，大部分居民都已搬走，拆迁也已开始。不过，听说这次拆迁会保留一些较为有名的老宅。

　　或许是怀旧，连续梅雨后，恰逢一个阳光灿烂的日子，我到避司弄转了一圈。弄堂里散发着淡淡的霉气，一片荒凉。当年的咸货行和胡家坦旅社已拆倒，砖石满地。我的外婆家林家道地也是大门紧闭。推门而入，只见梁塌、门破、窗空，无用的家具横七倒八，道地里杂草丛生，一副惨败景象。

　　看上去依然很有生活气息的还是源来居。道地里花木茂盛，厅里挂着主人年轻时的夫妻合照，两边放着两把雕刻精美的清代太师椅。已八十高龄的主人程行茂先生在休息，我没有惊动他。程先生是源来居的大公子，也是二十多年前我供销社工作的同事。印象中的程先生个子高瘦，手指细长，眼睛透亮，善做生意。

走进徐法家的院子，徐法家八十三岁高龄的侄子徐可士还住在这里。房内黯黑，家什陈放杂乱。老人身材圆润，神态祥和。院子里有口线条非常古拙的四方石板老井，井边青苔簇簇，井内清水冽冽。

最能见证缑城时光变迁的，当然还是位于避司弄最北端的宁海照相馆。宁海照相馆诞生于民国，民国至新中国成立初叫灵影照相馆，后公私合营变国营，改名为宁海照相馆。当年它是缑城最好的照相馆。小时候，每逢过年，我们家都要在此照全家福。二十世纪六十年代，照相馆橱窗里长期陈放着一张漂亮的大尺寸结婚照，照片中的人物就是我的二姨妈和二姨丈。这张照片"文革"前从橱窗里撤下来，原来由我二姨妈自己一直保存。今天，这张珍贵的照片已悬挂在我表妹在美国的家里，是她永久的缅怀和纪念。

很快，避司弄就要拆了。千百年来，人来人往，多少房子被拆，多少房子又建起来，这并不稀奇。但我想，建筑没了，情感却会留下。无论何时，人们都会在心里记住这条经历过苦难和繁华的避司弄。

回不去的解放路

老底子^①猴城很小，城里只有几万人，其中有一半人还住在曾经的山坡上。

猴城那条中大街，当年就是山岗。中大街南面有几条老路，从西到东依次是兴宁路、龙灯墙、避司弄、解放路、桃源路，除了避司弄，其他四条路都通到南门的杨溪边。有意思的是，解放路旧时叫南大街，听人说，是一九六四年起才叫解放路的。叫南大街时，是南起今天的华侨饭店，北至三隍堂口。旧时，今天的华侨饭店门口是道城门，叫南大门，南门城墙拆后，该路南起南门杨溪，北到三隍堂口边，约一点五公里。解放路窄窄的，仅三四米宽，路面中间是石板，两边铺杨溪捞上来的卵石，路弯，呈蛇形，路两边是密密匝匝、低矮沉闷的百年以上的老屋。从今天的角度来看，叫这条小路为大街，有点可笑。这条路落差还很大，从南到北，阶梯式上升，像梯田，一层又一层。梯田长出庄稼，这里则长出一户一户人家。

我外婆家就在离解放路不到二十米的文明巷三号，是座清代的木结构四合院。外公外婆早年生活在上海，都是洋派人物。外公能说一口流利的英语，民国时给美国人当过翻译。我就出生在外婆家。因为出生在凌晨一点，外公给我取名"一鸣"。小时候，我由外婆带大。当我还在牙牙学语、蹒跚走路时，一次不小心摔倒在外婆院

注①：老底子，即"原来"的意思。

子里一堆还未冷却的灰烬中，至今膝盖上还留有一个铜钱大的伤疤。上学后，我离开了外婆家，但隔三岔五，母亲还是会牵着我的小手，领着我穿过曲径通幽、青砖灰瓦的文昌巷，穿过解放路，去外婆家。

离外婆家很近的三隍堂口有两家成衣社和鞋革社。三隍堂口的成衣社是缑城当时最著名的裁缝店，店里有许多"铁车"（缝纫机）。当年，人们走过三隍堂时，总会听到"嗒嗒嗒"响着的美妙缝纫机声。成衣社的裁剪大师父叫炳夫（音），他和我父亲关系不错，空闲时还会带上一把花生米到我家和父亲喝上一盅。那年月，我们全家人的过年衣裳都是请他做的，我叫他炳夫叔。炳夫叔上身魁梧，下肢瘫痪，一天到晚就坐在成衣社门口裁剪台的后面。记忆中，他的脖子上总挂着一根长皮尺，从未取下，就像长在那上面一样。炳夫叔手艺好，人也和善，大家都喜欢去他店里做衣服。有趣的是，高中毕业参加工作那年，母亲领我去炳夫叔处做了件卡其布中山装，但我穿上后，却怎么都觉得不合身。

鞋革社就在成衣社隔壁。鞋革社的女会计叫金梅，是母亲当年的闺蜜，我叫她金梅阿姨。金梅阿姨长得白白胖胖，慈眉善目，讲话声音很轻，经常来我家串门，和母亲一聊便是半天。她的丈夫叫老王，个子不高，人清瘦，是解放战争渡江战役前参加解放军的。老王虽然打过仗，但没脾气，人很好。没想到的是，日后我竟然还跟老王在同一个单位工作了一段时间。

二十世纪六七十年代，城关镇镇政府办公室设在解放路五十八号的顾宅（顾宅二十世纪五十年代起就供政府使用）。顾宅是当年一位叫顾鸿章的南洋华侨的房子，占地九百平方米，是花园洋房。

门庭上挂着当年同盟会领袖题的匾额，显示着当年顾家的显赫。让人印象最深的是，顾宅中堂的门扇上嵌有五颜六色的进口玻璃，地面上铺着进口地砖，院子里有荷花鱼池和八角凉亭。那年月，我父亲在城关镇镇政府工作，也就每天在此上班。我和镇干部的一帮子女就经常会在中堂的地砖上打滚，打木旋，在花园里捉迷藏。但让人唏嘘的是，一九七六年政府落实政策将顾宅归还给了顾家，而那时，一生爱国爱乡的顾鸿章先生却早几年就在离顾宅不远的水角凌的一间破旧房子中去世了。

解放路旁还有一口石板井，原是应家祠堂里的应家私井。该井所处地势低、水源旺、水质清，应家人为了方便邻里汲水，就扒掉了围墙。应家在缑城很有名，大画家应野平就是应家人。那时候，我家住在天主堂内，门前人武部西门口也有水井，但此井天旱无水，所以逢天旱时，我就会和父亲一起提着水桶去解放路的石板井汲水。到今天，一想起那口石板井，我们家人就会无比感恩。

解放路上还建有宁海最有名的耶稣堂。耶稣堂是西式建筑，据考，清咸丰三年（一八五三）八月，一位叫戴德生的人受英国在中国的教会委派，到宁海传教。清同治六年（一八六七），戴德生建起宁海解放路耶稣堂。耶稣堂门口有条金竹岭对过来的小横路，路上还开有一家天胜裁缝店。裁缝店的厉师父是东阳人，早年在上海跟红帮裁缝学手艺，手艺极佳，最擅长做西服。新中国成立前，他从上海带回一辆"铁车"，来缑城解放路开起了裁缝铺，养育了六个子女。厉师父是个大胖子，谢顶，邻居都叫他大胖子裁缝。他为人小心谨慎，从不和人红脸，他的孩子和人吵架或打架，无论对错，他总是先打自己孩子，然后给人家赔礼道歉。后来，他的三儿子还成了我最好的朋友，是槟城有名的建筑商。

在厉师父家旁，当年还住着一位赫赫有名的根雕大师李云波。可贵的是，李云波做根雕从不上山乱挖砍树根，都是从柴夫手中买柴和树根来做根雕的，真真是化腐朽为神奇。一九六三年李云波去世，据说，出殡那天许多人来送行，场面很大。作为后辈，我敬仰乡贤、民间艺术家李云波先生，今天还收藏着一件他落款的根雕作品，题材为寿翁。

解放路历史悠久，人文气息绵厚。当年的解放路是槟城人口最稠密的地方，是中心。解放路北端不远处是当年的县衙，即今天的县政府。三隍堂口的东面离城隍庙很近，槟城大户柴家也在此。顾宅西边不远处是槟城曾经的孔庙。

解放路是一代又一代槟城人抹不去的记忆。今天，随着城市化建设的推进，解放路已开始了全面拆迁，老解放路已基本拆迁完毕，现在剩下的已是一片瓦砾。庆幸的是，像顾宅这样的建筑已作为文保单位保存了下来。

那天，我一个人站在解放路的瓦砾堆上，只见夕阳西照，几只飞鸟盘旋，这景象让我有些哀伤，但这哀伤只属于我一个人。到了我这个年纪，无论有怎样的转折，都能体察到其中的情理。我能够想象，不多久后，这里又将立起新的高楼大厦，此地将变得繁华，就像当年的繁盛时期一样。历史似乎总是这样，永远不会冷清，就像戏台上的"出将入相"，你方唱罢我登场，一场烟火冷却，总会升腾起另一场热烈的烟火。这是情理，也是人世的定律。

大同食堂

大同酒家歇业关门差不多有二十年了，但老缑城人回忆起来，还拗不过口来改称呼，依然按老底子的叫法，叫它"大同食堂"。

食堂这叫法，是二十世纪五十年代人民公社化时，从老百姓吃大食堂饭延伸出来的。大同食堂也诞生于那个时期。当时，那里可是全县最有名的大食堂，附近居民都在此就餐。开始是餐餐白米饭，好像白米吃不光，吃了不到一年大家就开始喝薄粥，吃不饱，一个个肚皮"咕咕"响。今天，许多健在的老人都还记得，那口煮粥的大铁锅，大得可装得进一个人。

大同食堂位于中大街，是缑城最热闹的地方，对面是新华书店，左边是朝阳药店、冷饮早餐店，右边是百货公司，百货公司对面是三隍堂。三隍堂口有家集体经营的裁缝店，大师父是个行动不便的中年人，是我父亲的朋友，叫炳夫。大同食堂的背后是教练场，是打篮球和从事其他文体活动的场所，还有一家大众浴室。从教练场到大同食堂不过百米。大同食堂后门的小道边上有一条臭水沟，沟里面的老鼠大得像猫一样可怕，一群群来回窜着，不惧人，悠悠地拣吃食堂下水管道流出的食物残渣。县政府大院离大同食堂不到三百米。大同食堂是一家普通饭店，但由于是我县最早的国营饭店，又位于缑城中心，门前常年车水马龙、人来人往，它也因此承载了太多的历史记忆。

大同食堂鼎盛期应该是二十世纪六七十年代。那时，大同食堂门前的中大街每天都上演着各种人间戏剧，四时八节都要在此开展各种民俗活动。"文革"时的大字报也会贴满中大街的墙壁。据说"文革"末期，中大街上第一张反对"四人帮"的大字报，就是在大同食堂楼上写的。那天，大同食堂的几个职工连夜写好大字报，署名饮服公司评论员，执笔的是对师徒，师父年逾四旬，生得胖墩墩，徒弟不到二十岁，生得白净净。第二天一早大字报就贴到了百货公司的玻璃橱窗上，引起了全县轰动。正当风声鹤唳地追查贴大字报的这几个人时，粉碎"四人帮"的消息从北京传了过来。后来，那位白净净的徒弟走上了仕途。

相比今天灯红酒绿的酒店来说，那时的大同食堂显得寒酸：硕大的土灶、海口的铁锅、成堆的柴火、二三十张八仙桌，墙壁上贴满宣传标语和领袖像。食堂进口右边放着售饭菜票的长条柜，柜台后面的墙壁上挂有整排小竹片，竹片上有用毛笔写的菜名和价格，每片小竹片都油腻腻的，像被油煮过一样。那时，每逢猴城三六九集市，来赶市的乡民们大多要到这家城里唯一的饭店用餐。当时不作兴排队，人们争先恐后买饭菜票，里三层外三层，有时实在太拥挤了，就会挤翻售票柜台。有趣的还有，食堂厨师炒菜的灶台上有一个大窗，窗外就是每次卫生检查都要批评、但就是不搬走的臭得不能再臭的公共厕所——中大街就只有这么一个公共厕所。上年纪的人都知道，在那贫困的岁月里，人们是不大讲究卫生的。

那时候，大同食堂的大师父叫满珍。这位黄坛山里出来的高个子精干瘦实，充满灵气，炒得一手好菜。满珍师父有传统招牌菜：五香干丝、霉干菜烧肉、红焖茄子、清炒四季豆、咸齑烧黄鱼、萝卜烧带鱼、三鲜汤、红烧豆腐……这些最普通不过的家常菜，满珍师父总能做得比别人更有滋味。

在那贫穷的岁月里，经常有人在大同食堂办结婚酒，但不像现在一办几十桌。那时机关干部结婚，最多办上一两桌，叫上几个同事，炒几个简单的菜热闹一下。一九六一年，县委农工部有位徐姓干部和华山铁姑娘队华姓队长结婚，就在大同食堂办了一桌。这一桌菜没有鱼肉，全是青菜萝卜豆腐之类的素食，但一番情境十分美好。

二十世纪六十年代初，"三年困难时期"刚过，我姐姐还只有四五岁。妈妈告诉我，那时候父亲经常带着姐姐出去玩，每当路过大同食堂，看到旁边的冷饮小吃店，姐姐都嚷着要吃肉包子。当时，人连饭都吃不饱，肉包子贵得离谱，但父亲疼爱女儿，总会从衣服的某个角落搜刮出最后一点钱，给姐姐买上一个包子。而这，便成了姐姐脑海中关于父亲的最美好的记忆之一。

我父亲健在时经常说，大同食堂最有特色的面条是肉丝面和光面。肉丝面大家好理解，就是在烧好的面上浇上和着肉丝的肉汤，再撒上几许葱花，碗大汤足，汤面上飘葱油，有粮票二角一碗，无粮票加二分。光面，就是把面在锅水中烫熟，盛入碗中，再浇上有些许油水的酱油汤，撒上葱花，有粮票一角一碗，无粮票加二分。

当年缧城有个叫王先生的人，只要身边有了一角钱，就一定会到大同食堂去吃碗光面。王先生一般都会坐在食堂西首角落的八仙桌边上，拖着长音念一句："光面来碗。"随后，服务员就会端上一碗大汤光面。王先生吃光面时会先拿起筷子，把筷子插入碗底转起来，让面卷在筷子上，然后把光面提溜起来，从最上面几根开始吸食，一边吃面一边嘴巴会发出"嘘溜嘘溜"的声音，一口气能将大半碗光面吸食下去。然后，他双手端起面汤，一饮而尽。那场面酣畅淋漓，如同一场表演。

二十世纪八十年代改革开放伊始，大同食堂更名为大同酒家。名字变了，还是风光了一些日子。二〇〇〇年初，企业改制，酒店私有化，变了身份。直到现在，遇上旧城改造，这食堂终于还是彻底地退出了历史舞台。但它却和那些逝去的时光一起，结成了老底子猴城人记忆中一份沉甸甸的乡愁。

白石头记

　　天主堂门前有条陈旧的小巷，向东走约一百五十米，是南蔡家巷口的四岔路口，路边有口古井，终年不涸，水清如镜。古井边卧有一块白石，形态极像一头猪娘，老人们叫它"白石头猪娘"，简称"白猪娘"。有人去量过，"白猪娘"高零点八米，长一点四米，宽零点三三米，约重三百公斤。猴城的许多老人说，这头"白猪娘"是天上的神，母猪下凡化石而来，是为猴城镇妖避邪、纳福送喜的。

　　乾隆某年，猴城大旱，人们纷纷掘井却找不到有水的源眼。这时，东门有位白髯老者知道"白猪娘"有来头，就双手奉香对"白猪娘"说："白猪娘娘显显灵，保佑能掘出有水的泉眼来。"说罢，几个后生就在"白猪娘"旁挥锄掘地，哪知几锄下去，水流如柱直涌。这口井，就是今天还陪伴着"白猪娘"的那口古井，井内圈刻有"乾隆年造"四个字。

　　光绪二年（一八七六），海游人、大学问家章梫十六岁，只身步行六十公里到猴城白石头附近的龚家，来龚宗濂私塾求学。龚家曾是猴城望族，龚宗濂乃一名士。章梫聪明好学，龚宗濂十分喜欢，愿以女儿许配之。龚家有四女，任凭章家挑选。章梫其父章思培也经常去龚家，每次都要经过白石头，有时也会到井边汲水解渴，并在白石头上小坐歇息，他也知道"白猪娘"的古怪精灵。那天，他就求"白猪娘"："犬子一山，和哪位龚家小姐合姻缘？"是夜，"白猪娘"托梦给他：龚家长女虽一脸麻子，但为人贤淑，具福态，知书达理，帮家助夫运旺。果真被"白猪娘"言中。一八九〇年，章棂和龚家长女成婚，婚后不久，章棂中进士，并育三子一女。日后，子女个个成材。

古时，但凡猴城要下暴雨、发洪水，"白猪娘"都会以它的方式发出预警。要下暴雨、发洪水的半个月前，白石头的石身就会越来越潮湿，直至滴下水珠，这时暴雨、洪水也就来了。

到了二十世纪六七十年代，猴城还传说"白猪娘"会在夜里唱歌。那时，猴城剧团紧挨着白石头，每天清晨都有演员在那里吊嗓子或唱歌，到了夜深人静时，在白石头附近就能听到"白猪娘"在唱同样的歌。

说起来，还有个趣事。好几年前，和田玉风靡，据说，一些人就歪想，这块巨石是不是和田玉？一个风高月黑之夜，这些人请来一位所谓看玉高手，提着一把八磅榔头，想敲下一块，看看是否是和田玉，是的话就赶紧去叫吊车吊走，他们就发财了，可几辈子不愁吃喝。哪知"当"的一声，八磅榔头敲下去，"白猪娘"竟是丝毫未损，铁榔头却反弹了起来，砸到了敲者的脑壳上，那脑壳裂开了一条细缝，当即鲜血直流，差点丧命。

长期以来，人们都有疑问，这块石头到底是从什么地方来的？人们都希望它真是天上的来客。但可以肯定的是，它不是猴城本地的石头，因为猴城都是红石，石质松软，而白石石质细腻。后经专家考证，这块白石头可大有来历。

明初，猴城名士卢原质在南京为官，他在南京的自家院子里专门造了一间书屋，屋前园子种有"岁寒三友"松、竹、梅，"三友"

前还立有一块较大的白色质地的太湖石，并因此将书屋取名为"白玉书堂"。建文四年，南京发生"靖难"，卢原质受牵连被灭三族。嘉靖年间，卢原质平反。到了万历时，卢原质后人去南京寻找前人遗迹，凭吊祭祀。至此时光已流过了两百多年，卢原质的院子早已不知换了多少主人，但那块白石还屹立在院子里。新主人同情和敬佩卢原质的为人，就让他的后裔把这块白石头运回故土，放置在卢原质妹夫家门口——也就是今天的位置——让人缅怀和祭祀。猴城老人辈辈相传，放置白石头那天，猴城天色晴朗，霞光一片。

因为白石头的神奇和吉祥，很早的时候人们就把放置白石头的路改叫白石头路，把所在的村改叫白石头村。

我小时候住在天主堂的院子内，也就是白石头附近，这里的大人会去古井汲水、洗衣，小孩喜欢骑在"白猪娘"身上，它是小孩的好玩伴，一些妇女也喜欢在白石头边唠闲话。在我记忆里，当年白石头南边有座孔家庵，庵里住着当年抗日名将孔墉的女儿。她一直独身，乡人依旧叫她孔小姐。孔小姐平时文静少言，面容亲切，经常会来汲水，孩子们都喜欢她。每到夏天，她也会带着西瓜来井边，把西瓜沉入井水中冰镇，再提上来切开分给孩子们吃，这也是当年我们这些孩子的开心时刻。

今天，东门地块早已拆建，老建筑都换成了高楼大厦，虽然白石头和古井被水泥矮墙围起、原地保护着，但怎么看都格格不入，显得孤零零、硬生生，令我很心痛。好在，它们终究是被保护下来了，一个城市总要留下一些不能忘却的记忆才好。著名作家薛家柱先生说："在童稚最初的记忆中，故乡就是那块形似猪娘的白石头和白石头后面那口长年不涸的水井，以及白石头旁边那座有鱼池的爬着青藤苍苔的祖居老屋。"

通用厂的老故事

二十世纪九十年代之前，宁海最牛的工厂一定是位于西门崇教寺山脚的宁海通用机械厂，没有第二家。老宁海人都习惯叫它通用厂。该厂创建于一九五二年，是国营企业，是一家能给其他工厂造机器的工厂——应该说，它是当年宁海的"工业之母"。改革开放后宁海工厂遍地时，许多技术骨干还都是出自这家工厂。

我小时候就知道这家工厂了。二十世纪六七十年代，城里有游行活动，形式花样百出，但只要通用机械厂工人的游行队伍一出现，他们就是街上最热闹的、气场最大的。

有一次，我事先知道游行队伍要经过中大街了，就早早地爬上三隍堂口宁海成衣社的三楼楼顶等着观看。通过中大街的游行队伍包括工农商学兵，当轮到通用厂的工人队伍通过时，只见工人们列队整齐、口号响亮。尤其是最前面的六辆脚踏三轮车，披红戴绿，每辆车上载着一只硕大的皮鼓，一位位健硕的工人站在三轮车上双手擂鼓，鼓声震天，威风得不得了。

这就是我孩提时对通用厂的最初记忆。

一九七八年，我高中毕业，等着被分配工作。那年月有句出名的口号："工人阶级领导一切。"当时，通用厂要招人，我当然也向往去宁海最著名的工厂工作，做工人阶级的一分子。那年，我同届的二三十位同学幸运地被招进了通用厂当工人，可我却被分配去暗岩供销社看小店。拿到分配通知书那天，我真的很失望。

暗岩在崇教寺山西头，通用厂在崇教寺山东头，相距不远，每次去暗岩上班，都要经过通用机械厂门口。那高大朱红的厂牌"宁海通用机械厂"非常醒目且有气派地悬挂在厂门的右边。每次路过，我都会投去羡慕的目光。

许多人可能不知道，通用厂厂址前身就是崇教寺原址。宋代时，缑城有两座名寺，西门的崇教寺和北门的妙相寺。一九四九年七月，解放军和宁海的国民党守军的最后一战，就发生在崇教寺，此后宁海获得解放。

到二十世纪八十年代初时，通用厂面积已扩大到一百多亩，有工人三四百人，六个车间，包括装配、金工、冷作、铸造、热处理、木模等。当时县里最强的机器设备、最优秀的工业技术人才都集中在这里。当年，当上通用厂的工人都会给人明显的扬眉吐气的感觉。

那年我还不满十六岁，虽然已经在暗岩看小店，卖香烟、老酒、酱油、米醋等商品，其实还像个小孩一样贪玩，经常会趁休息天或工作空隙跑到通用厂去找同学。

通用厂里有个我要好的同班男同学，姓韩。当年，他可是县里的高干子弟，父亲是山东南下的抗日干部，解放战争时曾率领连队打进国民党南京总统府，时任县人武部副部长。那时的韩同学长得瘦长，脸也黑黑的，但由于他一年四季都穿着部队的绿军装，看上去还是很精神、帅气的。

韩同学在通用厂是车工。二十世纪七十年代末，通用厂为了适应发展，斥巨资从捷克进口了一台 C650 车床。车床硕大，有近十米长，可以加工特大的金属零配件，是当时国内顶尖的大机床，也是许多工业企业梦寐以求的机器。操作这大家伙的师父姓应，应师父当年还不到四十岁，正值壮年，是从杭州制氧机厂回乡的技术骨干，车工做得非常清爽，让人挑不出毛病。韩同学就是应师父的徒弟，跟着应师父学习操作捷克车床。不要看韩同学平时有部队子弟的优越感，但工作起来还是很能吃苦的。平时，他待机器很好，总是把捷克机床擦得干干净净。他说，保持车床的干净，是一位好车工对自己这份工作的尊重。应师父对韩同学也偏爱，韩同学得到了应师父的真传，三年学徒期未满，韩同学就单飞了，不久就成了县里有名的车工。

那时候，有空闲我也喜欢围着捷克大车床转，车间里的其他任何车床，在这个捷克大家伙面前，都是小巫见大巫。

当年这个大家伙，让我充分感受到了机器的力量。

我还最爱去通用厂另外的一个地方，那是一个神秘的工场，用于修枪，平时守备森严，闲人莫入。那工场在西头，就两三间平屋，室内零乱地散落着各种枪支、零部件和修枪的各种工具。走进室内，就会让人产生间谍片里才有的感觉。

记得修枪组的组长姓汤，当年他是位中年人，中等个儿，白白净净，绝顶聪明，什么枪都会修。厂里的老人说，国民党也请过他修枪，他躲开不修。一九四九年后，他就给共产党修枪。修枪组还有两位学徒，一位是我的同班男同学，姓柏；另一位是我的邻居，姓鲍。

柏同学是位一米八五的大个子，貌似粗人，其实心细如发，修枪很认真。他平时就和我很要好，有机会总会偷偷带我去看枪。修枪车间里可是什么枪械都有——机关枪、三八步枪、半自动步枪、卡宾枪、手枪、气枪等，许多在修的枪械都是卸了胳膊和腿放着的。

我最向往的还有看汤师父和柏同学去厂里西边山坡上试射刚修好的枪械，除了看他们射击好玩，就是趁机讨上一二枚弹壳，好带回家制作成口哨。

还记得有时候，我一边走在山间小道，一边吹着弹壳口哨去暗岩小店。铜质口哨吹出的声音很漂亮。

通用厂里还有位我的发小兼同班男同学，姓耿，现在我每次碰见他都会想起当年通用厂食堂自己做的非常好吃的绿豆棒冰。

通用厂属重工业，工人工资高，福利待遇也好，夏天有绿豆棒冰吃。在那个年月，绿豆棒冰可是稀罕物。那时，当听说通用厂有绿豆棒冰吃，我就跑到厂里去，找耿同学要，每次耿同学都会把他的棒冰月票分我一半，我会喜滋滋地回家拿上保温瓶去通用厂食堂装棒冰。当时的那种兴奋，今天的人们是难以体会的。

当年，通用厂漂亮的女工不少，其中就有我的同班女同学。老通用厂人到今天还在自豪地说，当年县里有些工厂有一百多号女工，我们厂只有五六十人，但县里最漂亮的一群女工，还是在通用厂里。

事隔多年，我的韩同学还经常说起，厂里最漂亮的女工都集中在他们金工车间。他说，车间好看的女车工有五六位，其中一位女车工姓胡的，是上海知青，正巧，当年正在放日本电影《望乡》，大家都说她像片中的主角栗原小卷。

除了漂亮的女工，通用厂最美的景致就是厂里的空地、通道两边，角角落落、北面和西边的山坡上都长了成片成片的梨树。四月，厂里开遍了雪花般的梨花，晶莹剔透，风吹过，梨花纷纷扬扬洒落下来，就像一个童话世界。

二十世纪九十年代末，通用机械厂改制，更名为"凯特机械有限公司"，但老辈的宁海工业人总会很想念它，想念它蹉跎和辉煌的岁月。

一天，我碰到表弟的岳父，姓周，当年是通用厂厂长。他是个劳模，年逾八旬，但精神还很好。说起通用厂的人和事，他如数家珍，充满着感情。

他告诉我，他年轻时是位电焊工，电焊工的技术含量是很高的，电焊时要掌握好电流，焊的物件才不会有气泡。一九六四年，宁海要造第一座横跨杨溪的跃龙大桥——民间叫"高桥"——对电焊要求极高，许多电焊工的技术达不到焊接桥梁钢件的要求。在那关键的时候，年轻的他挺身而出，领军焊接了钢桥，保证"高桥"平安通行了几十年。

时间就像跃龙大桥下的杨杨溪，向东飞快地流去而不会复返，但一切美好的记忆都是不会流失的，比如曾经发生在通用机械厂里的这些老故事。

浙东有佳人

红妆家具收藏家何晓道先生说：黄坛严家小姐楼是浙东第一小姐楼。清明时节，阳光明媚，桃红柳绿，让人顿生思古之幽情，我决定去寻访深藏闺阁的佳人。

本来从宁海西走山河岭国道，行车五分钟即可到黄坛古镇，然而我舍近求远、舍快求慢，走西门霞客古道。古道蜿蜒在白溪流畔，顺着半山腰延伸。右山坡上梨花成片盛开，其间点缀着几株灼灼红梅；左边是向东顺流的杨溪，溪里时常翻涌起阵阵美丽的浪花。抬头望去，青山黛色，白溪如练，溪流南岸翠松如盖。行进在千年古道，追踪溯源，游兴盎然。

说起宁海的古镇，前童古镇可谓闻名遐迩，然而，仅从单幢的结构及装饰之精致华丽看，前童古建筑是不可以与黄坛古建筑相比的。黄坛几处的典型古建筑都是我国雍乾时期的佳作，有司马第、克绍堂、益善堂、居易堂、小姐楼等。遗憾的是，数年前一场大火，居易堂被烧毁。万幸的是户主抢出了一对木方窗、一扇格子窗，方寸之间还保留着居易堂的记忆。

踱步于黄坛古巷，看到高高的马头墙、黯灰色的青砖壁、净亮的鹅卵石小道、精致的石头窗，令人感觉仿佛时光倒流。古巷里遇上的几乎都是老伯、老妇，这情景倒和古巷的气氛相融。从霞客古道一路欣赏绝美春色，到小巷之古朴、寂静，我的心绪也随着时空的交替变得沉重和压抑。

巷深径幽，佳人何在？映入眼帘的是一道石柱和由灰砖堆叠的门户。这门户一看就知道已是数十年未曾修缮了，被无情的风雨摧残得斑驳不堪，但依稀可见当年的奢华和精美。石门上是镂空的石雕格子，格子上方是刻有古代仕女的砖雕，风姿绰约、神态毕现。右上方的墙体上有一扇小小的石窗，图案细腻、优雅，缝间还隐约可见当年佳人袅袅婷婷的影子。这就是黄坛著名的小姐楼。

门户紧闭，我在门外伫立良久而不忍推门，怕惊醒熟睡了几百年的俏佳人。佳人在庭院里嬉戏玩耍、剪草浇花，还是在小楼上走针缝线，做出阁的嫁衣？我轻轻推门，期待着脸颊绯红、亭亭玉立，身着碧罗纱衣的佳人出现……

小楼寂静无人，阳光流水般地泻在窄窄的庭院。庭院的角落潮湿，几株青翠的小草平添几分生机。虽然我探访过小楼数次，但每每还是被小楼的巧夺天工所折服和震撼，陷入对小楼中所蕴藏着的故事的遐思。

小姐楼是四间开两层，深不过五米，长不过十五米，体现着江南女子特有的别致和韵味。这么小的空间，二楼居然有阳台。阳台宽一米五左右，上方是斗拱式半弧形的木结构房顶，围栏或弧形，或方形，都施朱红漆。虽然如今朱红漆大都褪尽，但还依稀可辨。一楼和二楼中间的外木墙面刻满了各式各样美轮美奂的雕饰，有人物、有花草、有飞鸟走禽、有《西厢记》中崔莺莺和张生的故事……每根木柱子都刻有倒挂灯笼和灵芝的图案，插角是繁茂的木雕花草。如果说眼睛是人心灵的窗户的话，江南建筑的点睛之作就是格子窗。小姐楼的门窗都是格子拷成的，榫卯结构，一根藤缠绕，图案通灵优美，用料讲究，结子是红木做的，这在浙东的古建筑中都是罕见的。

然而小楼已经十分破败了，岁月风雨的摧残、人为的破坏、蚂蚁的啮咬，小楼已弱不禁风。当年庭院内的石拱门已倒塌在地，二楼甚至无法承受人的行走。一场大雨、一场大风，小楼就会坍塌……

正当我为此惋惜而黯然神伤之际，有位老伯悄悄地走近我，用警觉的眼光注视着我，片刻，犀利的眼神转而祥和，大约是看我不是心怀不善吧。老伯和我寒暄道："小姐楼是县文保单位，但由于年久失修，加上精美雕板和木结构屡次被窃，已今非昔比。"

老伯面目清瘦，举止儒雅，娓娓道来，上辈人说，这小楼是严家用近五百两银子修的。严家是宁海的名门望族，严家佳丽"十五弹篌箜，十六诵诗书"，冰雪聪明、姿色倾城。小姐十岁便被父母送进小楼居住，几乎近十载未曾出门。虽然小楼清雅，物质丰足，但也禁锢了花季少女的心绪。面对窗外的春色，她冀盼不已。时光变迁，如今的人们再也不会知晓小姐楼墙内外上演了多少才子佳人的故事。

在小姐楼前静思凭吊，庭户悄无声息，人去楼空，情景不堪。只见一抹夕阳洒在朱红"美人靠"上，仿佛可见小姐莲花碎步、月移花影，真是绣帘一点月窥人，一阵风来暗香满。我遐思无限，借古人李延年词《北方有佳人》而诵之："浙东有佳人，绝世而独立。一顾倾人城，再顾倾人国。宁不知倾城与倾国，佳人再难得。"

天主堂记忆

我们一家似乎都跟天主堂有着某种联系。外公外婆都是天主教徒，早年，外公还念过上海教会办的沪江大学；妈妈虽然从来没去天主教堂做过礼拜，但她小时候是受过洗礼的；特别有意思的是，在十岁那年，我家居然还搬到了天主堂，在那里住了很长一段时间。

那是一九七二年，由于要拆掉老住所建电影院，政府便替我们家在天主堂的内院空地上建了一个四十平方米的平房，让我们一家五口暂住。天主堂坐落在桃源南路旁，门前朝着那条窄窄的嵊城著名的白石头路。从搬进天主堂的那一刻起，此地便成了我一生的记忆。

小时候听外婆说，天主堂建于清光绪三十年（一九〇四），是一位法国神父主持建造的。外婆口中，老底子的天主堂是很美的，礼拜堂建筑风格为哥特式，用罗马式柱承托穹顶，非常华丽。大窗户用的是法国进口的五彩玻璃，伴随着赞颂上帝的歌声，日光在玻璃上轻巧地跳动，编织起一条又一条彩虹。当年天主堂院子里面，还有许多混砖结构的欧式房子，前后夹杂种着竹子，风一吹，竹影婆婆。穿着黑衣、挂十字架的神父和嬷嬷从房前走过，有一种奇特的神秘感和圣洁感。外婆还说，当年天主堂还办慈善，有育婴堂，收留的婴儿都是嬷嬷带的，有的嬷嬷有文化又年轻漂亮。

天主堂占地近十亩，我们到那里时，已经是个大杂院了，一派人间烟火的景象。大门进去，右边是早已荒废的礼拜堂，其他地方都是生活圈。刚住进去时，一切都是那么新鲜，过去只能从外国电影中看到的尖顶和闪着五颜六色光的玻璃窗户就在眼前。小孩天真无忌，总想跑到里头去看看这光怪陆离的玻璃窗后面到底隐藏着什么。有一天，我终于从门隙里钻了进去，只见教堂内又大又高，满是灰尘的绒布窗帘散落在地上，椅子、凳子杂乱地堆在中央，古怪彩色的光线从四面八方照射进来，连蜘蛛网都清晰得让人吃惊。

那时的天主堂院子内已密密麻麻地建了几十间平屋，加上原有的房子，里头总共住了百余户人家——三教九流，五行八作，干部、军人、警察、医生、小商贩、剃头匠，等等，就像电影《七十二家房客》，成了个小社会。孩子们四处奔跑，木头的楼板被踩得吱吱作响，年久失修的房子四处漏光，光中尘土清晰飞扬。夏天，家家户户都会到院子里乘凉，有的吃西瓜，有的躺在竹椅上睡觉，有的听收音机。妇女都会摇着草蒲扇，小孩都会围着大人转。虽然都在院子里，但大家少有交流，似乎相互间有着某种防范，做事说话都小心翼翼有分寸。

印象中，院子西头角落住着一个壮年人，五大三粗的，平时靠摆地摊卖膏药、挖"鸡眼"为生。他挖"鸡眼"时，小孩儿们经常围观。只见他操着一把锋利的铁刀，一刀下去鲜血四溅，引得大家一阵惊呼。天主教堂门口边房住着一位卖电影票的阿姨，矮矮胖胖一张笑脸。那年月卖电影票很是吃香，我家就经常托她买票。记得《少林寺》刚上映时，一票难求，我的票就是她帮忙买的。我家后门还住着一对医生夫妻，都毕业于知名医学院校。先生是当年宁海最好的外科医生，宁波人，讲话轻轻腔，动作文绉绉；妻子则是内科医生，上海人，穿得洋气，嗲声嗲气。医生夫妇待人和善，口碑很好。他们家里还住着男医生的老母亲、老父亲，两位老人都文质彬彬，平时深居简出。据说老母亲以前是外语教授，老父亲则是外交官。"文革"后期，两位老人先后去世，去世时邻居均不知，待医生夫妻戴黑袖套出现，方知老人已故去，丧事简单得离奇。天主堂院内还住有两位军人，一位是县人武部的参谋，家里有两个漂亮的女儿，都笑靥如花。另一位是县人武部的秘书，戴着眼镜，长得很斯文。我家南面的邻居是我小学同班同学一家，姓郭，同学父亲是复旦大学毕业的，他有位赫赫有名的同学，是曾担任过国家领导人的李岚清。据说，他最早是在北京冶金部工作的，后逐级下放，先到杭州冶金厅，再到宁海电力公司工作。院子里还有位姓陈的先生，长相英俊，为人低调，邻居们都料想不到，这位英俊的年轻人，二十世纪九十年代时，还成了宁海的县委书记。

　　我在天主堂住了十几年，在那里度过了我的少年和青年岁月。少时，我羡慕习武人家，每天早上在天主教堂的空地里挥拳耍棍。拳是南拳，棍是黑风棍，练的当然是三不像。看了《少林寺》后，还学影片中的小和尚天天手提两只铅桶去井里打水。当年，尽管住在天主教堂内的各色人都有，但经济差别不会很大，都过得清贫。比如我家，虽然父母是双职工，但要养三个小孩，还要赡养上辈，加上父亲嗜烟酒茶，经常捉襟见肘。家里最好的一件家具是铁床，还是向公家借的；最好的书是一套不知哪儿来的旧《康熙字典》。二十世纪七十年代后期，我们家发生重大变故，父亲受了难，姐姐当了知青，我去暗岩开小店。那真是一段祸不单行的日子。

　　一九八六年，我们家搬离了天主堂，后来我就再也没有回去过。关于这段记忆，种种难处早已淡忘，有些美好则总是记着。比如临白石头路二楼一户人家的窗台上种着一盆硕大的仙人掌，会开花。邻居告诉我，那曾是旧社会天主教堂里一位陆姓嬷嬷的家，是位孤身女人。那仙人掌开的花，好美。

螺蛳潭旧事

螺蛳潭，缑城城南杨溪上的一段河流。

旧时的螺蛳潭，河滩卵石密布，河水透亮，渴时能掬水而饮。不知被多少岁月磨得油亮的小石板桥，由北向南延伸近百米，桥面几乎和水面平行，浪花能溅到行人的脚踝。白云成堆地在对面的飞凤山上飘浮，南滩成片的竹海逶迤起伏，鸟儿成群……

当年没有自来水，缑城人都会到螺蛳潭边挥杵洗衣。热闹时，众人聚集起长龙阵，大人浣衣、小孩戏水，人声鼎沸，歌声不断。那时候母亲年轻，扎着两根长长的辫子，穿着青衣布衫，经常挽着满满的一竹篮衣服去杨溪洗。在许多人吃不饱、穿不暖的六七十年代，一个家庭经常有整篮衣服要洗，说明家境尚可。母亲去杨溪洗衣，总带我们去玩。当时，我们家就住在桃源路上宁海剧院对面。桃源路往南直达螺蛳潭，约一里长。这条路泥质、斜坡，走到临溪段，路边山崖上还有成群的大古树，枝条垂向路面，古树上的果子可食。光线好时，可见树叶五彩斑斓，缠树古藤拙笨，情景苍古悠远。今天回忆起来，除了上学路，我小时候走得最多的，便是这条路了。

夏天时，母亲在岸边洗衣，我们在河中戏水，姐弟仨数我最顽皮，一眨眼，母亲和姐弟就找不到我了，我消失在那座小石板桥桥底。石板桥下水浅浅的，我钻在桥下石墩边捉小螃蟹。我还可以一个猛子从螺蛳潭这边扎到那边，而且能在水下睁着眼睛，看着鱼儿从身边游过。不到十岁的我还逞能，让小两岁、不会游泳的弟弟手搭在我肩上，从螺蛳潭这一头游到那一头。记忆中也有可怕的事，有一次我从螺蛳潭几米高的峭壁上往下跳，一个猛子，出事了。由于不久前炸岩，水下锋利的山石划破了我的双手，幸亏我水性好，举着鲜血直流的双手潜上了水面。

那时候，螺蛳潭浅水处水草茵茵，总有鸭子一拨又一拨游过。我喜欢去鸭子游过的地方像探地雷一样找鸭蛋，每每总有所收获。圆圆的、闪着白光的鸭蛋静卧在卵石缝中，在水中一晃一晃的，十分诱人。平日里，我们几个同学还喜欢到螺蛳潭进行打水漂比赛，看谁打的石子片在水波中跳跃得远，输赢赌"香烟人"①。记忆中，我会选石头，扁圆薄的石头最好，加上我有把力道，赢的比较多。

初中时，我有一个最要好的同学，我们每天上学放学都一起。他姓耿，妈妈医大毕业的，是县人民医院儿科名医，爸爸是老干部。耿同学家境好，人聪明、手巧、细心，会做竹鸟笼，而且会做"千鸟笼"，是跟邻居一位从上海退休回家的师父学的。竹子是我们去千丈岩山坡上砍来的，剖开，晒干，刮成一根根细小长圆条的窄长小竹片，耿同学就开始制作"千鸟笼"，"千鸟笼"比一般鸟笼复杂。他很有耐心，做得有棱有角。成品后的"千鸟笼"很实用，还精致好看。放学一有空，我俩总是提着"千鸟笼"去杨溪南滩竹林，在笼中预先放进向上海师父讨来的一种叫作"竹叶青"的小鸟，把笼子挂在竹梢上，任凭它啼叫。一般情况下，一两个小时下来，"千

注①：打香烟人，即用香烟包装壳纸或其他纸张折成方形，按规定法则赢取别人的香烟人的游戏。

鸟笼"里总会多出几只竹叶青来，小鸟小，叫声尖，非常可爱。

　　螺蛳潭之所以得名，是因为飞凤山脚下一段河水处有一个深深的漩涡，像螺蛳一样转着。漩涡处正是此段河流的最深处，周围水域是鱼儿最多的地方。一天傍晚有细雨，我跟父亲来此处钓鱼。父亲先打下"米塘"来诱惑鱼儿。等待时，父亲坐在溪石上。穿着雨衣的父亲侧身避风，让我帮他划燃火柴，点上了香烟，接连抽了好几支。我安静地坐在旁边，看见父亲满脸的胡须未刮，但神情放松。那天天气适合钓鱼，上钩的鱼儿很多，父亲连手臂都提酸了。我负责把鱼放进脸盆里，最后连脸盆都放不下。这是记忆中我和父亲一起钓鱼钓得最多的一次。

　　今天，这些记忆都是旧事了。

第三辑

橙花开时

很多年以后，母亲告诉我，生下我的当天早上，外婆在西厢侧院里的一株橙树上，摘下一捧刚开的白嫩橙花，来到极度疲惫的母亲面前，放在床头柜上，说，今年天气暖，橙花开得早。

现在的我，很愿意想象出生前的感受。我在母亲肚子里待得太久了，尽管母亲体内温暖、有营养，但难免枯燥乏味。那时，我的眼睛应该是闭着的，羊水包裹着我，我在羊水中呼吸和游泳。我把当时的我想象成一条小鱼，我应该是条快乐的小鱼吧，不知世上的苦难。今天回头看，二十世纪六十年代初，外面的世界正嘈杂、贫穷……我却安然地呼吸着，通过脐带接受母亲干瘪身体的营养供给。也是许多年以后我才知道，那时候母亲身体所吸收的营养，不是今天看来很普通的鱼肉提供的，而是单位发的一点微薄的工资买到的粗粮，或是外婆家二里外的南门外溪边的野菜提供的。我们这代人极少有"含着金汤匙长大"一说，都是自然、野蛮成长起来的，过程勇猛且粗糙。

我有一个大四岁的姐姐。我一直认为姐姐比我高贵，理由是姐姐出生在大上海。那时候，外公外婆带着三个女儿住在上海，就留母亲一个人在宁海陪老祖母，这也是母亲一直怨恨父母的一个地方，为什么把一个刚十岁出头的小女孩留在黑灯瞎火的老家呢？然而母亲又非常珍惜和老祖母相处的日子，她给我讲了许多关于老祖母的故事：民国时一个人踮着一双小脚步行去台州府打官司，二十世纪五六十年代吃番薯藤、做草鞋、点油灯、去天主堂做礼拜……一九五九年，十八岁的母亲要生姐姐了，自然想念父母，就买了最便宜的通铺票坐轮船去上海。外公早早在十六铺码头接女儿，母亲一看见他眼泪就扑簌簌掉了下来。姐姐因此在上海的一家医院里出生，这事一说起来，便让我羡慕不已。尽管，那时外公外婆一家刚从浦西巨鹿路的老居所迁移到浦东，住在茅草屋里。

我出生准确的时间是一九六三年三月八日凌晨一点（丑时），那年母亲二十一岁，是一家集体建筑工程队的会计，能干，在小镇有点名气。我出生的地点是县城避司弄最南端左边的一个院子，门牌是"文明巷三号"。

这是一座清代的木结构四合院，共十间，都是平屋。东厢二间，西厢三间，中间五间，正中间是中堂，院门在东厢房南面。虽是平屋，但屋柱周正，间间铺厚木地板，木门窗是菱形图案。我上小学时，曾从地板下找到很多铜钱和若干银圆。外婆家的院子漂亮，正院泥地，栽有葡萄架，西厢旁有小院，铺石板，植有一株高过围墙的橙树，树下有口石板老井。当年，院内有四间房子被征用，记得其中正房东首的二间住着一户农民，家里还养着一头猪，有时没关住，猪会跑到院子里来，横冲直撞。东厢的二间，在外公还在上海时，被在乡下碾米厂工作的娘舅卖给了一户天台人，他是打棕绷的，有一个儿子，和我同龄，小时候我们是玩伴，还打过几次架，好像他总是落下风。现在，他已不在人间了，偶尔想起，都会后悔打赢过他。

我和外公外婆亲，学龄前一直住在外婆家。爷爷奶奶家在黄岩，一年见不了一两次，见面也都客客气气。外公外婆则不同，日夜相处，外婆总把好吃的留给我，外公经常会摸摸我的后脑勺，表达对我的喜欢。外公身板挺括，眼睛雪亮，梳着分头；外婆肤色白净，人温和，衣着干净。外公是位知识分子，外婆祖籍奉化，从小在上海长大。外公第一个老婆因病早逝，留下个儿子，跟外婆结婚后生了四个女儿，母亲是二女儿。

我出生的那天晚上，天特别黑。母亲吃过晚饭肚子就一直疼。外婆有经验，一看要生了，连忙叫外公去请接生婆。同时，又叫小姨去父亲当时工作的城关镇镇政府（在顾家道地）叫他。顾家道地离外婆家很近，不到一里路。小姨回忆说，她急急忙忙赶去，在镇政府宿舍找到了父亲。小姨说，阿哥，二姐要生了。父亲冷冷地看了她一眼，没有回答，好像此事与他无关。小姨无趣，便独自返回了。对于父亲的做法，我长大后的一段时间一直心存芥蒂，痛恨父亲。其实，日后三姐弟中，父亲待我最好，感情也最深，我的面貌和性情也最像父亲，这是后话了。

凌晨一时，这个世界最安静，天最暗。在外婆家的西厢房，接生婆顺利地把我迎接到了这个世界，这可不是我情不情愿的问题。长大后，我有次无知地问母亲，你为什么不把我生在晨曦初现的早上，或春光明媚的午后？我出生了，最高兴的是外婆。她生了四个女儿，已生育的三个女儿又都生的女儿，家里终于有第一个男丁，她有外孙了，这是极大的宽慰。其实，一个月前她在上海工作的大女儿已经生了一个儿子，只不过还没报信来。过了几个月，二姨又生了一个儿子。正值兔年，林家有了三个属兔的外孙，外婆高兴极了，说，家有三只兔，不富也会富。

我出生时，父亲避而不见，其中自然有蹊跷，但外公的愤怒一时难以消解，他坚持要我做林家人，给我取名林一鸣。而对应家来说，我父亲是长子，我又是长孙，我姓林，爷爷奶奶自然有意见。时间解决了这一问题。若干年后父亲和外公和解，外公让我转姓应。那时候我还小，无法选择自己的姓氏。年大后，我请人刻了一方有秦汉古意的印，印文是"一鸣"。

美丽的菱形格子木花窗外，光影交织，橙树上，花挤花，一簇簇，西厢房屋内屋外，空气中都飘浮着好闻的清香，母亲抱着我，满眼慈爱。

做工记

我们这代人，当学生时都有"勤工俭学"的经历。农村的孩子，空闲时便回家帮父母干些农活；而城镇的孩子，则在寒暑假期间想办法做点小工，赚点学费，减轻父母的经济压力。

二十世纪七十年代中晚期，经济还没有恢复，每家每户日子都过得紧巴巴的。我父母都是上班的职工，父亲月工资四十九元、母亲三十六元，但要哺育三个子女、赡养父母，也总是入不敷出。初一以后，凡是放寒暑假，母亲都会叫我去做泥水小工。

读初一时我虚岁只有十三，自然是人轻力薄。第一次做泥水工，就是母亲领我去的，是在宁海招待所工地。那天迎接我们的是阿炳师父。一看见阿炳师父，母亲就反复关照他，要让我做一些轻省的活，不要去爬高爬低。

阿炳师父人很好，那时正值中年。他长了个兔唇，有些漏气，讲话含糊，但他的泥水手艺却一点都不含糊。他是位很好的把作师父，打的墙边像边，角像角。阿炳师父挺喜欢我。开始做工时，我的工作是敲蛎灰。我清楚地记得，在那间低矮的工场里，我和另一个叫衍初的大哥一起敲蛎灰。他比我大了近十岁，平时沉默寡言，但干活不惜力，挺照顾我。劳动空隙时，他还会掏出武侠小说自顾自地看起来，这也影响了我，有时我也会向他借书拿回家看。巧的是，我们一起做小工，日后竟又在供销社一起工作。

敲蛎灰要先把一包包燥蛎灰拆开，再和水搅拌在一起，不可太湿，原理跟做馒头差不多。随后，再用碗口粗的木棍用力敲打，蛎灰越敲越韧，只有韧劲够了，才能打砖和粉墙。敲蛎灰最痛苦的不是累，而是蛎灰酸碱度高，会腐蚀皮肤，由于我手脚没有保护好，经常被腐蚀得皮肤腐烂，很受了一番折磨。

算起来，做泥水工时最辛苦的是敲蛎灰，而最有趣的则要算抛瓦片了。记得初中毕业那年寒假，动配厂的四层楼结了顶，搭好毛竹脚手架，阿炳师父便挑了个黄道吉日盖瓦片。

可能很多人不知道，以前盖房子，瓦片不是搬的，而是抛的。抛瓦片的队伍由六人组成，地面二人，二至四层各一人，楼顶一人，形成一条人链。阿炳师父则在楼顶盖瓦。看抛瓦片的人链各就各位，阿炳师父吆喝一声"起抛喽"，话音刚落，只见地面上的师父双手把七八块瓦片非常娴熟地拢在一起，就往地面上另一位师父抛去，这位师父接住后往二楼抛，二楼再往三楼抛，伴随着响亮的劳动号子，一环一环往上抛，瓦片瞬间就上了楼顶。整个过程，从没有人失手。

那天，我很兴奋，早早地就往楼上的脚手架爬，但阿炳师父怕危险，只让上到二楼，就不再让我上了。多年以后，那抛瓦片的场景还能清晰地在我脑海中浮现。一叠叠瓦片在手中跃起，在空中划出一道美丽的抛物线，又服帖地传到另一个人手中，就这样手手相传，如同一场杂技表演，充满了力与巧的美感。

一九七八年秋天，我高中毕业。一天晚上，母亲在家里昏暗的灯光下跟我说，你姐姐还下放在乡下，你弟弟还在上学……母亲说到一半停下来，眼睛里已经有了泪花。其实，我知道母亲想说什么，因为早几天母亲欲言又止好几次了。我就主动说，姆妈，您给我联系一下，让我去做泥水小工吧。

随后，我便去了化肥厂工地。当年宁海南门的化肥厂是县里的重点项目，正建设得热火朝天。一九七八年时，像我这样的男小工一天的工钱是一元二角，可抬水泥板，按块算钱。一块五六百斤重的水泥预制板四个人抬，抬上二层四角钱、抬上三层六角钱、抬上四层八角钱，工钱四人平分。那时，我已经长到一米七五，自认为已经是个后生了，有一把力气。为了多挣钱，我就先去抬水泥预制板，而且每天总想多抬几块，但毕竟虚岁还只有十六，比不上那些大人。到今天，我还是非常感谢西门的建国大哥。建国大哥比我大六七岁，当年一起抬水泥预制板时，看我抬得吃力，每次总将预制板往他的肩头上靠，减轻我肩上的压力。这么多年来，建国大哥这个小小的举动，都一直让我倍感温暖。

那时候，母亲也被下放到化肥厂工地干统计工作，她总会在我看不到她的地方关注着我。有一次抬预制板上楼时，某一个角度正好能看见母亲在远处的一个角落看着我，当我们母子目光相遇那一瞬间，母亲马上将头转了过去。

一九七八年底，我终于有了工作，要去供销社上班，不用再去做泥水小工了。上班前的一天上午，母亲带着我去银行，取出了我做泥水小工攒的一百多元，还将家里所有的存款也都取了出来。随后，母亲又带我去了中大街的百货公司。进口钟表柜台前，我看见柜台里赫然陈放着几块锃亮的瑞士手表。母亲没跟我商量，直接给我买了块最贵的、标价二百四十六元的瑞士手表。那时候，我们家境很不宽裕，二百四十六元顶得上许多人一年的工资了。可那天，母亲却做了这么一件让人惊讶的事情。

站在百货大楼门口，阳光好得有些晃眼。母亲给我戴上了手表，说，你参加工作就是个大人了。大人就要有大人的样子，要站得直，不能让人瞧不起。

从那天起，那块用我做小工的钱和母亲的积蓄换来的手表就一直戴在我的手上，连同母亲的那句话，一直陪我走到了今天。

伙计三年

一九七八年我高中毕业，虽才十六虚岁，但个子已蹿到一米七六，像个后生了。那年十月，我背着铺盖，人模人样地来到供销社暗岩小店当伙计。

暗岩位于宁海双水村东南角，与村子隔条小河，是一个以路廊为中心衍生出来的地方，住着十余户人家，还有水作店、裁缝店、自行车修理铺和一座小寺庙。暗岩距离县城有四五里地，是旧时宁海人出西门去台州府的必经之路。我们小店是一座四开间两层楼的清代木结构建筑，店面整排都是可上可卸的木门，门上用红漆写着"为人民服务"五个大字。里面一溜半人高的老柜台，台面油光发亮。柜台中间和西头后面是整排木橱窗，每个橱窗边框上都用红漆写着"供销23"字样，表明那是供销社的财产。橱窗内商品五花八门，一筒筒布匹竖放着，煞是惹眼。柜台东头，大号玻璃瓶一字码开，瓶内分别装着糖果、白木耳、红枣、饼干等食品；地上杂乱地堆放着酒埕、酱油米醋埕、盐鬈、装饼干的铁箱等；柜台后的橱窗内整齐排列着省内外各种牌子的香烟，抽屉里还躺着一把没巴掌大的象牙杆小秤。遇到节日和农忙，店门上方会拉起大红横幅，"发展经济，保障供给""全力以赴做好春耕物资供应工作"是常见的标语。

那时，每逢城里三六九集市日，西路乡下人上城都要经过暗岩，此时，小店生意最忙。平时，生意则是清淡的，顾客以双水村村民为主。说起来好笑，有时就我一个人看店，顾客进门不见人影，就会大喊："人呐？人呐？"待我从半人高的柜台里伸出脑袋，胆小的女人往往会吓一跳。我躺在柜台下的竹椅上，顾客第一眼是看不到的。为这事，我可没少挨老员工批评。

说起暗岩小店的三位老员工，当年在宁海商业界也算赫赫有名：任清照，宁海南货行头牌；章才金，常年跑石浦水路的水产大王；杨帮能，老商贩。三位老员工加上我这小伙计，一共四人。来小店工作前，领导曾找我谈话，说，小店三位老员工，都是旧社会过来的"老商业"，政治觉悟不高，是需要教育改造的。我暗想：那不就是"牛鬼蛇神"吗？初到店里，我总是用警惕的眼光盯着他们。任师父一天到晚笑眯眯，莫不是笑里藏着刀？章师父人高马大，非常剽悍，我心里暗想：他会不会是国民党潜伏特务？床底下会不会藏着通敌的发报机？杨师父一天到晚流鼻涕，我起初怀疑他装可怜，后来才知道他患有鼻炎。

虽然三位师父都是"老商业"，但相比较而言，我更崇拜任师父。任师父长得像弥勒佛，每时每刻挂着笑脸。他出身于南货行世家，从小跟父亲任德生学生意，民国时宁海最有名的中大街南货店就是他家开的。那时候，我除了每天上卸店里的排门，还跟任师父学习打算盘、包扎食品、丈量布匹等技能。那时的副食品都用粗毛边纸包裹，白糖、红枣包成虎头包，瓜子包成三角包。过年小辈去长辈家拜年，是少不了白糖、红枣两个虎头包的。我还算勤奋、机灵，打算盘、包扎副食品等样样学得有模有样。

有一天，我和任师父一起值夜班，他悄悄向我传授做生意的秘诀：打酱油、老酒、米醋时，铁提壶要提得快，这样上面就会冒一层泡沫；称白糖、红枣、白木耳时，秤砣绳要掐在秤花里；饼干等食品需要不时打开盖子，以增加其湿度、重量；量布时，布要拉得紧。现在想想，这些"秘诀"里藏着算计，有失诚信，但在特殊年代也属不得已而为之。当时"阶级斗争"这根弦在人们脑子里绷得紧紧的，一旦惹出"经济问题"，那罪孽就大了。

当学徒时，我每月领二十五元工资，全额上交给母亲，身上几乎没有零花钱。当时正值长身体的年纪，每当一个人睡在店里值班，一边饥肠辘辘，一边却要面对红枣、白糖、饼干等食品的诱惑，非常痛苦。无数个夜晚，我一口一口把馋水强咽回去，从没偷吃过店里一块饼干、一块糖、一口酒。好在小店旁边有一家豆腐作坊，是一位姓方的城里老人开的，他对我很好，每天清晨总会把浓度最足的豆浆留一杯给我。我今天能长得壮实，八成有那杯豆浆的功劳。

喝得最香的是暗岩路廊的豆浆，吃得最香的则是做会务时的那顿肉。我们小店所在地叫辛岭公社，有一年公社召开村以上干部大会，我和任师父去做后勤，任师父掌勺。会餐结束后，任师父提刀切下一块油里夹精的五花肉，和着大蒜在柴灶大铁锅上炒起来，真香呀！那天，我像一个饿鬼，吃了好几斤肉。

和三个"老商业"一起开店，没有顾客时，空气是沉闷的。他们三个平时很少交流，常常长时间呆坐着。最压抑的是月底盘存的日子。盘存就是盘货，清点一个月的实存货物及其账本收支情况。通常，盘存都是顺风顺水，每月会溢出几十元。有一次月底盘存，我们翻来覆去盘到凌晨两点多，账面上还缺二百多元。这时小店的空气仿佛凝固了，三个"老商业"你看我，我看你，面面相觑。最后，他们的眼睛一齐射向我，足足停留了一两分钟。我的脸霎时涨得通红，好像自己真的做了小偷。是任师父，第一个将目光从我身上移开，给我解了围。那笔账最后总算"核直"，原来是我少盘了一匹的确良布。

那三个"老商业"，平时互相之间言语不多，对顾客却是热情、和蔼的，尤其任师父，天生一副笑脸，他还会写春联、开中药方子，人缘极好。平日，我最喜欢跟任师父搭班，当他下手。那时强调商业服务于农业，春耕和双夏时节，供销社组织送货到乡下田头。我拉着二轮车，装着食品百货，任师父跟在后面，师徒俩有说有笑行进在乡间小道上。一路上山花烂漫，河水碧绿，不知名的鸟儿不时从头顶飞过。"买货啰！买货啰！"我和任师父一路吆喝，引来妇女儿童围在车边看货、购货，大家兴高采烈，喜气洋洋。

一九八一年，三个"老商业"，两个退休一个调走，店里新来了四个年轻人，共三男二女，而我成了最年轻的掌柜。

我和我的师父

一

在暗岩供销社小店当伙计时，店里共有员工四人，值夜班一定要两个人，我都是跟师父任清照先生搭档值班的。我睡楼下，任师父睡楼上。每天晚上睡觉之前，任师父都要做好检查，门窗是否关好，有无烟火，酒埕盖是否压好，易潮的食品箱是否关密了……待一切检查妥帖，放心了，任师父总会吆喝一句，好睡觉了。听着任师父的吆喝声和他踏响的上楼的脚步声，孤寂之夜就开始了。

暗岩小店地处当年徐霞客出宁海西门第一站暗岩路廊的边上。小店的生活是清苦的，除了白天顾客来往热闹，就是粗茶淡饭，晚间没有任何设施可供娱乐。小店是开在清代建的四开间的两层木结构老房子里，我就住在店里橱窗后用竹帘围起来的五平方米左右的空间内。因为人手少，我几乎每天都在店里生活、工作。就这样，日复一日，我和任师父朝夕相处了整整三年。

二

高中毕业我被分配到暗岩供销社小店当伙计时是一九七八年十二月。下去之前，区供销社领导找我谈话说，暗岩供销小店是爿老店，现在的三位员工都是从旧社会过来的"老商业"，"文革"时说他们是"牛鬼蛇神"……当然还说了一番勉励我的话。当时我年仅十六岁，没有社会阅历，听后心里咯噔一下，三个老"牛鬼蛇神"，我混在其中，不就是个小"牛鬼蛇神"了吗？

到小店报到，迎接我的是三位神态各异的老头：圆圆的脸笑得很像弥勒的任师父；身板挺括、脸部肌肉僵硬的章师父；身材短小、满脸褶皱的杨师父。三个人站在一起很有喜感。小店的掌柜是任师父。那天晚上，任师父第一次找我谈话，他说，旧社会三年帮工（扫地做饭）四年学徒，新社会大家都是同事，你现在的任务主要是早晚上、卸店排门，平时熟悉商品，同时学习具体的食品包扎、卷布、珠算等业务。

新环境睡不踏实，第二天早上天刚亮我就起来了。村子也早醒了，淡灰色的炊烟已经连接上了后山顶上的白云。店前左边石桥青苔茵茵，绸带状的溪流透亮晶莹，两岸杨柳丝丝。豆腐水作店飘出了浓浓的豆香。我站在路上数店门板，一间四块，共十六块。没过多久任师父也走出了店门，他手把手地教我上、卸店排门。我的商业人生就这样开始了。

三

人是有命运的，我相信。

当时把我分配到供销社我真想不通。我的同学有的读大学，有的当工人，有的进机关，我家境不好，没靠山，只能听从命运安排。但我真不是做生意的料，平时做事就毛毛躁躁、火急火燎的，且性格耿介直率，不符合生意人圆融的要求。

那时我最向往的是当兵或当工人。比如我的一位男同学，被分配到通用厂开六米长的捷克大车床，每次我去厂里观摩，都羡慕得不得了。那时候的人经过党的教育，都觉得干一行要爱一行，尽管我不喜欢做营业员，但态度还是很诚恳的，工作也很认真。名师出高徒，没多久，在任师父言传身教下，我也练就了几样绝活：一手抓糖二十粒就是二十粒，八粒就是八粒；红枣、白糖包成斧头包，瓜子三角包，包得又快又有棱有角；酒瓶六瓶或八瓶一扎成捆；头顶打算盘——就是打算盘熟练到放到头顶上打也能准确无误；还有快速卷布匹和十分娴熟地打上老酒酱油……由于包装材料的进步，今天的副食品、百货店早已不需要这些老商业技法了，这些都成了非物质文化遗产了。

时间过得真快，做小伙计一晃就一年了。那年冬天的一日，任师父陪我去参加区供销社业务技术比赛，检查一下我这个徒弟的练习结果。那次比赛我竟然拿了副食品包扎、卷布匹、珠算、扎酒瓶四个项目的亚军，四张奖状红辣辣的，可把任师父乐坏了。

四

宁海南货行旧人都知道，从前猴城中大街有家南货行叫任德生南货行，任德生就是我师父任清照的父亲。当年任家厉害，还和猴城名门顾家联姻。顾家在南洋做生意发了洋财，曾资助过同盟会，和同盟会领袖关系很铁。

任师父一年四季一袭对襟布衫，包裹着臃肿的身躯，做事动作缓缓，说话轻轻腔。那时看任师父经常穿对襟衫怪怪的，一天，我就跟任师父说，都改革开放了，师父做件西服穿穿。他笑着对我说，他最喜欢穿的还是长袍马褂。他说，从他旧社会学做生意起，穿的就是长袍马褂。那时长袍马褂可不是谁都可以随便穿的，只有乡绅、秀才才能穿，商业店家凑合着穿，可惜新社会勿作兴了。

前几天，我去东门一善巷口，遇见任师父的一位老友，他又回忆起任师父。他说，任师父从小跟父亲任德生做生意，卖南货、日杂。那时候任德生在中大街有两间店面，生意做得很灵活，比如卖一盏灯笼会送一支蜡烛。当时肥田粉（化肥）刚生产出来，任德生就第一个在宁海卖，开始卖时广告写在店门板壁上：肥田粉先用，有效后付钱。宁海民国始开始使用化肥，任德生是推广者之一。

五

应该说，任家是宁海南货行的前辈。从任何角度来说，任师父的思维方式、言谈举止都是旧式商人的，一天到晚堆着一副笑脸，但我怎么看这笑多少都有点僵，好像是挤出来一样。但不仔细看，这笑一定是很慈爱的，就像娘舅的笑。很多年以来，任师父的笑脸常浮现在我眼前，时间久了才弄明白，任师父的笑其实就是职业笑，好像和真诚无关（可能也很真诚），诸如空姐的笑，足球、篮球宝贝的笑，舞台上演员的笑，等等。任师父这一脸笑其实是从小练起来的。他从小跟父亲学生意，父亲告诉他，每天开门迎客第一件事就是要笑迎顾客。时间一久，任师父的笑就职业化了。这笑感染过许多顾客，所以四邻八乡的乡亲众口一词，任师父是个好人。

任师父这个好人还有绝活，会写春联，会搭脉下中药方子。每到春节前，找任师父写春联是要排队的。任师父则胸有成竹、笔走龙蛇，每年春节前要送出近百对联子。至于乡邻的头痛脑热这些小毛病，用了任师父开出的方子或敷上的膏药，几乎都能药到病除。所以每到不同节气，村民们都会给任师父送上农副产品，很多时候任师父也会送一点给我，让我带回家，好叫我觉得有面子。

六

老底子商人都遵守清规戒律，丁是丁，卯是卯，一板一眼，一招一式都有传统商家的做派，到了我们这一代已经没有这些所谓的陈规陋习了。其实，这些老做派都是儒商文化的表现。任师父的腔调、眼神、笑脸、动作都是典型的旧社会过来的商人作风。在任师父的时代，他是商人的典范。

从供销社退休后，任师父在县工商联承包了一家旧家具调剂商行，后又慢慢转而经营明清老家具，生意做得风生水起、红红火火，是宁海经营明清老家具的第一人。

每个人的一生中都会遇到让你敬佩的人，我履历浅，敬佩的人不多，任师父是其中一个。现在任师父已经作古多年了，虽然仅仅相处过短暂的三年，但我经常会想念他。这个师父我会认一辈子的。

小文书纪事

一

晚秋，天凉了，人们开始穿上了厚衣。收割的季节，暗岩小店的商业活计自然少了些。我无聊地坐在柜台里，手拨动着硬木算盘，眼睛却盯着门前不远处那条叫双水的溪流。光彩交映的溪水泛着涟漪，两岸柳丝垂绿，野菊金黄，田野里农民正在收割稻谷和蔬菜，一派繁忙。

这天下午，区供销社姓陈的人事干部来到店里。他是一个瘦弱的人。他对我说："今天我来的目的，是让你现场写一篇作文。"当时我也觉得惊讶，想，为什么突然叫我写一篇命题作文？但领导的指示，当然遵命。我就伏在老旧的柜台上，写了大约一个半小时，完成了。搁下笔，阳光正斜照在写好的稿子上，笨拙的字迹在光线中隐隐放大，我紧张的心绪也慢慢放松了下来。

没过多久，一九八一年年底的一天，我接到通知，去区供销社（以下简称区社）办公室担任文书。那年我十八岁。

二

区社的办公室在猴城中大街东首一处建筑的二楼。中大街是猴城当年最热闹的商业老街，街两旁种着的漂亮法国梧桐树让这条老街多了一份浪漫。我和上海知青杨姓女同志在一个办公室。她是物价员，我是文书。后来落实知青政策，她返回了上海。我结婚前和妻子去上海买东西，还在她家打过地铺，之后，便再也没有联系过。当年她大脸盘，穿着干干净净，说话慢条斯理、嗲声嗲气，做事很认真，生活的方方面面都有着上海女人的精致。

三

　　我的前任文书姓潘，三十光景，剃着小平头。那时候作兴叫工作的人为同志，所以我也叫他潘同志。临近年关，潘同志马上要上调去县供销社当秘书了。去之前，他带我去五个供销分社轮流组织材料，准备让我写年终总结。下分社前，潘同志对我说："小应，我们单位是省、市、县三级财贸系统先进单位，我们的鲍副主任还是全国劳模。一年之中，社里最重要的材料就是年终总结，你一定要尽全力写好。"

　　那时候区社有公车，只不过是三辆陈旧的男式"永久"牌自行车，谁下乡谁骑。就这样，我跟着潘同志，一人一辆、一前一后骑着自行车下乡去了。我们跑了五天，一个分社一天，分别是辛岭、回浦、竹口、白峤、水车分社。这五个分社挺有意思，分布在区社的东南西北，辛岭分社在西边，店在马路边，靠近山里；回浦和竹口分社在北面，地处猴城的平原粮仓；白峤靠近海，分社门口有棵大樟树；水车分社就在杨溪和大海的交汇处，相传鉴真和尚就是从此处下海去了日本。

　　几天里，我和潘同志很认真地听汇报、整理材料。最后一天在水车分社，由于完成工作及时，下午有了空余时间，于是潘同志就带我去不远处的连头山游玩。连头山不高，树木葱郁，山泉神奇，据说泉水中矿物质含量特别高，能祛风湿。山上有个凉亭，著名书法家沙孟海题了"去风亭"三个字。亭边还石刻着《去风亭记》，文言文我看不大懂，但潘同志有古文功底，便对着石碑念了起来，顿挫有致，朗朗上口，让我觉得他好有学问。

下乡结束后，潘同志到县社上班去了，我则埋头伏案写总结。由于第一次写没经验，尽拣好词用。第三天总结写好，我就交给了单位的潘书记。潘书记看后严肃地批评了我，说这哪里是总结，形容词太多，像篇中学生作文，批得我面红耳赤，羞愧不已。好在潘同志就在县社工作，离单位很近，我只能厚着脸皮求他帮忙修改，才勉强过关。

四

我当小文书时，还有个兴奋的地方，就是能跟全国劳模鲍作益副主任在一个单位、同一层办公室工作，而且他还是我的领导。鲍主任是全国商业系统的劳动模范，当年和华国锋主席合过影。第一次看见他，是我在宁海中学读初中时，他在宁中礼堂给全校师生作模范事迹报告。他高个，长方脸，穿着一身军装，挺帅气的。至今我还清楚记得他说过的两个故事。一是每年"双抢"，他都会去农村义务帮助抢收抢种。一般情况下，农村大队都会给去支援"双抢"的人准备好午餐，基本都是肉包子，但鲍主任每次去都自带馒头，从不吃大队的肉包子；二是他平时做事以雷锋为榜样，休息天都会去汽车站帮忙打扫卫生，帮老弱病残乘客提行李。在当时还是中学生的我眼里，鲍主任就是宁海的活雷锋，是英雄。

记得听完那场报告后，学校就当场布置，号召同学们向劳模鲍作益学习，要求人人学做好事，一个月必须做一件以上，月底要向班级汇报。第二天，我们学习小组就商量如何做好事，有人说要去帮老人挑水；有人说要去帮农民割菜；有人说要去帮农民挑粪；有人说要去国营饭店帮忙端菜；很多同学说，要学鲍作益去汽车站扫地。我闷声不响，其实想好了，要去找个上坡，给手拉货物的重车推车。

星期天放学，我一早就等在跃龙山脚下的上坡处，等来了一个中年人，他拉着满车的钢筋正艰难地上坡，当时我就高兴地想，这下可以完成学校布置的做好事的任务了。我就跑上去，使劲推车，哪知一不小心，钢筋戳到了小腿，鲜血直流。不知为什么，当时我没有感到痛苦，而是兴奋。星期一，我自豪地绷着小腿，拐着去上学了。自然，老师在班上表扬了我。那天，在班级同学面前，我觉得非常光荣、有面子。

后来，和鲍主任在一个单位相处的时间长了，他在我心中高大上的英雄形象也就淡了，而一个好人的形象固定了下来。同时，他作为普通人的一面也突显出来了。鲍主任有个习惯，一讲话神经就会很紧张，一条腿要笔直地横着，脚底朝前，这样才能讲出话来，蛮可爱的。

五

我们区社有三个领导，一个书记兼主任，姓潘，我们叫他潘书记；一个副书记兼副主任，姓袁，我们叫他袁主任；另一个支委兼副主任就是鲍作益。潘书记双目突出，谢顶，人很严肃，少有笑容，工作非常认真负责；袁主任儒雅得很，做事原则性强，同事都说他做事"凿四方孔"①的。潘、袁两位都是好领导，对我都有提携之恩。

当年，我主要的任务就是执行潘书记的指示，潘书记叫我干什么，我就干什么。当年，潘书记在我心中就是很大的官。由于我们单位是"学大寨学大庆"的先进单位，所以，潘书记很注重企业形象，注重宣传。一天，潘书记找我谈话。第一句他好像在自言自语："酒香也要吆喝的。"我听了，觉得富有哲理。第二句，他语重心长地对我说："小应呀，你要多写宣传报道，争取广播有声、报纸有文。"尽管潘书记用了"争取"二字，但作为一个积极向党组织靠拢的人，他说的争取对我来说就是硬任务。

于是我每天都苦思冥想，怎么才能完成"广播有声，报纸有文"的任务呢？当然，首先是刻苦学习，大量练习写稿，试着向广播站和报纸投稿。一段时间里，我虽然很努力，但还是"广播无声、报纸无文"。有一天，母亲看见我神情落寞、很是烦恼的样子，就问我发生了什么事，我如实坦白了烦恼的原因。哪知我母亲一听就说："广播有声是没问题的。"母亲接着说："你阿芳阿姨（母亲同事）的妹夫姓俞，是县广播站站长，我明天就跟俞站长去说说。"果不其然，没过多久我就做到了"广播有声"，县广播站基本每星期都有关于我们单位的宣传报道了。那时候我每天都是竖着耳朵听新闻广

注①：意为死板、较真。

播的，那种期待常人是难以理解的。完成了"广播有声"，"报纸有文"则难多了，这个母亲没关系了，也帮不上忙，我只能硬碰硬了。每天晚上，人家休息了，我还在单位写报道、整材料。功夫不负有心人，当文书一年后，《宁波日报》《城乡市场报》《中国商报》开始零星出现我的文章了。两年后，全省供销系统召开宣传工作会议，省供销社的陶主任专门点名表扬了我，因为《中国商报》二版头条分两期连载了我写的文章。这样一来，当年在省供销社系统，我就有了点会写文章的小名气。

六

那时候供销社有传统，每逢三、六、九集市，都要在店门口摆摊，既是为了方便群众购买，也有利于商品宣传。由于乡下人都要上城赶集，人多，所以只要区社办公室的同志有空闲，都要下门店去帮忙设摊。

办公室楼下是单位最大的生活商店，其中有个百货柜组，柜组内有位女售货员，芳龄十八九，明眸皓齿，披着一头长发，清纯可人。夏天，她喜欢穿淡红色衬衣，由于皮肤白，看上去非常美丽。那时代的人谈恋爱胆小含蓄。我每天上班都要经过她店门前，有时也有意无意多看她几眼。歌德说，哪个少年不善钟情，哪个少女不善怀春。那时候，我心里早就喜欢上了她，但就是羞于、也苦于没机会进一步接触。集市摆摊给我创造了和她接触的机会，所以每次摆摊我就会主动跑到她的柜组去帮忙。每次我都是早早地去，帮她把店里的商品整理出来，和她一起把商品放到大街上卖。记得有一次年前摆摊，我们俩人光"三五"牌台钟就卖了十余台，连库存都卖光了，当时我们开心得不得了。

这样一来二去，她知道我在追求她，我们彼此之间也有好感，但她总是很矜持，始终和我保持着一定的距离。当时我的心里也忐忑，帮她摆了两三年摊，还是没胆量向她表白。但不管怎样，摆摊的日子是一段幸福时光。那是我的初恋。

后来，我结婚了，妻子就是百货柜台那位漂亮的女售货员。

七

当年我们单位春夏七点上班，冬秋七点半上班。每天我总是提前一小时到达办公室，先给领导办公室扫地、抹桌子，然后打扫自己办公室。打扫完毕，我就提着领导办公室的三个热水瓶、自己办公室的一个热水瓶共四个竹壳热水瓶去楼下打开水。办公室楼下临大街东首有家开水铺，整天蒸气腾腾的，内有个"老虎灶"，整天在烧开水，卖给周围的单位和居民，售价一分钱一瓶。每天早上去灌开水总是要排队的。记忆中，单位附近的城关财税所，有几个长得好看的小姑娘，每天也早早地提着开水瓶来打开水。她们都爱笑，倒为无趣的打开水排队增添了美好的气氛。

我当文书的八十年代初，单位经常要开会。一个"运动"来了，还要写许多标语，标语都是用毛笔写在红纸上的，一写就几十张。一般情况下都是我写好标语，一卷一卷分好，让下面各个商店和分社来人拿去张贴。为了写标语，我还专门去新华书店买来许多字帖，天天晚上练大字，一直练到还过得去的样子。过去常说，文书工作

"上管天下大事，下管鸡毛蒜皮"，其实是揶揄之词。文书就是最基层的搞文字工作的人，同时也是单位的一个打杂工。

经年之后，青春逝去，惦念，不舍，徘徊，却又拉扯不住，消失在旷野的风中。

自行车的故事

二十世纪七十年代，自行车是个稀罕物，那时候我最羡慕别人家有自行车，镇上有自行车的人家还可能娶到个好媳妇。当时，我们家住在天主堂院子里，院子对面就是县人武部的深宅大院，是县城自行车最集中的地方。每天站在天主堂院门口，看见人武部子弟骑着自行车从门前小道穿过，我就想，要是父亲是人武部军人有多好，那样我就有辆自行车了。

父亲当然知道我对自行车的渴望，他心疼我，便厚着脸皮问人武部的一位参谋借来了一辆很旧的自行车。什么牌子忘了，印象深刻的是那车前后轮胎的罩板漆着厚厚的绿漆，斑驳开裂。那天，当看见父亲推着这辆自行车过来时，我是多么幸福呀，尽管是借来的。

那时候我读小学三四年级，个子还没长高，够不着车垫，只能双手扶住车把，跨着三角架骑。第一次学车是在城中小学的操场上，父亲把我扶上车，双手抓住后座的坐架，我就摇摇晃晃地开始骑了。我人小胆大，学了半天，就让父亲扶我上去"单"飞了。此后几天的放学后，父亲就陪着我在学校操场上练，一圈又一圈，骑得那样畅快。可惜的是，我还没学会上下车，参谋就把那车收回去了。

正巧，没多久过年了，正月初一，母亲和姐妹几家人一起去白峤岭山上看望长眠在那里的外公。大家都是走着去的，只有二姨父骑着一辆自行车。二姨父身材高大，相貌儒雅，为人和蔼，是个很有意思的人。他车技很好，父亲说，二姨父曾跟人打赌，他能从城关北门"双脱手"（手不扶把）骑到冠庄（路程十里），中间只扶车把三次，每次不超过三分钟。据说，二姨父居然赢了。

下山时，我看着二姨父的自行车，央求他给我骑一下。二姨父拗不过我，就把我扶上车，本想在后面扶着我骑，哪知一骑上，我就猛踩脚踏，车子飞一般向山路下坡飞去。一时，惊得大家目瞪口呆。车子顺着山路向下飞去，疾风从耳边呼啸而过，转弯处，迎面上坡而来一辆拖拉机，我一时惊慌，猛地刹车，惯性让我连人带车摔倒在山道上，幸亏没和拖拉机相撞。当然，结果是车子摔坏、新衣服摔破、人摔得鼻肿脸破，还好无大碍。这些都是我读小学时，关于自行车的主要记忆。

中学以后，家里依然没有自行车，但那时班上我有个要好的韩姓同学，他爸是县人武部副部长，家里有辆半新的"凤凰"牌自行车，我就经常向他借车。有时放学后，我们会约上几个同学一起去赛车，比骑得快，比花样多。记得我能在车速飞快时迅速腾身站在座位上，自行车依然会前进一会儿，然后，我又迅速坐下来骑，好像杂技表演。

那时，我骑车去的最远的地方是姐姐下放的村子，叫龙尾巴，离县城四十华里，在海边。很多时候我是受母亲的委托，给姐姐送些吃的、用的东西去。一九七七年，我们家遭遇了一场变故。一天，不知为何，母亲给我一个布包，让我送去龙尾巴叫姐姐保存好。母亲说得很严肃。我就问韩同学借来自行车，骑去龙尾巴。天色很好，我顺利骑到了龙尾巴村，姐姐看我来很高兴，藏好东西后就带我去村边转转。海边田野宽阔，海风习习，吹得地里的棉花此起彼伏。

正是给棉花地削草的季节，田里有很多农民。我骑车，姐姐坐在后座，车快速地行驶在田间小路上，情境很是美好。不知为何，那天出了个洋相，车技很好的我，意外翻车了。我和姐姐都摔倒在小路上，引来农民的指指点点和笑话，很是尴尬。那时候农村人最喜欢取笑自以为是的知青，姐姐当然明白这些农民的"德性"，就马上从地上爬起来，拍去泥土，命令我再骑上，她又跃上后座，姐弟俩又飞快地骑起来，挣回了面子。

一九七八年高中毕业，我被分配到乡下一个供销社小店工作。去小店上班，出县城西门约五里，要走一条蜿蜒的山道，这条路我来来回回走了三年。那时候我家还是没有自行车，但我天天想着能拥有一辆自行车，那样的话上班不用辛苦地爬山越岭，还有一份骑车的潇洒。因为路远，有时弟弟会借自行车来给我送菜。一次，刚发过大水，三四米宽的鹅卵石山道滑得像上过油。山路一侧是悬崖，悬崖下杨溪的水流咆哮。十四岁的弟弟骑车来给我送菜，骑到鹅卵石山道上，轮子打滑，竟连人带车摔下悬崖，眼看要落入杨溪，幸亏弟弟机敏，双手死死拉住悬崖边一丛树枝，双腿勾住了那辆自行车，连人带车挂在悬崖上。坚持了一会儿，幸有路人发现，连人带车拉上来。神奇的是，上来后，车兜里的菜竟然还在。这也算是有关自行车的另一段记忆了。每每想起，都会让我生起一份对弟弟的愧疚。

一九八〇年我上调县城，到供销社办公室担任文书。因为我们社的范围包括城关镇和周围五个乡，文书要经常跑乡级供销分社了解情况，办公室有辆专用的自行车。我们办公室只有两个人，另一位是上海女知青，做总务和物价审计，不太需要出门，她也不会骑车，那么这辆车基本是我专用了。记得上班后的第一天晚上，我就把放在楼下车库的自行车背到二楼的办公室，先打来清水洗得干干净净，等干后，再给零部件都添上缝纫机油。在当文书的这段时间里，我始终将这辆自行车视若珍宝。

一九八三年，我还在当文书，但终于拥有了自己的第一辆自行车。当时我们社刚从上海进来二三十辆"山花"牌自行车，不用凭票供应的。当然也是近水楼台先得月，我买了一辆。记得是一百七十多元一辆，顶我三个月的工资。而那年，我正好谈恋爱了，有了这辆自行车就方便多了。乡间道路上，我骑着车吹着口哨，她搂着我的腰，我骑得越快她搂得越紧。一次，我们还骑去城外华山村她女同学家，这是她第一次让我在她女同学处亮相，大概是她觉得我们有自行车就有面子了，不然没自行车时为何不带我去呢？果然，她的女同学夫妻向我的自行车投来了羡慕的目光。不久后，我也帮他们搞来一辆"山花"牌自行车。谈恋爱时还发生过一件糗事。当年她家住在中大街，我家住在北大街，从她家到我家要穿过一条窄长的水角凌路。那天，我去她家把她接到我家来。照例，我骑着那辆"山花"牌自行车，一路上她都坐在车后座上。哪知，我到家下车，发现后座上的人丢了。原来，水角凌石子路颠，在快骑完水角凌路时把她颠下去了。这真让人啼笑皆非。

沈从文在《边城》中说："一切依旧，惟对于生活，却仿佛什么地方有了个看不见的缺口，始终无法填补起来。"今天的我，就是如此。自行车曾赠予我的美好，成了今天的精神缺口，已无法填补起来了。

看电影的日子

　　小时候，我最爱看电影了。那时，县城没有一家专门的电影院，只有一家宁海剧院，不演戏的时候就放电影。说起来，这剧院和我家还真有点渊源，当年，外公是小县城里最负盛名的漆匠，而建剧院时的油漆活儿，都是外公带着一帮徒弟做的。"宁海剧院"四个大字，也是由我外公放大、油漆并安装上去的。当时，我家就住在剧院对面的两间平屋里，中间隔着一条十几米宽的桃源路。每天傍晚，我都坐在自家的门槛上，看着人们排长龙般的队进去看戏、看电影，一脸的羡慕和向往。

　　和剧院近，既好也不好。好，自然是方便，母亲知道我馋电影，每个月总会买张票让我去看一场，过过眼瘾。那时候的电影票，坐票一角二分一张，站票八分，母亲总给我买站票。要知道，有电影看就已经欢天喜地了，哪还在乎什么坐票与站票！那时候一角二分钱可吃三只大饼、三根油条，父亲差不多也可抽一包"大红鹰"香烟了。不好的是，为了多看一场电影，有时我会跟母亲死乞白赖，而母亲的性格则比较固执，不会轻易妥协。而父亲买烟酒钱都不够，常常囊中羞涩，往往拿不出钱给我买电影票，一个月只看一场电影，这对住在剧院对面的小孩子来说，简直是一种折磨！

　　好在那时候父亲是镇干部，跟剧院门口检电影票的人熟。这位中年人，由于长得高大威猛，是个肌肉男，县城人都叫他"石撞"。他嗓门大，平时看上去样子有点凶，但其实是个心地柔软的好人。

也不知道我父亲使了什么魔法，竟把石撞叔给"收买"了。我记得那天放的电影叫《奇袭》，而放映之前，影院门口张贴的海报早把剧情说得天花乱坠，电影更是一票难求。那天傍晚，我没有电影票，检票开始后，我和父亲就挤在人群中排到了检票口，父亲给石撞叔使了个眼色，他就放我一个人进去了。从那时起至后来几年，我隔三岔五不买票，都由石撞叔放我进去看。不过进去了没有位子，我只好站在墙边通道或哪个角落里看，还要东躲西躲地躲查票人。好在石撞叔提前打过招呼，查票人查到了也睁只眼闭只眼。那段时间，我看了《小兵张嘎》《地道战》《英雄儿女》《青春之歌》《渡江侦察记》《南征北战》等许多影片。事后很多年，我看见石撞叔都倍觉亲切，因为是他给我的童年增添了许多快乐。

一九七二年我读小学时，我们家的房子要拆了，此地要建电影院，我们家也就搬到了天主堂的院子里住。天主堂的后门，隔一条几米宽的墙弄，就是宁海电影院。搬来搬去，我们家都和电影院做邻居。电影院一九七二年夏天始建，一九七四年十月建成，大厅空旷无柱，后半部还有二楼，有近八百个座位，是当时小县城最为宏大的建筑。从那时起，影院对面的剧院就以演戏为主，电影院则天天放电影。电影院的设备也变高级了，放的是宽银幕电影，非常引人入胜。剧院和电影院门口各种小吃摊应运而生，馄饨摊、豆腐脑摊、瓜子摊、爆米花摊、冰棍摊等数不胜数，热闹非凡。

读初中后，因人长得比较高，长成大人了，父亲也就不好意思为了逃票再去找熟人。为了能继续看电影，我就跟母亲商量，寒暑假去母亲单位的建筑工地做泥水小工，自己赚学费和电影票钱。母亲一听，自然很高兴，觉得儿子懂事了。就这样，到了寒暑假，我就去建筑工地做泥水小工，拌水泥、搬砖头。记得初中时六毛一天，高中时八毛一天。做泥水小工本来很辛苦，但因为母亲是建筑单位的主办会计，老师父们都护着我，尽量让我做轻省一点的活儿。此后，只要我提出看电影，母亲都会满足。

新电影院的位子舒适、银幕宽大，虽然天天放电影，但票依然紧俏。售票处建在影院南边角上，平屋，不知是不是怕被人挤塌，建得异常牢固，好像是用岩石垒的。两个售票窗口都不大，勉强能伸进三四双手而已。上年纪的人都晓得，那时候买票没人排队，都是争先恐后地去挤，凭的是力气。我那时候读体育班，踢足球，活络，也有力气，总挤得过人家。有时候买票的人太多，我们一帮人会把一个同学托举起来，从众多人头上爬过去买票。正因为大家买票都不遵守先来后到的排队秩序，所以影院门口天天有人打架。那时候门口没警察，人们可以放开打，只要不打伤、不打死，都没人管。我们这帮同学也打过，赢得多。

不过也有狼狈的时候。高中毕业了，人斯文了许多，但买电影票还是要挤。一天，为了看一部新上映的片子，我们这帮同学就想挤进去买票，由于动作过猛，和一伙人争吵着打了起来，还落了下风。意想不到的是，那天班上一位漂亮的女同学，穿着连衣裙，领着一位穿着四只兜绿军装的军人，矜持且有点不屑地看着我们。那时候，我们最怕的就是在女同学面前露出窘迫样，这情景就像一帧画一样，一直都嵌在我的脑海中。

住天主堂时，买电影票也有方便的时候。因为电影院售票员陈阿姨是和我一个院子的邻居，住在天主堂门口的左边。陈阿姨微胖，矮个，是个好人，她有时会把电影票带回家，方便让邻居买。记得当时最热门的《少林寺》的电影票，就是陈阿姨带来的，不过，由于院子里住着几十户人家，实在太多，陈阿姨无法一一顾及，我们也不好意思经常麻烦她。

到了二十世纪八十年代中期，我已工作多年，并且开始谈恋爱了，从此，好像就没再买过电影票，因为妻子父亲在电影公司工作，我们是近水楼台先得月，电影票都是她买的。那时候的宁海人谈恋爱没地方去，不是去逛跃龙山，就是去看电影。那段时间我们看过许多电影，像《庐山恋》《牧马人》《骆驼祥子》《小花》《城南旧事》，日本电影有《追捕》《望乡》《人证》，还有些其他译制片，比如《佐罗》《桥》，等等。那时候日本电影最受欢迎，以至于男青年都学高仓健的冷峻，女青年去理发店都指名要烫粟原小卷的大波浪。电影影响着一代人的审美。

打算盘

要想算盘打得好，首先要有十根灵巧的手指。就像弹钢琴一样，哆来咪发，要有节奏、有弹性。一把算盘拿在手里，握住右下角，一提、一抖，一颗颗算珠乖乖地各就各位，只等着手指在上面轻巧地拨动，发出打击乐般噼里啪啦的声响。

算盘于我很亲切，它跟我一家人都有不解之缘。先说我自己。我认识算盘比较早，小时候还蹒跚走路时，母亲就会带我去单位上班。那是一家建筑工程队，母亲是队里的主办会计。财务室没什么玩的，母亲就让我拨算盘解闷，那可以算是我跟算盘的第一次亲密接触。而真正开始接触算盘，是在暗岩小店当伙计。任师父告诉我，做这份工作首先要学会打算盘，不然没法做生意。他教我打算盘，从加减法"三十六子"学起，加法从一依次累加到三十六，正确答案是六六六；减法从六六六依次到三十六、三十五一直减到一，答案是零。那时候我很要强，起早贪黑地练。一天，任师父拉着我的手说，你手指细长，指头尖，是打算盘的料，加上这么认真，一定会打上一手好算盘的。三个月后，月盘存我做报表，"四脚落地"①——平衡，我一次就能打准。半年后，参加县供销社打算盘比赛获第二名。因为这事，任师父还得意过一阵子。

我正式接受打算盘科班训练是一九八四年，那年我去台州供销学校读职工中专，其中有一门必修课——珠算，就是打算盘。台州

注①：指会计的"四脚账"，亦称"天地合账"，来账和去账清楚、明晰、无错。

供销学校的珠算很厉害，有专门的教研室，珠算教学在华东六省一市商业学校中最为有名，学生屡屡荣获比赛大奖。记得我们珠算女老师是省里珠算学科的带头人，她是上海人，三十岁左右，瓜子脸，身材修长，洋气，夏天喜欢穿碎花连衣裙，名字也好听，叫叶爱群。叶老师讲话声音嗲，长得也好看。上课时，黑板上挂个一米长的大算盘，算珠杆长着绒毛，叶老师的玉指在算盘上上下拨动，算珠不会掉下来。男同学不知是看漂亮的叶老师，还是学珠算，反正都学得认真专注。当时，珠算最高等级是九级，没有极灵敏的手和脑是很难达到的——九级选手都是珠算加心算。我们学校珠算九级只有三四个人，我们班没九级的，八级有三人，两男一女，其中女同学是宁海人，姓任。这任同学很聪明，坐在我前排，因为我数学差，每次考试总是她先做好，把试卷竖起，让后排的我能够瞄着抄一点。这是题外话了。按学校规定毕业要达到四级，那时我学珠算还算认真，由于没学心算，要提高有难度，好在我手法快，也打出了六级。按照我自己的话，已经打得"飞快飞快"了。在学校时，最壮观的就是珠算课，全班五十八人一起打算盘，那噼里啪啦的声音，就像是战争片里在打机关枪。

一九八七年，我中专毕业回到原单位一家基层供销社担任副主任。单位的潘书记对我说，你打算盘经过专门训练，要把这项业务技术抓起来。为此，我组织起了单位的珠算训练队，当起了教练，还数次带珠算队参加县里商业系统的珠算比赛，好几次获得团体冠军和个人冠亚军，也算为单位赢得了荣誉。

再说说我家人吧。父亲十六岁作为学生从黄岩随部队到宁海。

当时，县政府内部山东南下干部多，少有文化，会打算盘都算稀罕。因为父亲家里开中药铺，从小就会打点算盘，刘县长就让父亲在县政府当会计。以后，父亲又在县医药公司、城关镇镇政府当过一段时间的会计。父亲年轻时每天和算盘打交道，但母亲说，我们一家人，父亲打算盘的水平最差，只会加减法。大概是由于打算盘水平差，后来单位就不让他做会计了。

我们家里算盘打得最好的自然是母亲，母亲十八岁就在城关建筑工程队当会计。那时工程队在西门杏树脚旁，小镇的人都知道杏树脚下工程队那个姓林的女会计，算盘打得让人眼花缭乱，还传说她能在头顶上打算盘。母亲这一辈子，靠着一手好算盘养家糊口，还赢得了美誉。母亲当过二十多年主办会计，后又去城建局审核预决算。母亲身处的年代，大多时间没有计算器，计算全靠算盘。当年，我们县里许多重要建筑的决算审核，就靠母亲在算盘里一个珠子一个珠子算下来。

退休后，母亲发挥余热，每天夹着算盘替建筑包工头算账。有一年桑洲工程队在青海替部队打坑道，工程结束时，把母亲请去青海算账。在青海，母亲一住就近一个月，由于食宿不安、工作强度大，人瘦了几圈，但为自己家乡的工程队争得了合理的利益，也给家里赚回一点辛苦钱。那年月，母亲会算账的技术大大地改善了我们家的生活，我们家一九八六年就住上了让人羡慕的两间三层楼房。

我们一家父母兄弟姐妹，包括我妻子和弟媳妇，除了弟弟，都和算盘打过长时间的交道。姐姐二十几岁就担任县农行的财会科长，打得一手好算盘。二十世纪八十年代初，我是单位的文书，妻子是单位的助理会计。当时她吸引我的，除了漂亮和人好，就是她打算盘的手势很美，白皙的手指在算盘上像跳舞一样。尽管弟弟不会打算盘，但弟媳在银行工作，也算和算盘有缘分。

因为我们一家人和算盘都有故事，我收藏艺术品后，也关注老算盘。老算盘一般是红木材质的，高级的有紫檀、黄花梨、象牙，最差也要花梨木的。一般不能用柴木做，因为算珠需要自重和光滑，这样打时就有加速度。我也收藏着几把好算盘，有紫檀的、黄花梨的、象牙的。但对我来说，最珍贵的还是两把红木的，一把是母亲用过的，一把是小店任师父送我的。两把算盘四角都用铜皮包着，盘框和算珠包浆粲然。空闲时，我总会将两把算盘拿出来，盘一盘，打一打，噼啪声中，数一数光阴，算一算日子……

去东北

一九八七年冬天，我到过东北的佳木斯和齐齐哈尔。那年我二十五岁，是一家农村基层供销社的副主任，分管副食品、百货和布料等生活物资的采购和供应，说得细一点，就是糖、烟酒、油、干果、毛线、布匹、锅筷、毛巾、手电筒等。

那年代的人大多少年老成，我也一样，穿着中山装，上口袋别着一支钢笔，下口袋装着一本笔记本，同事都叫我小应主任，还真像个工作同志。二十世纪八十年代末还处在计划经济时期，物资都要凭票供应，比如，一个人一个月几两糖、几两油、一条肥皂、几斤酒、几包烟，等等。那年代，供销社挺吃香的，不像今天的供销社，早已被人遗忘了。

当年，财贸工作的总方针是"发展经济，保障供给"。那年月物资少，农民苦呀。我们一天到晚想的就是如何保障供给，尤其是每年到冬季，要及早组织春节的供应物资，想的是能让辛劳一年的农民过个好年。计划部分我们不用争取，计划外市场供应好像有点松动，比如，我们可自行去上海、杭州、宁波采购点工业品，去北方采购点苹果、红枣等。

一天，我们社一把手谢主任找我谈话，叫我去东北。谢主任是农村上来的干部，人很厚道，对农民很有感情，总没日没夜地工作。他说，我们单位柴经理的舅爷，在齐齐哈尔当兵二十多年了，如今是驻齐齐哈尔独立团团政委，最近回乡碰过面，政委说，齐齐哈尔香瓜子（葵花籽）很多，可帮我们向当地粮食局采购点。另外，我们县里一家冷冻厂的赵厂长在佳木斯有熟人，据说那有甜菜糖。冷冻厂是乡镇企业，赵厂长个小，胆大，机灵，当年是能人。能人说佳木斯有糖，谢主任自然相信。谢主任还说，今年若能采购点糖和香瓜子回来，春节供应就丰富了。

就这样定下了日子，我和冷冻厂的采购员潘师父一起出发去东北。潘师父是冷冻厂跑供销的，工作就是向东北的国有企业推销冷冻的水产品，有时还换些木材回来。潘师父个子中等，偏瘦，眼珠子亮，人很热情。之前我对东北的概念只来自小说《林海雪原》：冰天雪地，望不尽的树木，树上冰凌尺许，地上雪深过膝，非常寒冷。听说有零下二三十摄氏度，我准备了许多衣服，棉衣、棉裤、棉帽，还带了一件羽绒衣。潘师父倒没有像我一样穿得臃肿，可能是经常去东北的缘故吧。我们还带着十条宁波卷烟厂的"青松"牌香烟，准备当伴手礼。三天后，我们买到先去上海的火车票就出发了。由于时间过去很久了，那次去东北转火车、汽车的大部分过程和细节都忘了，但有些却记得很牢。

记得到佳木斯是中午，来接站的是佳木斯国营林场的老魏师父。老魏长得高大，嗓门也大，但脸上横肉多，我心里笑着想，这个像《林海雪原》中的土匪。老魏和潘师父熟，已到中饭时间，他直接带我们去水库边一家餐厅吃东北大花鲢鱼。饭前，我们先去水库边溜一圈。这水库有足球场大，很多人在上面溜冰，许多小孩都戴着红色绒线帽，在冰面上飘动起来很是好看，水库热闹得有点像娱乐场。饭桌上，那条花鲢足足有十余斤重，我们吃得还是蛮香的。席间老魏说，晚上带我们到一家贸易公司负责人家里去谈谈。午饭后，我还给了老魏两条"青松"牌香烟。

晚上，天黑了下来，我和潘师父提着两条烟，跟着老魏深一脚浅一脚踩着零星的灯光走去。大概走了一公里，踢了一路的冰溜子，到了一片有很多土堆房的地方，走过一条街道，拐进一个院子，掀开帘子，屋里真暖和，暖和得让我觉得透不过气来。一个男人和女人从炕上起来，男人胡子拉碴，女人满口黄牙，老魏作为中间人把我们双方介绍了一番，当时这情景就像地下工作者到了联络站。我一看这场面就知道，糟了，看这情形，这次是买不到甜菜糖的。但来了，不死心，就聊几句吧。我问，有甜菜糖吗？他说，有。我问，有多少？他说，有几十吨。我还没问价格，他就说要回扣五分一斤。当时我就一怔：甜菜糖还不到三四毛一斤，回扣就要五分一斤？他还说，签合同之前要先给两千元定金。一九八七年，宁海不到两千元可买两间地基了。当时我心里发慌，东西没见着就先说回扣、拿定金，我知道碰到骗子了，想起出来之前朋友说，这两年东北"倒爷"多、骗子多。本来很客气的老魏也在一旁敲边鼓，说，拿回扣是行规，做生意付定金才有诚意。不要说我没带这么多现金，就是带了，给我三个胆，也不敢付。我给潘师父使了个眼色，说，我们回旅馆给领导挂个长途，明天给你回话。就这样，我们开溜了。幸亏走前我们留下两条烟，不然难说不会被他扣着或撵出门。

夜晚的佳木斯零下二三十摄氏度，当时没觉得特别冷，可能比预期中的寒冷要好些。我穿着棉衣、棉裤外加羽绒衣，像企鹅般笨拙地走着，心是拔凉拔凉的。我们歇的是小旅馆，通着暖气很热，我和潘师父穿着单衣又聊了会。我说这老魏是"老鬼"呀。我俩商量好明天早起，不是说佳木斯是中国最早看见日出的地方吗，我们去看会儿日出，然后赶火车站买票去齐齐哈尔，到目的地后再和老魏说声。

北方天亮得早，第二天我们起得也很早，就近找了个高坡，只见东方的太阳升起来了，又大又圆，仿佛就在眼前，不远处白桦林的缝隙交织着金色的光线，异常温暖。

去齐齐哈尔之前，我在火车站的电话亭给政委打了个电话，告知了车次。我们是傍晚到齐齐哈尔的，吉普车早在车站门口等了，这让我们心情大好。政委我也是第一次见，穿着棉军大衣，戴着棉军帽，帽上有五角星，身板很挺，眼神温柔。

他让我们坐上吉普车，直接去了一家饭店。饭店早已等着两个人，政委的朋友齐齐哈尔马戏团团长和他的大人。时间太久，我忘记了他俩的姓名，印象深刻的是他们俩都很胖，很结实。政委给我们互作介绍并隆重地说，团长夫人是凳技最下面那个撑凳的女演员。晚上这顿饭吃得热闹，政委带来了一箱白酒"北大荒"，言明不醉不归。听了政委这话我懵了，我天生不会喝酒。菜上了一大桌，我大都没吃，因为先上一条鱼，上菜时鱼头朝我，按东北的待客之道，政委先敬我一杯，那是五十三度的"北大荒"呀。马戏团团长和夫人又各敬我一杯，当即我就找不到天南地北了。后来，听潘师父说，那晚我至少喝了十杯（约半斤），当场钻入桌底，是被马戏团团长背回部队招待所的。

我醉到第二天傍晚才醒，醒后在招待所门口不远处的一家小饭店吃了一大碗东北卤面。上半碗都是香菜和卤味，下半碗才是大汤面，吃得香爽。吃完我们就跟政委去看马戏团的杂技表演，这也是我第一次现场近距离看。我记得有高空杂技，人在高空做出各种高难度动作，还有伞技和口技等，当然我最注意看的是团长夫人的凳技。台上的团长夫人眼睛很大，肤色很白，四肢粗壮，穿着紧身花衣裤，在音乐的伴奏下，她躺在地上，双腿举起，另一个美女一张凳一张凳地叠上去，每叠一张，难度提高一个层次，最后叠到不知是十几张还是二十几张时，美女还在凳顶上晃了一下。我这人有恐高症，紧张得整个人差不多都要抽筋了。节目表演是很精彩的。我当时在想两个问题，一是团长夫人的腿劲够大；二是马戏团有这么多美女，团长为何选又肥又壮的当老婆呢？

　　齐齐哈尔之行的采购任务完成得漂亮。酒醒后的第二天，政委带我去齐齐哈尔市粮食局，局长亲自接待，给我们批了一火车皮香瓜子。临走时，政委还给我们每人一箱"北大荒"酒，我也还礼，给政委和马戏团团长各留了两条"青松"牌香烟。

　　回程时脑子轻松点，因为没任务了，但由于买不到卧铺，到上海硬座要坐二三十个小时，真是苦不堪言。那年代火车很拥挤，车厢里能挤多少人就挤进多少人，加上行李杂货多，臭气冲天，很嘈杂。站久了或坐久了，你都会不拣地方躺下去就是。你蜷缩在过道上，不会管有没有人从你头上跨过。

　　车厢里遇见个女孩，约十四五岁，眼睛大大，脸蛋红红，梳着一条黑亮的辫子，穿着很厚的花棉袄，提着一个大布袋，大概买的是站票，挤在过道的人群中，被一帮大老爷们裹挟着东搡来西推去，眼睛里满是惊恐。我们产生了同情心，我就问这女孩去哪里。小女孩说，去看她哥哥，他在部队当连长。当时我看了一下女孩的车票，路程要十多个小时。看着她被人欺负的样子，我们十分不忍，我和潘师父把她从人群中拽出来，让她坐到我们的位子上，我怕她以为我们是坏人，就掏出红壳的工作证给她看。这女孩很懂事，看了我的工作证，坐下后怯生生地从一个布袋里掏出几个大饼，一定要我们吃。我们肚子有点饿，就一人吃了一个。饼又硬又冷，但嚼起来很香，有玉米味。我们聊了一会儿，她说她家在什么山沟，就像《智取威虎山》中的夹皮沟，父亲是伐木工人，母亲不在了，哥哥看她在家太苦，让她去部队住段时间，她是第一次出远门，说平时最思念的人就是哥哥。她的一番话说得我很辛酸。她反复跟我说，要我帮她记牢下站的时间。这女孩大概太累了，一坐在我的位子上就睡过去了，不知睡了多久，醒来的时候满怀歉意地起身让我坐。就这样我、潘师父和女孩三人轮流着坐。

小女孩下站时说，谢谢两位叔叔。我拿出四盒"青松"牌香烟，硬塞给她，说，给你哥哥，南方的烟。我们送她下火车，眼睁着花棉袄消失在拥挤的人群中。不知为什么，很多年之后我时常会想起这位东北小女孩，形象鲜明，就像插在我记忆中一朵淳朴的花。

平时，我很少出远门，也没有出过国，出过最远的门就是去了趟东北。寒来暑往，一晃三十五年了，但过往的精彩和不精彩，构成了我琐碎而平凡的生活。

在湘潭的日子里

湘潭是个让红太阳升起的地方，因为某个机缘，十多年前我在湘潭待过一段时间。初到湘潭，感觉县城建筑陈旧简陋，就像改革开放初期的浙江小县城。那条著名的浏阳河就在湘潭县城的北边，河水浑浊蜿蜒，两岸都是挖砂船，少见绿荫。让人想不到的是县城大街小巷有许多闪着红灯的"敲背店"，我的合伙人湘潭本地人老唐告诉我："《美国之音》刚刚播报了湘潭红灯区的事儿。"这就是我初到湘潭的印象。

我去湘潭不是去玩，是受邀去投资开矿。矿山就在湘潭县中路铺镇的一座山上，从山脚开始，要经历不知多少个山里山、弯里弯才能到达矿区。矿区占山地三百亩，只要把山坡上的草和树清理干净，就可以采挖到硅砂了。山顶长年云雾缠绕，空气十分清冽，山泉水看似透明可爱，实际上水质非常硬，不能喝，如果用这山泉水洗头，洗后头发都会硬邦邦地竖着。当然，长期生活在矿区的矿工们是不得不喝的，也没听说哪个矿工喝了就有生命危险，我想大概是本地人适应了当地的环境。反正我不敢喝，上山都自备矿泉水。

我们去投资开始是备受尊重的，湖南人都说浙江来的商人有钱、人好，美誉度超广东商人，中路铺镇的领导甚至想请我给镇干部做报告，讲讲如何解放思想、搞活经济。当时矿山开发不顺利，我想自己的经济也搞不活了，就推辞没去发言了。

我一直是搞纯商业的，让我一下子转行开发矿山，真是外行。

原本想想，开硅砂矿很简单，无非是把采下来的硅砂洗洗干净、磨磨细，就能运到株洲玻璃厂去做玻璃了。问题是我们投资的设备有问题，技术也存在问题，硅砂怎么都磨不细，达不到厂方的要求。为了解决硅砂磨细问题，我在山里住了半个月。正是冬天，寒冷无比，山风从山坳里窜出来，呼呼作响，很有力，能掀倒人。加上下雪，风裹着雪漫天飞舞，山里真成了童话世界。我穿着厚棉衣，行走在挂满冰凌的松树下，也变成个雪人。情随境迁，我忍不住对着雪山亮起嗓子："穿林海跨雪原气冲霄汉……"情绪高亢，好像开不成矿誓不回家似的。那年冬天，老家的几位朋友千里迢迢上山来看我，一见我，大家都哈哈大笑，我头发散乱，蓬松的胡子半寸长，就像一位看山的老头。

住在矿里是很艰苦的，所以没有特殊情况我一般都住在湘潭县城租的房子里。糟糕的是，我是生活的低能儿，是个懒惰的人，衣服是一个月换一次，一个人不愿做饭，就早上出去买回三个馒头，一餐一个馒头对付着过。宿舍里电灯坏了也不知道怎么修，晚上电视当电灯，这一切都成为湘潭朋友取笑我的笑柄。其实我在家时也一样，灯头坏了，电跳闸了，水管漏水了，这些小修小补都不会。有时候是上了年纪的母亲在挂窗帘，而我扶梯子。时间长了，家人也认了。现在想想，这一切懒惰和不良习惯真要好好改一改。

人家办企业是迎难而上，而我是想法子逃避困难和问题。在湘潭期间，许多时候我都会跑到长沙去，去清水塘那条街。那是条古玩街，卖的是古代艺术品，有真有假。二十多年前我就嗜好古玩，主要是瓷器和家具。清水塘是长沙最大的古玩街，还有省文物商店。

我当然也在清水塘买到了心仪的古玩，但主要是为了消磨时间，有时一天从这头逛到尽头，又返回，好多次是无目的的。清水塘近百家古玩店的老板差不多都认识我，看见都会邀请我进去喝茶闲聊。他们对我很友好，但也有陷阱。有一次，我陪家乡来的几位朋友去逛清水塘古玩街，遇上古玩商阿四，他忙招呼我们一行进店里喝茶，并说前几天从乡下收到一张清代紫檀小书桌。几位朋友也喜好古玩，一听紫檀二字两眼发绿，就去里屋看，果然有一张长一米、宽七十厘米的紫檀小书桌，而且很老气，看上去有年纪。说实在的，当时唯有我看这张桌子不顺眼，觉得皮壳包浆怪怪的。但朋友很自信，说他识货，不会买错。阿四开价二十万元，最终以十三万五千元成交。好在我留心眼，叫阿四写了张条子，承诺不论新旧，半个月均可无条件退货。真应了我的感觉，朋友将桌子提回上海，行家说是新紫檀做旧。好在阿四也认，让退，但要朋友亏百分之十。人在外地压不过地头蛇，亏就亏了。风水轮流转，想不到后来新紫檀也要两百万元一吨，那小书桌价值超过三十万元了，这是后话。

在矿山时，有空我最喜欢去山村人家走走。村民都很淳朴善良，到了饭点都会留我吃饭，很多时候我都会坐下来吃饭，和村民聊天。时间长了，我发现一个问题，村里女青年出门打工多，男青年相对少。村长告诉我，这里女人勤快男人懒。他还指着几座新房说，那几户女儿都到沿海城市打工，女儿孝顺，每月寄钱来，经过几年的积累，家里就能住上新房，兄弟就能娶上媳妇。他还指着几堆茅草屋说，那几户都有儿子，但好吃懒做，连媳妇都娶不上。我听了真觉得新鲜。

　　开矿近一年了，质量上不去，产量出不来。一天下午，矿里来急电说，主要机器坏了，叫我赶快上矿里商量维修。初春，山道秀竹青翠，山花烂漫，山坳里飘浮着美丽的云朵，山崖松树上松鼠在快乐地跳跃，但我心急火燎，哪里顾得上车窗外的美景。车从山脚开到矿里有十几公里，有几十道弯，山路狭窄，侧面悬崖，我一个人飞快地行驶在山道上。快接近山顶了，在一个拐弯处打方向盘，我突然惊恐地发现方向盘失灵了，好在刹车还在，我猛地急刹车，车轮吱吱作响，和地面摩擦了一会儿终于停下。我惊魂未定，推开车门，只见车就停在悬崖边，下面深不见底，霎时，冷汗浸透了我的毛衣。这时，不知从哪个山坳里莫名直冲出一股冷风，向我袭来，我顿时全身冰凉，感觉五脏皆冻。当晚，我发高烧至三十九度五，在湘潭医院连续三四天昏昏沉沉的，不知昼夜。待高烧稍退，我就回宁海休养。由于连续咳嗽，我去医院照X光，不照还好，一照吓一跳，X光检验报告说疑似肺癌。拿到检验报告后，我精神几近崩溃了，愤怒地掏出口袋里的香烟猛地摔在地上，脑海中瞬间便浮现出火化场的烟囱。现在想想，当时我真是脆弱，怕死，心理素质差极了。那天从医院回家，一路上看着蓝天白云、人来人往，我竟然无比地留恋这世界上的一切。看见路边的小草小花，我都蹲下去仔细端详，平时熟视无睹的花草，那时竟然是那样新鲜美丽。好在上级医院检查结果是肺炎，虽然是虚惊一场，但这段经历让我对人生悟出了很多：身体不好的时候，钱又有什么用？而我，矿山开发不顺利，身体又不好。我一咬牙、一狠心就把整个矿山丢弃了，分文未收回就返回了宁海，至今再也没有回去过那让我伤心的湘潭。

　　生活是一条河，很多年过去了，现在我一点也不后悔投资失败。湘潭这段经历虽苦涩，但也是人生河流上翻滚起的一朵浪花。到现在我还常常回忆起这段经历，还念叨着从湘潭学来的一句顺口溜：龙牌酱油灯心糕，坨坨妹子凭你挑。

哦，香烟

烟我早就戒了，三年中只抽过六口。每年春节和清明，在父亲坟头点燃香烟时才抽一口，但真不知父亲抽到了没有。

曾几何时，我是那样迷恋香烟。中国的、外国的、有过滤嘴的、没过滤嘴的、女士烟、雪茄，凡是烟，无论好坏，我都会抽。就这样，我抽了二十多年的香烟。有一次我逗儿子，说老爸抽过的烟的钱如果叠起来，那是老高老高的，但现在为了给你留点钱，就把烟戒了。可儿子说，戒烟不为钱，为健康。儿子说得没错，但他又没全说对，如果人活着单纯为了健康，活着也真没多大意思。

我跟烟结缘很早。父亲是老烟枪，我读初中时就曾偷偷地从他口袋里偷来几支烟，和同学蹲在墙角边抽。十六岁高中毕业到供销社开小店，那时省内及上海产的烟需要凭烟票才能购买。开小店三年我倒是不抽烟，可我卖烟。有趣的是，那时外省烟不用票，而且可分支卖。我记得卖得最好的是芜湖烟。那时候农民真穷，穷得连整包烟都买不起。我记得小店所在村的老文书隔三岔五就拿着几分钱来买上两三支烟，偷偷摸摸的，还显得不好意思。有时我看老文书可怜，还会多给他一支（整包烟零卖能多出一支）。每次看见他，我都会想起鲁迅先生笔下那个落魄的穷酸秀才孔乙己。那时物资匮乏，重要的生活物资都要票，布要布票，酒要酒票，糖要糖票，烟要烟票。那时候，农村供销社一个小领导都是很吃香的。在那个还吃香的年代，我二十四岁就当上了区供销社副主任，管着一个镇五个公社的香烟分配，公社书记和主任看见我都很客气。我们有个香烟仓库，为了防霉，总是掩得严严实实。那时，我会经常进入空气稀薄、密封程度很高的香烟仓库，那是我的特权，可以随时欣赏整箱整箱的"宁波"牌、"青松"牌、"上游"牌、"大前门"牌、"牡丹"牌等香烟。那时候，雪白的的确良衬衫口袋里插上上述任何一包烟，走在街上都是很牛的。

写到这里我又想起父亲因抽烟而令人略感辛酸的事。小时候，家里经常人不敷出，但对烟民来说，饭可以一天不吃，烟却不能不抽。有一天，我看见父亲一上午都没抽烟，在家里踱来踱去显得烦躁。下午时分，不知道父亲从哪里整出一叠报纸来，他自己不好意思去卖，就叫我去供销社卖，并给我一张烟票。我记得那叠报纸卖了一元二角，给父亲换回了五包"新安江"牌香烟。我明显地发现，有烟的下午，父亲的精神立刻变得愉悦起来。后来我成家后，岳父告诉我，说父亲嗜烟，左右兜里总放着两包烟，一包好些、一包差些，自己抽差的，好的总递给别人。后来家境好了一些，父亲却还是继续抽着不好的烟。再后来我工作了，经常给父亲买烟，父亲总是叫我买一般的，就是买了好烟给他，到年底、春节他又拿回来给我抽，总说他习惯了某个牌子，好烟抽不习惯。

对于父亲，我还有着一件一想起心便会隐隐作痛的事。在父亲少烟钱的岁月，而我大概六七岁，有一次，我禁不起百货公司玻璃柜台里那副塑料扑克的诱惑，偷偷从午睡的父亲口袋里拿来五元钱买了那副扑克牌。那可是父亲大半个月的烟钱啊。过后，我明显看到了他断烟后的局促，但他从没有怀疑和责问过我，即便他看见了那副崭新的塑料扑克牌。现在我后悔的是，在父亲健在的时候没有能够向他坦白，但我会把这个故事讲给儿子听，告诉他在那贫困的岁月，由于爸爸小时候的无知给爷爷带去的窘迫。

　　人其实最怕诱惑，由于整天和烟打交道，加上受抽烟的父亲的影响，我也吸上了烟，而且烟瘾不小，一天可抽两三包，抽了二十多年，期间也戒过无数次。现在想想戒烟的插曲也很有趣。三十岁那年戒烟，我硬是把整条"中华"烟和千余元的进口打火机从办公室楼上摔下去，以示戒烟的壮烈雄心；四十岁那年戒烟，当天上午我写下誓言："再抽烟是狗！"然而，憋不到晚上十二点，就在字条的字前加上"今晚十二点前"六个字，不要脸地为自己开脱、解围。四十五岁那年去湘潭开矿，不幸受了风寒，染上严重的肺炎，一边咳嗽一边还在抽烟。平时，我一副灰色的烟脸，是典型的烟民，根本无须告知。是的，有烟瘾的人抽烟时感觉是很好的，高兴的时候抽烟，烦恼的时候也抽烟，对于烟是很依赖的。不是有句俗语吗？饭后一支烟，赛过活神仙。烟曾经带给过我许多美妙的时刻，卖烟、自己吸烟、给人敬烟，我就是离不开烟。但随着烟龄的增加，烟也确实影响了我的健康。人就很奇怪，一定要到上岁数才想到健康的重要，一定要到毛病来了才想到拒绝恶习和加强锻炼。二十多年来戒烟无数次都戒不掉，最长时间仅停吸四天，但不知为何，四十九岁那年有天早上起来，只见阳光明媚，晴空万里，颜公河两岸花香扑鼻，就在那个美好的时刻，我想，是不是能把烟戒掉？就这么轻松一个想法，没有摔烟的壮烈和戒烟的赌咒发誓，我就戒了，至今未吸一支。不要说留恋和复吸，现在我遇到烟味都唯恐避之不及。

　　但我还是怀念有香烟的日子，怀念的不是想重新抽烟，而是曾经因为香烟发生的许多故事，有些还是美好的回忆。

　　哦，香烟！它是魔鬼，也是天使。

泡澡堂子

许多人都知道我爱好古玩，不过许多人可能不知道，我还爱好泡澡堂子。

泡澡堂子其实和人类文明进程相关，老祖宗肯定是从大江小河边洗澡发展到室内洗澡，是从洗冷水澡发展到洗热水澡。洗不洗澡，也是衡量人类文明的一把标尺。可我喜欢泡澡堂子跟文明无关，而是图澡堂子里才有的那股悠闲劲儿，和玩古玩的感受异曲同工。

早年因为我是偏寒体质，冬天怕冷才躲到澡堂子里去暖身子，不知为何，后来就莫名地喜欢上了澡堂子，而且发展到最好天天去。这事在冬天还说得过去，泡澡堂子取暖。夏天天天去泡澡，许多人都说我过了，他们还问我，家里不是很方便就能冲澡吗？

泡澡堂子，我喜欢水温高些，躺在水中，把皮肤烫得红红的，有轻微的灼感才好。这时的我，光溜的身子上被蒸烫得热汗直冒，那真叫酣畅淋漓呀。有时候，我还会泡上一壶浓茶，躺在水池中喝，或叫上三五好友一起闲聊，聊得云里雾里、海阔天空。

电影《洗澡》中一位角色有句台词说得好："家里那热水器，一个人儿在那儿淋着，哪有跟这儿泡着舒坦呀。"

怪不得当年上海滩的红人黄金荣也喜欢泡澡堂子。一年四季，黄金荣下午都手握紫砂壶，泡在澡堂子里。解放军兵临上海城下时，杜月笙邀请黄金荣一起避往香港，黄金荣不去，理由竟是："上海澡堂子老惬意咯，香港没有。"这还真不是虚构的故事①。当然，后来黄金荣在上海大世界看门，澡堂子再也泡不上了，那是后话。

在澡堂子里，人与人之间可是平等的，什么局长、书记，什么跑腿的、蹬三轮车的，个个一丝不挂蒸泡在池中，一眼看不出贫富尊卑。而且泡澡堂子的什么人都有，三教九流、五行八作，也可见证人生百态。

我曾多次遇上西门老三，他类似冯小刚电影中的"老炮儿"，有江湖地位，年过半百，腰板挺括，精干瘦实，眼睛有点睨视②，声音有点女腔，但缑城人都知道他有股狠劲，他的女人是城里一枝花，当年是美人爱英雄。西门老三泡到高兴时还会哼上一句"苏三离了洪洞县"的京腔，这舒坦自然流露，有份江湖霸气，有份率真顽劣，那份悠闲呀，真是没得说。

在澡堂子里，我还喜欢一边被擦背，一边和擦背师父聊天，谈天说地，杂七杂八，说些江湖上的事儿。

在我们澡堂子擦背的大都是扬州师父，一般都是拖儿带女，许多人在一个浴场一做就是几年或十几年，起早贪黑，历经生活艰辛。但这些扬州师父的擦背手法深得养身保健之精要，轻重得当，缓急相宜，舒筋活血，擦毕往往轻松十分。除了手艺精，一般擦背师父都是壮年，有不凡的臂力。我就亲眼见过一位擦背师父三下五除二轻松地制服了两位在澡堂子里闹事的酒鬼。

一天，在一家澡堂子的水池里，我偶遇一位老领导，他还跟我

注①：经查，确有此说法，相关文献如：王祖远《黄金荣：与其死在海上不如死在上海》，载于《文史博览》2010 年第 5 期。
注②：即斜视。

说起了二十世纪七十年代他在澡堂子工作的旧事。那时他只有十几岁，在猴城最著名的国营大众浴室工作。那时大众浴室没空调，门口挂着厚厚的皮布帘子，进去后前厅是一排排铺着白毛巾的躺椅，后面就是一个大澡堂子。他的工作就是每天给已洗浴好准备去前厅休息换衣的光着身子的顾客围上毛巾。每当一位顾客喊："围巾了！"他便应声道："好嘞！"随后便迅速拿条大白毛巾擦去顾客背上的水渍，并围上毛巾。这工作他一做便是好几年。

今天的我这么喜欢去澡堂子，但小时候我却最怕洗澡。

冬天每次洗澡都是被母亲提着衣领"捉"去洗的。母亲总会嚷嚷："头颈像铁汤罐一样了，还不洗澡。"那年月家家户户都是柴灶，为了省柴，土灶中间会放置个铁汤罐，饭菜熟了热汤也有了，盛水也可用于小孩洗澡。由于铁汤罐外壳常年被烟火熏着，看上去又黑又脏，大人就用此来形容小孩头颈的脏。很小的时候，夏天洗澡，母亲就会把一个大圆木桶放在家门口，让我坐在木桶里洗。逢熟人走过，都会和我开玩笑并指指点点，小小的我也知道害羞。现在回忆起来还真是有趣。

如今，我是几天不去泡澡堂子身上就痒痒的。尽管澡堂子里人来人往，可能什么细菌都有，空气也混浊，但喜欢上了就不顾忌了。泡澡堂子就成为我的一种生活方式，而生活也因此变得慵懒。

消夏

学龄前，我们一家人住在外婆家。

外婆家是座清代木结构的四合院，院子里栽有葡萄，外公经常坐在葡萄架下与人闲聊。西厢房西边还有个小天井，天井南边有扇和弄堂相通的门，可通风。小天井里长着一株很有些年纪的橙树，枝杈逸出围墙。橙子熟时，围墙外邻居小孩用竹竿打橙子，外公外婆知晓却从不驱赶。橙树下，有口绳痕斑斑的老石水井，整天冒着凉气。夏天最热时，晚上母亲会搬来竹躺椅，让我们姐弟睡在天井里。外婆早早买来西瓜，傍晚时用网袋把西瓜装进去，沉到井水中冰镇。外面暑气逼人，小天井里面却总是很凉快。因着小天井，我儿时的记忆里，几乎没存下多少夏天的炎热。我幼时对这世界上的美好有向往，也是那时的夏天带来的。晚上漂亮的萤火虫不知从哪里飞进小天井，荧光一闪一闪的，姐姐有时能捉住几只萤火虫，把它放进空玻璃药瓶里，让我拿着玩耍。小天井上的星星和月亮好像就长在我头上，踮起脚就能摘到。夏天的这些夜晚，母亲和外婆经常给我们讲扫帚星、北斗星，讲嫦娥、吴刚，讲月亮上有桂花树……这些让我长上了想象的翅膀，也埋下了我喜欢文学的种子。

二十世纪六十年代末，我刚读小学，一家人搬离外婆家，住进了桃源街宁海剧院对面。这是嵊城最热闹的地方，有三、六、九集市，有杂耍摆摊，剧院里每天都在上演样板戏。我家是两间低矮的瓦房，屋内是泥地，家里没什么像样的家具。印象深的是一个烧饭的土灶，有堆柴火，墙角有个大水缸，我们三姐弟的床是用门板搭的。离开外婆家，夏天开始变热了。有人告诉我，他见过电线杆上的麻雀因为中暑而跌到地面。傍晚的时候，父亲总会去人武部门口的一口石板井里打水，回来架起竹梯，拿出印有向日葵花的搪瓷脸盆舀水。我扶住竹梯子，父亲端着水爬上屋顶，把水泼在屋顶的瓦片上。瓦片吱吱作响，冒出水汽。不知道是真有效还是心理作用，父亲这种最原始的降温方法，总能让我在夏夜里睡得香甜。

上了初中，因为要建电影院，我们家又搬进了天主堂的院子里。二十世纪七十年代的天主堂，早已停止一切宗教活动，是人间烟火味十足的大杂院。那时候住房紧张，我们家五口人就挤在一间半平屋里，那半间还是自己搭的临时房。人太多，夏天就更显得闷热无比。一到晚上，家家户户门前洒上凉水，都出来在院子里纳凉。有拿春凳的，有拿竹躺椅的，有端方凳和靠背椅的。男人穿大短裤衩，上身赤裸，女人穿长裤汗衫，大人都摇着蒲扇。隔壁的胖陈叔，平时在桃源桥摆地摊、挖"鸡眼"，他欢喜拿草席铺在烂泥地上，一躺下就睡着，呼噜打得震天动地，赤身露肚，肚子滚圆像只西瓜。纳凉最热闹时，院子里集聚着几十号人，或坐或站或躺，或三五成众闲聊，在夜色中呈现一幅消暑的众生相。有时在县剧团当演员的萧阿姨兴致一来，唱起"李铁梅"的选段，一板一眼，众人纷纷喝彩。天主堂夏天最风凉的地方是教堂内，那时教堂封闭着，堆满了杂物，天热时，我们这些小孩从门缝中挤进去。教堂宽敞，穹顶高十余米，白天夜晚都很凉快。有次，我在教堂里睡了一晚，睁眼看到的是五颜六色的玻璃窗，闪着奇幻的光影，就像童话般美丽。

到了二十世纪八十年代，天主堂院子里出现了第一台黑白电视机，是人武部陈秘书的。夏天纳凉时他就搬出来放，大家摇着蒲扇，看得兴致勃勃。有趣的是，那时候接收信号差，都是用一个钢筋圈似的接收器。每次室外放电视，陈秘书就把接收器绑在一根长竹竿上来接收信号。就算这样，电视信号还是时强时弱，屏幕常常会出现大片雪花点，有碍观看。每当雪花点多时，陈秘书都会撑起长竹竿围着电视机团团转，看哪个方向无线接收信号强。记得当时开播的有抗日连续剧《节振国》。天主堂住着一对本县最好的医生，两口子都是医科大学毕业生，男的外科，女的内科，是院子里最斯文的人，有时趁着纳凉会给邻居看个病。那时电影票十分紧张，影院卖票的也是邻居，纳凉时常被邻居围着买电影票，开个后门。夏天纳凉给了邻里交流的机会，促进了和睦。那年代邻里关系好，互相之间大事小事都有个照应，叫"邻居好，可靠老"。

我们家是一九八六年搬离天主堂的。至今，当年天主堂的邻里都还互相惦记着。

二十世纪九十年代开始，城市逐渐被钢筋水泥包围，到了夏天，整个城市闷得让人喘不过气来。幸亏有了空调，让消夏变得容易。住房里有空调，单位里有空调，车子里有空调，空调就像空气，无处不在，也时刻离不开。有了空调，人出汗就少了，皮肤的汗腺好像总被堵着，不畅快，似乎缺少了夏天本该有的生活状态。

有时，我会很怀念旧时的夏日。那时虽热，但自然植被多，城镇泥土面积多，河流生态好，许多人家门口都有清水流过的小水沟，这些老房子、老墙弄，墙上屋上都会长草，通道大多是鹅卵石铺就或为泥地，其间也长有小草青苔，这些都像人体一样会呼吸，又像海绵一样吸纳着夏天一波又一波袭来的热量。而现在，已很难见到这样的夏天了，它似乎已经成了一种文化遗产。

玩着过年

我们小时候物质贫瘠，往往是"大人怕过年，小孩盼过年"。大人要为春节的支出绞尽脑汁，而孩子们则无忧无虑地穿上新衣服，兜里装着零食，撒着欢到处乱跑。春节就是一个字：玩。

说起玩，跟现在的孩子没法比，那时没有那么多玩具，也没有那么多好去处，记忆最深刻的是放鞭炮。年前，母亲都会去买两三种炮仗，那长长的鞭炮总是属于我的。正月初一，我起床第一件事就是把那长长的鞭炮细心地一颗一颗拆下来，放在桌上，小山似的堆着，然后给自己装上满满一口袋。出门前，我会向父亲要来一根香烟、一盒火柴——这可能是一年中唯一一个父亲会给我烟的日子。一出门我就点上烟，四处丢点燃的鞭炮。鞭炮丢到墙弄里，会发出惊天动地的响声，路过的行人往往都会被这突如其来的响声吓一跳。碰到凶的人，会丢来一句"短命恶鬼"，但大多数人只会善意一笑。兴许是过年了，大人也有大人样，不屑于跟孩子计较。

常玩的还有吹冰洞。以前的正月似乎比现在冷，容易结冰。我们住在大杂院里，院子里有一只大水缸，缸里结着厚厚的冰，在阳光下反射着耀眼的光芒。我们这些小孩就想方设法把水缸里的圆形冰块给整块取出来，做个大冰锣。冰块取出来了，中间没洞，绳子串不起来，怎么办呢？如果用金属器物敲打，容易把冰块敲碎。这个时候，吹冰的手艺就派上用场了。找一根空心的麦秆，含在嘴里对着冰块的中心吹，通过口中的暖风，化出一个冰洞来。因为冰块厚，这也是个费劲的活。我们三四个小孩接连吹，吹了快半个小时，冰块中间终于出现了一个一分硬币大小的冰洞。这个时候，我们便兴高采烈地用麻绳把冰块穿上，两个小孩用竹竿抬着，一群小孩跟着，热热闹闹上街去了。

读小学时我和一位姓潘的大哥很要好，他手巧，会做铅丝枪、链条枪。铅丝枪就是把铅丝做成手枪，并装上橡皮筋，子弹是纸做的，几米内被击中挺疼的；链条枪则高级多了，因为使用火药，似乎更有打枪的感觉。每当过年，这位大哥就会送我一把链条枪。这枪是先用铅丝做成手枪的形状，再把自行车弃用的链条一节节取下来，链条洞孔对准做成枪管，撞针是钢筋做的，用许多根橡皮筋做扳引，弹药引子街上有卖，其实就是火柴头一样大小的火药。正月里，我最神气的是穿上妈妈做的黄军装，手提链条枪，和同学们一起玩"抓特务"，你追我赶，链条枪对准"特务""噼噼啪啪"打起来，玩得很疯。

除了放鞭炮、吹冰洞、打枪，小时候还有许多其他游戏，比如打木旋、打香烟壳、推钢丝圈、接布头、跳绳、老鹰抓小鸡，等等。虽然这些游戏听上去煞有介事，其实说穿了就是穷玩。不过，不管是现在琳琅满目的玩具，还是过去寒酸简易的游戏，孩子们全身心投入的程度都是一样的。其实，玩什么不要紧，最要紧的是有一颗玩着过年的心。这一点，我们是永远比不上孩子的。

拔牙记

　　不知是不是因为敏感体质的缘故，平时我听到削甘蔗的声音，牙齿就痒。我最怕去看牙医，修牙钻子一响，就浑身发抖。一颗大牙蛀了，牙医说要拔掉，我也是一拖再拖。

　　五年前，为了拔掉这颗蛀牙，我去拍了 X 光片。因为害怕，拔牙前我临阵脱逃。到了牙齿蛀掉，断裂成刀片似的要划破舌头了，才迫不得已下决心去拔牙。拔牙前一晚就睡不好，满脑子都是些有关拔牙的奇思幻想，早早起来就去医院。躺上床，跟医生探讨起拔牙会出现的种种可能，我心中充满焦虑和担心。看牙医年轻，胖胖的，显得稚嫩，我一下子就后悔了，应该先约个名医。我的概念中，好医生都应该是上年纪的。我有意识地试探，问医生，哪个医学院毕业，从业几年？牙医明知我有挑刺的意味，还是很耐心地回答，医科大毕业，已从医五年，讲话彬彬有礼，很有修养，这让我很有些好感。我觉得这牙医至少比余华强，他当作家之前做了几年牙医，拔了上万颗牙齿。他说，这世界上最没风景的地方便是口腔，他厌恶拔牙，也因为厌恶拔牙才去写作。说起来也好笑，因厌恶拔牙，让中国有了个好作家。恰恰相反，我眼前这位胖胖的可爱的年轻牙医，让我感觉他是热爱这份工作的。

　　年轻的牙医检查了我排列整齐的牙齿，看着 X 光片说，我牙齿基础好，这颗是硬伤（平时不注意造成的）。是的，母亲牙齿不好，父亲牙齿很好，我遗传了父亲好牙齿的基因。小时候，吃硬糖都是嚼的，因为牙齿好便忘了照顾它。牙齿使用频率极高，不养护、不小心对待它，金刚钻做的也要蛀，也要坏。可惜我很长一段时间里不懂这个道理。人都是这样，不珍惜拥有的美好，失去才觉得珍贵，可这时往往已无法挽回了，就像我这颗要拔掉的牙齿一样。在我想这些的时候，牙医打麻药了，他说要打在很细的一根血管旁，位置必须准确。我听不懂缘由，只觉得这是医生的事，再说我正张大着嘴巴，根本无法说话。打麻药的针很细，细到让你感觉不到在打针，只觉得有根游丝在动。麻药打好，过了会，我的右颊已麻木了。牙医问我，舌头右边麻吗？我说麻。又问我右嘴唇麻吗？我说不麻。牙医说，补点麻药。他给我加注了点麻药。

开始拔牙了。牙医先用拔针，拨了一下我的牙齿周围，问我疼吗？我说不疼。这下，终于等来了盼望已久的拔牙时刻。我精神高度亢奋和紧张，双手捏住床边，就像即将迎来一件极大的事。大概牙医也看出我的紧张，笑着安慰我说，不痛的，放松。这时我想，近一米八的大个，拔颗牙齿这么紧张，有必要吗？我张开嘴巴，闭上眼睛，任凭牙医拿着钳子在口腔里捣鼓。大约两分钟后，牙医说拔完了。此时我还有点不相信，我以为拔牙时牙医必须用尽全力，而且我还应该有个身体抗争的过程，这牙齿怎么在我不知道的时候就拔掉了呢？我真有点不信，甚至有点可惜，这牙齿拔得这么容易，和我的心理预期不符。因为年轻时拔过一次牙，记得那次，牙医为拔下那颗坚强的牙，差不多把我整个人都提将了起来，记忆里很恐怖。

为了验证这颗大牙已被拔掉，也为了看其尊容，我拿起操作小台上搪瓷盆里这颗陪我五十年余年、被蛀得只剩半颗的牙齿，放在掌心，端详良久。这时，我回忆起小时候拔乳牙的情形。小孩都要换牙，等到乳牙自然松动了，母亲就会拿来一根牢固的线，让我张开嘴巴，用线吊住牙齿，趁我不备，瞬间拔下。如果拔下的是下牙，母亲会拿着牙齿走到屋檐下，口中喃喃有词，然后用力把牙齿抛上屋顶的瓦片间；如果拔下的是上牙，母亲就会把牙齿埋在自家院子里那棵橙树下，冀求神灵能保佑我的牙齿能长得各就各位，整齐，坚固。

小时候拔的是乳牙，能长出新牙；上年纪拔了老牙，就再也长不出新牙了。想到这些，我突然心疼起这颗被拔掉的牙齿来，一丝悲愁的情绪从心间蔓延开。

闲话鳓鱼

我这人大概属猫，一天不沾鱼鲜就会想念。众多鱼类中，我最欢喜鳓鱼，鲜咸皆宜。

民谚"三鲳四鳓"，四月大麦收割时，鳓鱼最是肥美，称之为鲜白鳓鱼。有句成语，淮橘为枳，说淮南的橘树移植到淮河以北就变成枳树，果实味道就不同了。鱼和淮橘一个理，换个水域味道就变。不说远的，同样在宁海，长街边的海、薛岙边的海、一市边的海流着同样的东海海水，每地海鲜的味道就有差异。比如铜盆鱼，薛岙为最；蛏子，长街称王；而鳓鱼呢，则是一市海边的最佳。一市有个自然村，叫青山脚。说是青山，其实不过一座孤零零的山丘，东南面就是海洋。此处有一闸门，闸门外一片海域里的鳓鱼最为肥美。闸门建于二十世纪六七十年代，水泥钢筋结构，模样古老，平时隔开咸淡水，大潮汛时则阻挡咸潮入侵；暴雨季节会开闸，让淡水冲进广阔的大海。可能因为是咸淡水交融、水温适宜、海藻丰富，此处便生出最好的鳓鱼。

我有位兄长，当年下放到青山脚，至今说起鲜白鳓鱼，劲头就来。他说，当年闸门外的海域鲜白鳓鱼多，收割完大麦后，他的房东队长便带领队里社员开着三板船去捕捞。最好是起风天，鳓鱼成群结队，一网下去，捞上来白花花一片。他还说，捕捞鳓鱼要用宽网口。鳓鱼头尖、齿坚、身扁，凶猛，一网下去会乱冲撞，网口稍宽的话，鳓鱼头钻进去，鱼身便卡住了。每次捕捞完毕，房东队长总让他提上几条回家。

每年到了青山脚的捕捞季节，母亲都会托人去买点鲜白鳓鱼，可连续吃上一季。四月鲜白鳓鱼作为时令菜肴，极鲜美。但品这鲜美也要付出一些代价：鳓鱼刺多，又硬又细，食之不慎就会伤喉咙，没牙齿的老人更是无福消受。可能因为这一点，鳓鱼价格要比黄鱼、鲳鱼、带鱼便宜，名副其实的价廉物美。鲜白鳓鱼最好的吃法是清蒸：选七八两大小的鲜白鳓鱼——大了肉粗，小了肉飘，洗净，去内脏，留鳞，盛在土碗里，放点姜葱，放到竹羹上蒸，蒸熟后浇上熟油和酱油即可。熟否，看鱼眼是否突出，突出即可食。这种吃法，断不能放其他香辣佐料，会伤其美味。

我喜食鲜白鳓鱼，也喜食咸鳓鱼。旧时没冰箱，腌海鲜是不二选择。沿海地区，不管海边人、山里人还是城里人，都好这一口。宁海人吃得咸，咸冬瓜、咸雪里蕻、咸蟹、咸鱼，都是咸下饭。但对我来说，咸的菜肴里数咸鳓鱼下饭最落胃。这咸鳓鱼要腌得久，腌得发黄发油、干瘪得像只穿久了的草鞋时，肉质才酥软喷香，最是好吃。如果再能加上五花肉饼一起炖，味道更是锦上添花。每当这碗肉饼炖咸鳓鱼上桌，我就胃口大开，会多吃上两碗白米饭。更有意思的是，每次等吃到只剩下鱼刺时，我会拿来大碗，盛上鱼刺和残汤，倒入一两调羹米醋，抓上一撮葱花，冲入滚烫开水，一碗极好喝的咸鳓鱼刺汤就呈现在面前了。该汤咸酸适宜，鲜口、爽喉、生津。我经常想，当年乾隆下江南时如果喝了此汤，恐怕会乐不思归。

说起咸鳓鱼，我是最熟悉不过了。四十年前，我在供销社开过三年小店，卖过水产品。那时小店就要腌制咸鱼。同店的章师父，新中国成立前开一家老字号咸货行，身怀腌鱼绝技，什么鱼都会根据它的特点腌制，很有名。平时说起咸带鱼、咸黄鱼、咸乌贼、咸蟹、咸鳓鱼等，他总是如数家珍。章师父腌鱼，我打下手。章师父说，越咸，腌的时间越长，咸鳓鱼的香味就越足。章师父有句口头禅："海蜇三矾，鳓鱼三抱。"其中"鳓鱼三抱"，说的是鳓鱼独特的腌法：首先找来盛具土缸甏（宁海人叫"七石缸"），此缸质地较粗，会"呼吸"，宜腌制。第一次，鳓鱼不洗，带鳞，鱼身抹上盐，鱼鳃塞进盐；第二次，过三五天，手法一样，重复加盐；第三次，再过三五天，将每条鳓鱼沥干、入腌，再压上石块，最后，章师父用干稻草将鱼扎紧、压扁，最后封甏，再盖上厚木板。这样即使放上一两年，咸鳓鱼都不会坏。起缸要至少半年后，这时咸鳓鱼的鱼肉开始发黄、发酥、发油，有香味了。那些年，我吃的都是章师父腌的咸鳓鱼。

离开小店那年，章师父才告诉我，腌鳓鱼尽可能用新鲜的干稻草扎紧、压扁、封甏，再盖上厚板，这是他的独门秘诀，不用此法，腌出来的咸鳓鱼味道就是不一样。

冬日暖阳

小时候，我家住宁海剧院对面。隔着一条桃源路，剧院在路西边，我家在东边。我家五口人，住在两间矮矮的平房里，门朝西，平时嘈杂。冬天早上，阳光能从东面的窗棂中照射进来，我坐在床上，会用手去捕捉这五颜六色的光线。

因为外婆对我好，也因为外婆家院子阳光足，冬天，我常会跑去外婆家晒太阳。外婆家是个坐北朝南的四合院，南边是个小墙弄，小墙弄的南边是落塘道地，屋檐比外婆家高出仅尺许，我伸手就能摸到瓦片。这样一来，阳光就能无遮无掩地照进外婆家的院子里，早上照在西首，中午直照中堂，下午慢慢移过来照东首。我和外婆一起晒太阳，阳光照到东首时，太阳就快落山了。外婆晒太阳时，从不浪费时间，有时会坐着拆旧毛线、编织新毛衣。外婆手巧，冬天过去，开春我去上学，就能穿上新织的毛衣，这毛衣还存有冬日阳光的温暖。

小时候的冬天，外婆家四合院的屋檐有时会挂起长长的冰凌，在阳光照射下发出钻石般耀眼的光芒。我们几个表兄弟总让外公架起梯子，爬上去折几段冰凌下来拿在手上玩。冰凌会在手中融化，把我们的小手冻得像红萝卜一样，而我们总是哈着气暖手，不觉得冷。

上小学时，每年冬天我的手都会生冻疮，连握笔写作业都疼。每当下课阳光好时，我就会跑出来站在走廊里，把双手放在阳光下照射，这时发硬的冻疮就会软化许多，不过晒久了就会很痒，痒得钻心。后来母亲知道了，告诉我生冻疮不能在阳光下暴晒，这样一冷一热反而好得慢。

读中学以后，我们家住进天主堂院子，一间半矮屋，房门朝北，地湿。由于院子住户多，房子拥挤，冬天几乎都晒不到太阳。每当天色好，可能出现好阳光时，母亲就叫父亲找到院子里太阳能照到的角落，支起竹架，晒上棉被。晚上钻入被窝，我们发现棉被松软多了，香喷喷的，就知道白天被子晒过了。那一晚，我们一定睡得很香。

高中毕业我去乡下看小店，小店朝南，蓝天白云下，冬日的阳光毫不吝啬地照着门口那条清澈的河流，河流外宽阔的田野，一垄垄蔬菜、稻田，穿蓑衣的农民和老牛，同样，也照进我们小店。小店四间店铺，十六片门板早上卸、傍晚上。冬日，阳光始终在小店里荡漾，阳光下玻璃瓶里五颜六色的糖果越发诱人，在柜台上半铺开的花布里"开"着无数朵鲜花。冬天农闲时，村里的男男女女都会坐在小店的石阶上晒太阳，男的可在小店里买支香烟坐着抽，也可买碗酒坐着喝；女的织毛衣、纳布鞋、嗑瓜子，男女打情骂俏，谈天说地。村里最会说的是董嫂，长得宽身厚面，两个女儿貌美如花。不知她以前是不是说唱的，反正声音洪亮，抑扬顿挫，会说民间故事，也最爱说笑话，没人说得过她。每次说得唾沫横飞兴致高时，不知为何，女儿都会把她拉回家。

冬天阳光好，对小店来说是好日子。过去，小店春夏一般不卖海鲜，冬天会卖。虽然冬天冷，但没冰箱，鱼卖不掉还是会坏掉。

阳光好，我们就可以晒鱼鲞。带鱼不用洗，直接吊挂在竹竿上；黄鱼、米鱼要先掏出内脏，用刀从鱼背上剖开，再吊挂到竹竿上。那时，小店三个老员工，就我一个小青年，简单的吊挂任务自然就落在我身上。在溪边，我把竹竿做成三脚架，两个三脚架上横放一条长竹竿，长竹竿上挂满了带鱼、黄鱼、米鱼等，阳光下，鱼腥味会随风飘得很远。在贫穷的年代，这腥味对村民来说充满着无穷的诱惑。空闲时，我还会跑到河对面的田野里去玩，找到麦垛，靠在麦秆堆上，睡着晒太阳，任由阳光热烈地抚摸着我。

　　春夏秋冬，四季更替，冬日的暖阳从来不会迟到，它温暖着我的过去，也温暖着我的现在。

怀念野猫

那一天，我家院子潮湿的墙角开出了一朵美丽的小花，它是那样醒目，当我俯身去看时，一只黑白相间的野猫猛地从身边窜过。那不是在我院子里生活了十多年的野猫吗？我满心惊喜，那只野猫在安全距离内温情地看着我，我的眼角湿润了……

三年前，我家院子里还有十几只野猫，不知道是从哪里来的，但我知道，这猫群肯定是母子、父子、兄弟姐妹，是一家子。院子约二百五十平方米，墙角堆满杂物，角角落落种有树木，杂草丛生，因为杂乱，才是野猫喜欢生活的地方。

我们是十三年前搬进这小院子的。开始，院子里只有一只毛色黑白相间的可爱小猫。第一次看见它时，它躲在草丛中，用闪着蓝光的眼睛惊恐地看着我，好像是我入侵了它的领地。当时我看着那可爱、弱小又很无助的小东西，怜悯之心顿生。连续三天，我都拿食品喂它，逗它玩。小猫傻，三天就和我亲近了。

第三天吃过晚饭，夕阳已西下，余晖照着院了，我拿着食品，主要是吃剩的海鲜拌饭，去喂小猫。我放下食品就离开了，小猫慢慢地靠近，一边吃，一边"喵喵喵"地叫着，没过多久，突然从院子的四面八方、角角落落跑出许多野猫来，开始几只，后来发展到七八只，大小、颜色不一，以黑、黄、白色为基调。一群野猫在夕阳照耀下毛色温暖，它们在一起进食，但当我想亲近时，它们马上就散开了，我走开，它们马上又聚在一起。后来听老人说，成年野猫野性十足，是很难驯服的。

从此以后，我经常会在院子里看见这群野猫。有时，我会站在二楼窥视院子里的野猫们嬉玩，不去惊动它们。我也定时定点给这群野猫喂食，我不在家时，家人也十分善待它们，从不会忘了野猫们的饭点。每次在外聚餐后，我都习惯把剩菜打包回家给野猫吃。时间一久，野猫的生物钟就产生了，每天傍晚六点左右，猫群就会到一个固定的墙角等我喂食。就这样，我与我的家人就和这群野猫建立了良好的关系，在一个院子里和平共处、幸福生活。

不过有时候，野猫会吵得你晚上睡不了觉。那野猫的叫喊声是很骇人的，跟小孩的哭声一样，当几只野猫一起发出凄厉的喊叫时，那穿透力十足的声音是会划破长夜的。晚上第一次听到院子里小孩凄厉的哭声，我十分害怕，拿着手电筒去院子里寻觅，疑心是小孩的冤魂在哭。我的动静吵醒了邻居一位老人，他告诉我，这不是小孩在哭，是野猫发情。当时我就想，这世界上还有哪种动物求偶会发出如此凄惨的声音？更头疼的是，我家屋顶是瓦片盖的，春季里经常有野猫在瓦片上翻滚，哗啦啦、哗啦啦。

其实，人和动物是容易产生感情的。时间一长，我们一家人也都对野猫也产生了感情。有时候，我想跟它们亲近一下，想过去抱抱它们，但每次它们都瞬间就跑开了，在不远的地方温情地注视着我。这让我有点难过，我们一家喂它们几年了，但它们从来没有让我们抱过、亲近过。这就是野猫的秉性，它们似乎天生要和人类保持着一定的距离。

虽然那群野猫始终和我们保持距离，但其实动物跟人一样有感情。野猫们看见我们经常喂它们、呵护它们，也会想方设法回馈我们的爱，方式之一就是经常把咬死的老鼠放到家门口。尽管看见死老鼠很恶心，但我们接受它们感恩的表达。许多夜晚，我一个人坐在楼下书房看书，它们会站在书房门口看着我。如果看见野猫怀孕了，我们就会全家动员，想法子给它准备营养餐，小猫出生后，会给它们送去被褥。有时出差回来，听到我的脚步声，野猫们就会聚集到楼梯口等我，有五六只大猫领着七八只小猫，就像久违了的朋友。

院子里有了猫，给我带来了与人交往时不曾有过的快乐，但野猫也给我和家人带来了难以忍受的苦痛。每年一到夏天我就恐惧起来，院子里的角角落落和一层仓库里到处是成群结队的跳蚤。每年夏天，跳蚤都把我咬得苦不堪言，双腿像玉米棒似的到处是红肿粒。有一年，我实在受不了了，就洒敌敌畏除蚤，谁知跳蚤未除，一只小猫却被毒死了。看见小猫死了，我们一家人都很难过，善良的儿子再三劝我，再也不要洒敌敌畏了。那天我们一家人悲痛地埋葬了小猫，并给它上了三支香。每年都在重复同样的经历，后来我和家人实在不堪跳蚤肆虐，终于下决心，在不伤害野猫的情况下，把它们驱赶走了。

一位朋友说，猫最怕狗，狗一来猫就跑。朋友帮我牵来了一条德国狼狗，高高大大，威风凛凛。野猫真的怕狗，一听到狗叫就跑得无影无踪，但狗一走，野猫又若无其事地在院子里闲逛了。没有办法，我只得去求助专业捕猫人，给他两条烟加一千元钱，但告诉捕猫人，抓到猫后一定要放生。那天捕猫人来了，带来一只铁笼子，笼子里放着一只被缠住的麻雀，笼门开着，麻雀在里面挣扎叫喊。这一招真灵，野猫喜擒麻雀，一只只前赴后继自投罗网。没到一个半小时，院子里十多只野猫都被捕猫人悉数擒拿。

我目睹捕猫全过程。看到朝夕相处的野猫要被带走，儿子对我说，老爸，现在外面吃猫肉的人很多，捕猫人就是拿去卖的。我说，儿子放心吧，老爸跟捕猫人一起去放生。

离城中心不到五里路的三河岭两旁，山连山，森林茂密。放生之前，我的眼圈红了。我对猫说，对不起，我实在忍受不了跳蚤叮咬之苦，只能把你们放生了。可能野猫们也意识到我们即将分离，当我将它们从笼子里放出来时，野猫们都走得很慢，回过头来不舍地看着我。我挥挥手说，快走吧，大山就是你们的家了。

野猫被放生了，院子里确实清静了很多，夏天也没有跳蚤来咬我了，但老鼠却肆虐成灾了，多得不怕人。院子里没有野猫的日子有三年了，但我却想念有野猫的日子。有几个晚上，我一个人坐在一楼书房里看书，不自觉感到那群野猫还在，每看一段时间，视线就会不经意转往门口，好像那群可爱的精灵在门口睁着一双双蓝眼睛望着我。

有一天，我实在太想念它们了，就跑到三河岭边的大山里。我行走在山林的树丛中，学着猫咪们的叫声，"喵喵喵"，呼喊着那群曾在我家院子里生活了十多年的野猫……

一个爱打架的小男孩

"嘘——"一声急促的口哨响，墙弄里蹿出了三五个人，猛地扑向另一群人，一帮十二三岁小男孩的群架就这样开打了。我们的对手是县人武部大院穿军装的子弟，也是我们同年级的同学。那一仗打得很艰难又残酷，血迹遍地，但结果仍然是我们落荒而逃。

那年代我在读初中，好像没有读到什么书。很多时候学校都安排我们去学工学农，帮助农民割稻，去学校的学农基地种菜，去工厂打扫卫生。那时候提倡"又红又专"，"又红"就是提倡爱劳动，"又专"当然是要求学习好，首先是把政治课学好。读初中时，我虽然不逃学，但上课一定是不认真的。老师在台上讲课，我一定会在台下做着各种小动作，并一定会在忘神的时候被老师喊到上面去罚站。众目睽睽之下，我就站在台上，嘴角弯弯地露出一副坏笑的样子。在老师的心目中，我可能就是个学习不认真、爱打架的小孩子。

那时候的小孩，尤其是小男孩，和今天的是不一样的。现在多是独生子女，小孩都是温室里的花。我们那时候兄弟姐妹多，父母工作学习忙、政治任务多，每个家庭对小孩基本都是放养的，弟弟妹妹穿的衣服一定是哥哥姐姐穿剩下的。

我小时候有没有做过坏事？偷鸡摸狗的事好像没做过。如果说有，可能也有，比如去人家园子里偷摘桃李；看电影不买门票，从电影院窄窄的东边围墙爬上去，再从二三米高的围墙顶上跳下去，溜进影院去看电影。

　　母亲性子急，巴不得小孩早进学校读书，所以我读书早，十二虚岁就上了初中。但我从小就不是读书的料，初中上的又是体育班——踢足球。我们班都是县里挑上来的运动尖子，我年纪最小，一般同学都要比我大两三岁。但我小时候敢跟同班年纪比我大的男同学打架，有股狠劲，当然由于年纪小，力气也少些，经常会被人打得满地找牙。几十年过去了，有天我遇上一位今天在机关工作的男同学，他回忆起，有次下课间隙我们俩打架了，那时课间休息有半个小时，前十分钟我们打得满地翻滚，后十分钟打累了，我们还倔强地站在操场上，他抽我一耳光，我反抽他一耳光，几个班的同学都在旁边哄围观。不过现在回忆起小时候所打的架，有惹是生非的，但没有欺负弱者的。

　　从小我就有英雄情结，虽然不爱读书，但爱看《封神榜》《三国演义》《水浒传》，那年代，金庸和梁羽生的武侠小说还没有传进来，我非常崇拜关羽、赵子龙、吕布等三国英雄以及水浒中的一百〇八将。在我心目中，现实中的英雄就是家乡的拳师，并且我一直在寻找这些拳师。缑城出东门有王拳师，说是南京警察学校的武教头，战乱还乡教武为生；岔路角柴家是有名的习武之乡，村民能打狮子、跳桌角；缑城有西门大棒挟枪的说法。

　　在母亲的帮助下，我终于拜了一位西门的拳师为师，我叫他天明师父。他虽然名不见经传，但大隐隐于市，功夫了得。记得很清楚，我怕学武第一天早上起不来，前一天晚上就睡到要一起去学武的何同学家里。两个小男孩一想到第二天就要跟天明师父学武艺了，就兴奋得不得了。那时候何同学家晚上还点煤油灯，两个小男孩太兴奋了，一不小心把煤油倒翻在了床上，一夜煤油气熏人，一晚未睡着。第二天不到五更，我们就到了师父的院子。师父早就在打拳了，看到我们来，就简单地给我们讲了武德，还给我们表演了金鸡独立、单手俯撑，又打了一套南拳。我们两个小男孩看得两眼都直了。春夏秋冬，我们跟着师父学了差不多一年的拳棍，主要是两套：南拳和黑风棍。

自从跟师父学拳，我走在学校路上腰板也硬多了。以前碰上和我打过架的、厉害的同学我会怕，现在感觉到不怕了，尽管这只是自我感觉。

一次，我们班级学军，到一市公社拉练，晚上在一市中学的礼堂打地铺，不知为何事，我和大三岁的篮球队同学打上架了。过去我怕他，学了一年的拳给我壮胆了，看见来势汹汹的同学，我心想：我才不怕你呢！学的拳术该派上用场了吧。一开架，我就想着天明师父教我的套路，他一进攻，我就退；他一拳，我就躲，左格右挡，其实什么都慢一拍，没用的，结果被同学打得头破血流、无可招架，狼狈不堪。

拉练回来后，我第一次时间找师父，跟师父哭诉，我跟人打架了，您教我的套路都用上了，可还是打不过人家。师父爱怜地看着鼻红眼肿的我，说了句，真是傻徒弟。

直到今天，我才读懂武侠小说大师梁羽生的话："武侠，宁可无武，不可无侠。"

粮票杂记

那年月，最值钱的除了钱，就是粮票。记忆中，每到季度底，母亲总会把剩余的几枚粮票缝进旧棉衣里，然后小心地把旧棉衣塞进箱底，箱外加上一把老铜锁。

二十世纪五十年代至八十年代是票证的时代，生活和生产资料都是按计划凭票供应的。其中，日常生活中有粮票、肉票、油票、烟票、糖票、火柴票、布票、自行车票、缝纫机票等，差不多一切生活资料都要凭票供应，离开票证无法生活。

民以食为天，最重要的自然是粮票，当年粮票被誉为"天下第一票证"。粮票只发居民，农民没有。待生产大队缴完公粮后，大队会按每户人头给农民发粮食。农民出差或出门要吃饭，只有两个办法，一是带米出门，跟饭店兑换熟米饭或面条；再就是拿米跟居民换点粮票。

早年，猴城中大街东头有家点心店，叫工农点心店，中街有家饭店，叫大同食堂。关于粮票的最早记忆，是小时候母亲带我去工农点心店买大饼油条，父亲领我去大同食堂吃肉丝汤面。我还记得，工农点心店大饼三分一只、粮票一两；油条二分一根，粮票半两。这大饼夹油条喷香有嚼劲，我至今念念不忘。大同食堂是猴城最著名的饭店，其中一位掌勺师父姓陈，西门人，人长得胖而壮实，为人仗义，是父亲的忘年交。父亲去世早，现在陈师父年过七旬，跟我同住一个小区，散步遇上，喜欢跟我说点往事，说我父亲喜欢喝点小酒，有时他会叫父亲去大同食堂和他喝上一盅，说父亲喝醉时，会说些人生八九不如意之事，态度有点消极。小时候，我跟父亲关系亲密的表现中，就有父亲领我去大同食堂吃肉丝汤面的事——这在当年算是稀罕事。每次父亲只叫一碗，他坐在旁边，一声不响地看着我吃。每次陈师父端出的热气腾腾的肉丝汤面，都是分量十足。肉丝汤面，大汤煮，面有筋骨，浇上炒过的肉丝和煮过的酱油，撒上几颗小葱。大同食堂八仙桌上的这碗肉丝汤面，我惦记至今。那时候，阳春面一角三分一碗，肉丝汤面二角二分一碗，炒面价格忘记了，但无论汤面、炒面，给的粮票都是二两半。当年父亲告诉我，光有钱、没有粮票是吃不成肉丝汤面的。

我家都是正式居民户口，大人月粮票二十七斤，三姐弟还在学校读书，月粮票十八斤。父母不从事体力劳动，一家人粮食够吃。

二十世纪七十年代，我家住在天主堂院子里，隔壁住着陈叔一家。陈叔是在街头挖"鸡眼"的，居民，有粮票。老婆黄岩人，农村户口，有三个孩子，当年她和孩子的户口挂在白石头生产大队，每年生产队会给他们一点粮食，但不够吃。青黄不接时，陈叔老婆会找母亲支点粮票，母亲总会给她。陈叔老婆是个好人，邻里有家务事，她总会主动帮忙。到年底她家还不出粮票，总会捉一只会下蛋的老母鸡来我家，不明说，其实就是来抵粮票的，这时我母亲会回一条肥皂或一斤红糖。

在那个票证时代，粮票私下是可以换钱的，有议价粮和平价粮的差价。个别脑子灵活的人就会倒卖些粮票，赚点差价，补贴生活。但倒卖粮票是有罪的，当时叫"倒卖票证罪"。天主堂院子东首有个离开社办厂"走江湖"的人，平日里，他会和天主堂的小朋友们玩点空手变鸡蛋的小把戏，我们叫他"魔术师"。一天，听说他被公安抓住了，说他倒卖粮票，犯了"倒卖票证罪"。过几天，我在桃源街街上看见他被"打办"挂牌游街，衣冠不整，样子狼狈。不过游完街就放他回家了。有人看见他进院子时还咧着嘴笑，自言自语，说是倒卖粮票数量不多，被从宽处理了。

离我家很近的白石头村有个上海男知青，人高马大，跟我家熟。他人聪明，干什么像什么，连犁田都比一般农民犁得直，后被招进通用厂工作。当年村里的房东女儿暗恋他，时有来往。这个上海男知青胃口大，一次可吃十个包子，月三十斤粮票都不够吃。房东女儿心疼男知青吃不饱，就偷拿家里的米跟人换来粮票，塞给他。后来二人结婚了，还生了一个儿子。"文革"结束，上海知青返城潮来时，这个知青没走，留在了猴城。

当年粮票分地方粮票和全国粮票，地方粮票以省为单位，各省之间不通用，但有例外，全国只有浙江省粮票和上海粮票通用。一九七九年，我第一次去上海，就是用浙江省粮票在十六铺码头边的饭店买白米饭吃的。

那时候，全国通用粮票简称全国粮票，很吃香。母亲说，剩余的粮票最好都换成全国粮票储存，这样稳当、安心。恰巧，我发小父母都在粮食系统工作。发小母亲姓郭，是城关粮管所的票证员。母亲总让我把剩余的地方粮票拿去找郭阿姨换成全国粮票。那时候城关粮管所在北门一个小宅院里，木结构的，走上去地板会发出吱吱嘎嘎的声响。每次看见我来，郭阿姨都会从陈旧办公桌后站起来，热情地招呼我，从不拒绝，丝毫没让我感受到忐忑和生分。这在当年算是"开后门"。每次换好全国粮票，郭阿姨总是嘱咐我，要把粮票放进内衣口袋，贴身藏好。

历史总是这样，不同的历史阶段就有不同的生活状况。这一枚小小的旧粮票，曾飘浮在人们的生活中，记载着当年的故事。

早晨

　　阿丁近段时间又烦又闷，常常夜不能眠。前些天局里开了会，要求县属公司在今年内完成企业改制工作，会上，作为县属公司经理的阿丁如坐针毡。"我可能是'末代皇帝'呀。"阿丁心里暗想。

　　早上，阿丁给家里的那些树桩盆景浇了些水就去上班了。只见公司办公室门未开，门口却挤着五六个衣衫陈旧的人叽叽喳喳议论不休，说的有四川话、湖南话、本地话。他们见阿丁来上班，呼地一下全都围住阿丁："丁经理，我们那点废品款子！"阿丁噎住了，脸一沉，猛地冒出一句："你们的废品为什么要卖给我们公司？"这是句翻脸不认人的话，这帮子捡破烂糊口的人愤怒得差不多要操起家伙揍阿丁了。门卫老徐看见阿丁的窘境，赶紧跑过来打圆场："抱歉！抱歉！丁经理心情不好，多有得罪，多有得罪。"老徐话音刚落，大概是个湖南人，直冲了一句："现今是黄世仁怕杨白劳！"阿丁脸上挂起了苦笑，想着饿死的骆驼也比马大，收废品的竟说我们企业是"黄世仁"。

　　上班后第一件事，阿丁就请来财务科长，请他抓紧时间对企业进行清产核资，说毕还补问了一句："我的财务大人，清产后我们每人还能分到一两万元钱吗？"科长愣了一下说："如果还完银行贷款，公司差不多是空壳了。"其实阿丁也是知道这个家底的。

　　电话铃响了，银行营业部主任打来电话，说公司银行贷款已有近百万逾期，请务必抓紧归还逾期贷款，不然……阿丁赶忙满脸堆笑，变出奉承的腔说："主任大人好，我们公司的困难是暂时的，最近公司又在内外抓资金的清欠工作，近期一定还贷。"说是这样说，其实心里是八字没个撇儿。阿丁平时文绉绉的，此时禁不住在心里连骂了两句："龟孙子，我欠你钱，我还有偌大的资产你怕个鸟蛋！龟孙子，钢厂说是国家大中型企业，却连我们区区几十万废铁款子也付不出来！"可骂归骂，阿丁还是一脸无奈。

前天和昨天，公司连续开了两场座谈会，阿丁说："我们公司到如今，该寻找一条出路，大伙儿也该寻找一条出路。是不是趁现在公司还不至于资不抵债，把家产卖了，大伙儿分几个钱散伙了？不然过几年连如今能分的钱都没了。"阿丁说完这番话，参加座谈会的职工都惊了。有人说："丁经理，前个月不是说企业能柳暗花明又一村吗？"有人说："丁经理，上个月不是说兄弟团结一条心，门前黄土变成金吗？"众职工都纳闷：怎么没几天丁经理这番话都不作数了。

大伙儿都知道企业要改制了，上班的心都散了。张三说："去年一些企业改制后许多人没了工作，生活没了着落。"李四说："我们公司领导真没能耐，要是企业红火，用得着改制吗？"办公室主任趁着向阿丁汇报工作的空隙也说："我做了二十年万金油，这会我这万金油也没法敷了。"离休老干部、公司原党支书老陈，顶着七十岁高龄颤巍巍地赶到公司，对阿丁说："这是哪年月？企业不能散伙！"

阿丁鼻子一酸，定下了铁主意，向局长汇报："企业维护原体制，企业也不散伙。困难是暂时的，我一定带领全体员工闯出一条新路。"阿丁说着，眼圈红了。局长觉得阿丁有些反常，反常中倒也透出股力挽狂澜的气概。局长反问阿丁："企业走老路行吗？中央和地方政府提出企业改制不改行吗？你们公司不改制能有出路吗？"局长还告诉阿丁："企业确实挺不过去了，就算有破釜沉舟的决心也不能挽救呀！"阿丁原先那铁板一块的决心熔化了，他不知是怎样离开局长办公室的。

改制方案是一定要起草的，阿丁握着笔如同握着判官之笔。正在阿丁不知如何下手之时，仓库保管员老张的妻子边哭边闯进了经理室说："丁经理，老张在医院快不行了！"阿丁回过神来问："老张昨天神志还蛮清爽的，我还征求过他对企业改制的意见，怎么一下子就不行了？"老张是公司的老模范，患病期间虽然公司工资都未发，阿丁还是向外单位借了钱替老张支付了巨额医药费。老张可是个大好人，住院期间多次吵着要出院，还几次拉着阿丁的手说："企业这样困难，我的命拿钱已是买不回来了。"阿丁赶紧随他赶到了医院，可老张已去世了。阿丁想，他妻女俩都没工作，今后这日子怎么过？

第二天，公司办公室主任向阿丁递上了五千八百元钱，说是公司大伙儿凑给老张家的。老张的妻子热泪盈眶地从阿丁手中接过了这滚烫的钱。阿丁对她说："丧事由公司操办。"

废品公司要改制的消息不胫而走。有个厂长对阿丁说："年初，我临时借给你公司二十万元钱，现在已经有三个月了，今天一定要还。"阿丁知道此时已没有什么兄弟情谊了，欠人家钱到底理亏。厂长说着就和手下七八个工人开着货车去场地拉废钢，废钢场地的职工都愤怒了，大伙儿斩钉截铁地说："今天，你们要拉废钢，除非车子从我们身上碾过去！"看到这阵势，这位厂长也知难而退了。

星期一，阿丁刚去上班就收到了几乎是公司全体员工写的联名信，信不长，开头便写着："丁经理，企业要改制了，你焦急忧虑，我们也万分关心。企业如逆水行舟，不进则退，改制是大势所趋，企业不改制其实也就没有出路，此乃危急存亡之际，企业有困难，大家一起分担………"企业改制的成功来自于职工的智慧！方案还在起草，但阿丁仿佛已在苦海航行中看到了一盏闪亮的灯。

早晨，和煦的春风吹进了阿丁家的天井，他又提壶给树桩续水，猛然间发现，最钟爱的那盆名叫"古木新姿"的鹊梅树桩，已吐露出嫩绿的新芽。

第四辑

晚年的父亲

父亲晚年过得很糟糕，一天要抽呛人的劣质烟两三包，喝大包装的高度烧酒，头发凌乱，胡子拉碴，但棱角分明的脸上双眸透露出不服气和倔强。

父亲一生苦难，到晚年活着也是很悲哀，用他自己的话说是"绝望地挣扎着"。他没有朋友，偶尔老同事请吃饭，他都会喝得酩酊大醉。有一次父亲喝得不省人事，我去背他回家，到家后老父亲号啕大哭，不能自已，说他死不瞑目，说他对不起家人，让家人受尽牵连。当时，我知道任何劝慰都无法让父亲对经受的苦难和对家人负疚的情绪释怀。

有年春节，半夜下鹅毛大雪，我被楼下院子里的摔盆声惊醒，和衣赶紧跑下去，只见父亲双眼通红，泪痕满面，发疯似的在摔他自己种的兰花等盆栽，摔了十几盆，盆瓦满地都是，我惊叫道："爸爸，不要这样呀！"我抱住了父亲。第二天早上，父亲却显得很平静，只见他买来了新盆，那十几盆盆栽又整齐地排列在我们家不大的院子里，生机无限。

六十多岁了，父亲还在一家工厂办公室干点文字工作。父亲手无缚鸡之力，有人欺负他，小事他都忍声吞气，甚至不告诉家人。有天夜班后的回家路上，厂里一位泼皮竟从背后重重打了父亲一拳。那晚父亲回家说他背痛，也没说有人打他，只让我给他揉揉背，第二天还是父亲的工友告诉我昨晚父亲被打的事。我愤怒到极点，当即奔到厂里。父亲带我去认那泼皮，泼皮正在锻打车间，五大三粗，一副悍相。我不管三七二十一，扑上去就摁住他的脖子，喝道："你为何欺负老人？"善良的父亲看我真要打他，就拦住我说："算了，算了。"最后是厂长来了，那泼皮当众认错，向父亲赔礼道歉，我才放过他。

晚年的父亲很少有笑容，更不要提有笑声了。父亲年轻时身体很健康，且上代人均高寿，有长寿基因；但晚年的父亲显老，六十多岁就步履蹒跚，每晚几乎都很晚睡觉，到现在我满脑子还是父亲深夜在孤灯下坐在藤椅上抽烟的形象。烟雾缭绕着他孤寂的心灵。

父亲晚年很寂寞，练书法就成为他消磨时间的方式。当然，父亲不是书法家，但在儿子眼里，父亲的字是至宝。在父亲的书稿里，我看到过他反复抄写过的一首诗，诗名《苍溪吟》，诗曰："癸丑年华禊叙辰，苍溪唱和八家春。天教后起皆名世，我识先生是故人。才笔纵横推领袖，闲情潋滟绝凡尘。盦薇读罢重回首，话雨何时杖履亲。"我知道黄岩古代也叫苍溪，就知道父亲年纪越大，思乡情绪越切，抄写清代黄岩人黄濬的《苍溪吟》是抒发他的乡愁呀。

父亲十六岁少年离乡，跟学生工作队随部队到宁海工作。在宁海工作了五十三年，但还是满口黄岩腔。他叫我走过去，会说"调过来"，说这东西为"体东西"。他最喜欢吃的水果是黄岩蜜橘。每年橘黄时，老家都会捎橘子来，最好吃的是本地早橘，虽有核但甘甜无比，食后口齿留香；最好看的是小小圆圆的朱红橘，朱，朱砂红也，但朱红橘好看不好吃，有点酸，不过有的东西好看比好吃重要。黄岩人嫁女儿都分朱红橘，因为小小圆圆、模样讨人喜爱，朱红也吉祥；还有一种能储藏到过年吃的橘，黄岩人叫"慢橘"，个大水分足。每当老家捎来橘子的时候，也是我们家快乐的时候，对于我们三姊弟来说，就像是过节。我们吃橘是先剥皮后吃橘，父亲吃橘是连皮一分为四剥开就直接吃橘，父亲说黄岩人都这样吃。

我们小时候，父亲老喜欢说老家的事，说九峰的美景，说他小时候的同学，说他母亲穿貂皮大衣时有多美。父亲告诉我，我们祖上是仙居迁移过来的，父亲的爷爷是清朝黄岩官府里管粮草的小吏，相当于县粮食局长。后来我小叔叔开玩笑说，我堂叔担任过省粮食局局长可能是祖上管过粮草的荫护。

父亲的人生经历过重大冲击，加上年纪越来越大，思乡情也日益浓烈。父亲好几次跟我说，他死后不要造墓，把他的骨灰包好放进我爷爷坟里就行，这样他最安心。父亲六十四岁那年的一天，突然说："国雄在开厂，我要去帮忙。"国雄是我表哥，在黄岩开厂。我当时愣了一下，说："老爸，近年我们家境好了，您就没必要操赚钱的心了吧。"父亲回答说："我想老家，想兄弟姊妹。"我知道，由于太多磨难，加上少小离家，父亲摆脱不开心底里的乡愁。拗不过父亲，我就送他到表哥国雄的厂里去。表哥很热情给他老娘舅安排住宿，看着父亲食宿安排妥当，我跟父亲告辞，说："老爸，在国雄哥处权当玩玩，过两三个月我就接您回家。"我告辞，老父亲目送我时眼里噙着泪花。

父亲老得很快，平时很少说话。刚满六十五岁那年的一天，父亲拿出一张底片，叫我帮他去照相馆洗一张大尺寸的照片，我当然遵命。几天后，当我把连着框的大尺寸照片交给父亲时，他难得地露出欣慰的笑容。当时我粗心，没有想到这是父亲为自己准备的遗像。去年清明去黄岩给爷爷上坟，小叔叔告诉我，爷爷的坟碑是死前十年就请人刻好的，我想爷爷当年的举动深深影响着父亲。

父亲六十九岁那年去世，走得很突然。那时候我开着一家公司，办着一家酒店，整天不在家，很少顾及父亲。一天傍晚，我正在酒店里忙，母亲给我来电话，焦急地说："你爸爸看样子不行了。"我连忙赶回家，这时姐姐弟弟已在父亲的病榻前，父亲蜷缩在床上，表情痛苦但神志清楚。姐姐告诉我，父亲的动作神态及言语表现出极度烦躁，但看见我来，他平静了很多，他数次叫我的名字"明"。我拉着父亲的手，抚摸他满是胡子的脸颊，试图给父亲以最大的安慰。我的医生同学也及时赶到，看完父亲的病情，我把同学拉到一边问："怎样？"同学回答道："过不了今晚。"我转身回到父亲身边，只见他双眼无光，脸色蜡黄，胡子拉碴，干瘦的身子盖着被子也看不出人形。霎时，我双眼噙满了泪水。

尽管医生同学说过不了今晚，但我不相信。我扶起父亲给他喂药，告诉他一切都会好的。到了晚上十点，我跟父亲说："老爸，不要怕，晚上儿子和你一起睡。"我和父亲并肩躺着，拉着父亲的手，虽然父亲呼吸极为局促，但精神显然安详了很多，因为他知道有儿子在身边就有温暖和力量，他不怕。就这样，我陪着父亲，试图用亲情的力量挽留住父亲，哪怕多留他一分钟、一秒钟。命是拗不过天数的，当晚十一点半，父亲停止了呼吸，走得还算安详。

不知为什么，对于父亲去世，当时的我没有感受到巨大的悲伤。对父亲来说，死亡似乎是一种解脱。但时间会把失去父亲的悲伤酝酿成久久的心痛，我年纪渐长，思念愈深，有时，那种悲伤是撕心裂肺的。

父亲的嗜好

父亲一米七二，不算高，但腰板挺直，一辈子没塌过，在我记忆里，他一直都是高个子。

父亲这辈子嗜好烟、酒、茶，在当时，这嗜好算是高消费了。二十世纪七十年代，父亲月工资四十九元，每个月上缴母亲三十元，留零用十九元。在那个年代，有十九元零用钱是"奢侈"的，但父亲却常常坚持不到月底，因为"高消费"，衣兜总会被提早掏空。

母亲常念，是你奶奶从小惯坏了你的父亲。我爷爷家早年比较富有，在台州椒江有木材行，在黄岩有中药铺。奶奶更是出身于大户人家，嫁给爷爷后从来没吃过苦。爷爷不抽烟、不喝酒、不饮茶、不打麻将，只会做生意。奶奶则抽烟、喝酒、饮茶、打麻将，一副大小姐做派。父亲是长子，相貌像爷爷，但嗜好继承了奶奶，抽烟、喝酒、饮茶样样会，只是不会打麻将，这点倒是隔代遗传给我了。

父亲嗜烟。二十世纪七十年代香烟是凭票供应的，主要有两种：一是宁波烟，"上游""五一""新安江""大红鹰""白锡包"等；二是上海烟，"牡丹""大前门""红双喜"等。偶尔，还会出现些阿尔巴尼亚香烟，可能因为口味关系，很少有人抽。

父亲不到二十岁就会抽烟了，是杆老烟枪，牙齿被熏得黄黄的，衣服都有小烟洞。他主要抽"五一"和"新安江"，中档烟，好的抽不起，差的怕丢面子。那时，"上游"三角四分一包，"五一"二角九分一包，"新安江"二角四分一包，"大红鹰"一角三分一包，

"白锡包"八分一包。父亲的计划是一天一包半烟,一包"五一"、半包"新安江",如果按计划,一个月的烟钱就要十三元左右,剩下六元钱喝酒就不够了,更何况烟票也不够。因此每月到下旬,父亲就捉襟见肘了。父亲要面子,就将半包"五一"放在衣服外口袋装装样子,衣内口袋装一包"白锡包",没人时拿出来抽。在家里有时没烟了,就抽"报纸烟"。用报纸卷着旱烟丝抽,一边抽一边咳嗽,这时,母亲就会很生气,抱怨道:"不抽烟,会死人呀?"

父亲抽烟还有两个习惯,一是撕开香烟纸拔烟后,把香烟纸(内有锡纸)尽可能复原,小心密封好,不让香气漏掉;二是香烟要抽"新鲜"的。不像现在,那时香烟货源紧张、凭票供应,供销社都有密封烟库,储存久了,香烟不香。好在供销社烟店营业员和父亲熟,知道父亲等着"新鲜"的烟,新烟一到,就会通知父亲去买。

那年月,镇上红白事的饭桌上都放两包客烟,吃饭时作兴拆分,每人四支,男人席上就抽了,女人则小心地藏好带回家。母亲是一家建筑工程队的会计,人缘好,时常会多带几支回家,因为酒席上有不抽烟的熟人知道父亲是老烟枪,就给了母亲。那时的四支烟比现在的四包都金贵。读小学时,有几次我趁父亲不注意,从他衣兜里偷出几支烟,和一个会做铅丝枪的高年级男生躲在弄堂墙角里抽,抽完了,他就送我一把铅丝手枪,前后送了我三四把。父亲爱惜香烟,我偷烟他肯定晓得,但他从来不说。

父亲还好酒,一天两顿,有时睡觉前都要再喝上一盅。父亲说,酒有瘾的,不喝酒,有全身仿佛被许多小虫啮咬似的感受。二十世纪七十年代，因为个人遭遇，父亲很失意，跟朋友喝也好，自酌也罢，常常喝醉。有次，一个中学教师不知何故，给父亲提来两瓶白酒，我忘了是什么牌子，印象中那时算高级东西。那年月，干部不能白吃白拿，但父亲实在禁不住诱惑，打开喝了。这下苦了母亲，她赶紧把酒钱给人家送上门去。酒钱一付，这个月就又紧张了。看父亲喜欢酒喜欢得都有点酗酒时，母亲就会说他："家里有三个孩子要养，你不要只顾自己喝酒。"父亲听了也难过，但他摆脱不了酒瘾。为了躲避母亲的唠叨，他会跑到供销社柜台去喝。有一次我放学回家，看见父亲独自在柜台边端着粗碗，神情落寞。那一刻，我难过得几乎落眼泪。

那时，我很反感父亲喝酒。父母在镇上有点小名气，大家也都知道他们是对冤家，三天两头就要吵上一架。过去我常常把父母吵架归咎于父亲的酗酒，父母吵架，我从心理和行动上都站在母亲一边。其实三姊弟中，父亲最疼爱我，我对父亲感情也很深，但因为酒，我们却疏远了。心底里，我总埋怨他，不能理解他为什么要让自己过得那样狼狈。后来我也上了年纪，突然就理解了父亲，理解了他心中那种难以名状的苦闷。

父亲夏天喝白酒（番薯烧、甘蔗烧，少数米烧），冬天喝热黄酒。父亲说，烟要"新鲜"，酒要陈年。五年以上的黄酒，酒会粘嘴；八年以上的白酒，酒色会微微起金黄。好白酒，酒花多，味醇厚，不上头。当然，在饭都吃不饱的时代，说要喝陈酒，是种奢望。

和抽烟、喝酒不一样，饮茶算是个好爱好，母亲也最支持。每年春上，母亲都会去供销社找熟人买上十斤茶，存在锡罐里，让父亲慢慢喝。为了省钱，母亲不买头茬茶，头茬茶嫩、香，但不经泡，三汤后无茶味。母亲买第三茬有点粗的统茶，说省钱；父亲说，统茶茶汁醇厚，有劲道。

父亲常用的有两个搪瓷茶杯，一只印有毛体字"为人民服务"，放在单位，一只印有向日葵，放在家里。两只茶杯内壁都有厚厚的咖啡色茶垢，父亲从不去洗。

父亲饮茶，还喜浓茶加白糖。那时白糖也是奢侈品，因为白糖稀少、贵重，母亲一般不让父亲往茶杯里放糖。有时趁母亲不注意，父亲才偷偷往茶杯里加勺糖。读初中时，有一年宁海剧院放内部日本电影《啊！海军》，要三四个小时，都是县城干部内部看。父亲也带着中饭麦糕、捧着向日葵茶杯进去。去看之前，他跟我约好，隔一个钟头就让我到剧院铁栏栅门前替他换茶水。我家离剧院不到二百米。到点，我就去剧院门口拿茶杯，给父亲续茶。拿回家后，母亲细心地给父亲换了茶叶，又加上一大勺白糖，母亲说，你父亲好久没喝糖茶了。

印象中，那天电影结束回家，父亲显得特别开心，话也比平常多。我们一家人坐在饭桌边，在昏黄灯光下，听父亲眉飞色舞地讲着日本电影《啊！海军》。现在，父亲离开刚好二十个年头了，但那一个晚上，我却永远记忆深刻，因为那是父亲为数不多的快乐的样子。

我的爷爷和奶奶

我的爷爷和奶奶都出生在清朝，经历过民国和共和国，奶奶活了九十五岁，爷爷活了七十八岁。

爷爷是位旧式商人，一生谨小慎微，凡事亲历躬行，娶了房貌美如花的太太，生养了八个儿女（三男五女）。两位老人可能是前世的冤家，争吵了一辈子，相爱了一辈子。

一

爷爷说过，我们应家是清代乾隆年间从仙居迁移到黄岩的，当年爷爷的父亲在县衙里管粮草。印象中的爷爷中等个儿，剃着平头，长方脸，嘴唇较厚，讲话声音不高，就像一位平凡的市井老头；奶奶瓜子脸，面目清秀，眉宇间透着温婉。

爷爷和奶奶家的男孩女孩都上过新式学堂，三个儿子面貌都像爷爷；女儿两个面貌像爷爷、三个像奶奶。女儿都娴雅，相貌标致，男孩长相也英俊，都勤奋好学，努力上进。大叔叔二十世纪五十年代毕业于青岛大学中文系，后来是黄岩中学最资深的语文老师。小叔叔高中毕业后支边到新疆，担任过喀什市工商局领导。当年支边前，小叔叔已在黄岩县水产公司工作，但他响应党的号召，毅然支边，事迹上过浙江电影制片厂的专题新闻片，当时爷爷全家都很为此骄傲。我父亲是三兄弟中的老大，一九四九年以学生身份随部队进入宁海县县政府工作。

二

爷爷全家就我们一家工作、生活在宁海。记忆中，我们家常年都会有从老家黄岩寄来的家书。父亲常常说，爷爷的信又长又唠叨，每次信的内容差不多都是重复的，说黄岩老家的事，询问我们家的情况，教诲父亲要养家糊口、平实做人。

那时候每到过春节，我们一家是一定要回黄岩老家过年的，因为回老家过年是一家人一年的期盼。每次春节前回黄岩，母亲都会把我们姐弟仨打扮得清清爽爽，我们也提前好多天就进入了兴奋的状态。那时候回黄岩老家的路途经山里，在山道上领略的自然风光，至今还盘旋在我的脑海里。山峦莽莽，绿色植被层层叠叠，各种山花开满坡，天很高，蓝得像海洋，朵朵白云就飘在山巅和海洋之间。汽车跑在蜿蜒而上的盘山公路上，扬起的灰尘就像一条腾飞在山间的巨龙。惊险的是，那一道道盘山公路窄，老旧汽车会发出"咯叽咯叽"的声音，疲惫地行驶在悬崖峭壁边上，我们胆小的小孩是不敢看悬崖的。我们就数着那熟悉的一道道岭，带着欢乐的心情，奔向黄岩老家。平时，父亲很严肃，但每次春节回老家的路上，他兴致都很高，会给我们讲他小时候在老家的故事。父亲还指着汽车爬过的猫狸岭说，以前这岭上还盘踞着许多土匪，后来他还参加过剿匪。

三个小时的车程到黄岩，大多数情况下，爷爷会自己或派叔叔姑姑来汽车站接我们。经过长途跋涉见到渴望已久的亲人，我们一家是非常兴奋和幸福的。

三

民国时，黄岩县很厉害，有"大大黄岩县，小小台州府"之称。海门（现台州市椒江区）是隶属黄岩的一个靠海小镇，因为船运方便，上海货很多，海门人穿着时髦，商业也繁华，号称小上海。那时候，爷爷在黄岩城关开一家中药铺，在海门开一家规模不小的木材行，全家都住在海门东昇街宽敞的房子里，父亲说家里设有许多红木家具。

海门濒海，爷爷的木材行就开在海边（现海军码头），占地很大。据父亲回忆，他小时候经常会在木材堆中嬉闹，饭点到了，穿着旗袍的奶奶就要费劲地来到堆木场上找他。然而好景不长，日本侵华，国难当头，爷爷的木材行也难逃一劫。一九四三年的一天，日本人从海上进攻台州，日本兵首先用军舰炮轰沿海防守，接着轰炸机低空飞来轰炸了海门，也炸掉了爷爷的木材行，海门一片火海，爷爷说，那次轰炸后，他的木材行烧了一天一夜，大半积蓄毁于一旦。

然而祸不单行，木材行被毁的第二年，为了维持艰难的生计，爷爷不得不去被日本人侵占的宁波采购药材，过新江桥时恰逢日本守桥军人检查过往行人，爷爷一见日本人就恨得咬牙切齿，拒绝向日本兵鞠躬。日本军人恼羞成怒，凶狠地打了我爷爷一耳光。遭此凌辱，爷爷悲愤交加，回家后生了一场大病。好在爷爷懂医，自己开方调理，身体才逐渐恢复。但日后，爷爷始终说，他这辈子最恨的人是日本人。

具有讽刺意味的是，父亲和叔叔常常说，如果当年爷爷的木材行不被日本人炸掉的话，后面评成分就有问题了。

四

父亲说，爷爷是个老实人，一生只知道干活赚钱、养家糊口，为人和善，经商诚信，邻里、同行间口碑极佳。

日本人炸掉爷爷的木材行后，他就带全家人回黄岩城关镇老宅居住，专心经营镇上一爿不大的中药铺。小时候爷爷带我去看过，中药铺在城关镇繁华地段，三间平屋，经营着各种中药材，其中阿胶是主打产品。父亲告诉我，以前爷爷每年冬天都会去山东进质量好的阿胶。爷爷说，山东驴多，冬天多关在茅草屋里，拴在木桩上，看见生人会急躁地围着木桩转，发出"啊呃啊呃"的声音。爷爷看阿胶有经验，一看色，要黄澄澄像琥珀那样有活色的；二咬，要有甘苦之味；三敲声，轻则有回声，重则要裂开。符合这三个条件，才是上乘之阿胶。

小时候我们家每年都会收到爷爷寄来的两样东西，一是黄岩蜜橘，第二就是阿胶。阿胶是爷爷寄给母亲吃的，说妇女养生最好。那时候黄岩蜜橘闻名全国，品种主要有本地早橘、朱红橘、慢橘。本地早橘特别甜；朱红橘酸，但十分小巧可爱；慢橘汁多，好在能储藏到春节。每年黄岩老家都会按不同季节寄橘子来，这让邻里都很是羡慕。

五

爷爷一辈子对自己很苛责又很节俭，穿了几十年的衣服都不舍得丢掉。爷爷家人多，他要把每分钱都掰作两分用。但爷爷对子女却是无微不至地关心和爱护，哪个子女家有困难，爷爷就倾囊相助，或动员兄弟姊妹一起救济。

我十四岁那年，家里遭遇了重大变故，母亲给远在黄岩的爷爷写信求援。记得那年冬天的一天，雪下得很大，爷爷披着一身雪花出现在我们家门口。爷爷没有坐下喝杯热茶，他拉过两个孙子和一个孙女，仔细端详良久，过了一会儿，爷爷从内衣口袋里掏出了一个装有钱的信封，塞给了母亲，然后转身就赶车回黄岩了。许多年以后，母亲都说，爷爷那叠钱救了我们一家，帮助我们家度过了一个关键的坎。

我是爷爷的长孙，长得极像他，他对我也厚爱有加，经常会在书信中关切地询问我的学习和成长。每年春节，我跟父母去黄岩老家，爷爷再忙也一定要抽时间单独领我去黄岩老街玩。黄岩人自古经商意识浓，就算在"文革"期间，小商小贩的资本主义尾巴也割不光，爷爷总是会上街给我买各种小玩具，陪我吃各种小点心。这是我和爷爷相处最深刻的记忆。那时候我还喜欢吃奶奶给我们做的黄岩经典小吃食饼筒和糯米蘸粉圆子。五位姑姑还都会抢着带我们姊弟仨到黄岩著名的风景区九峰游玩。那年代在黄岩老家，家的氛围是很浓的。

六

父亲说，奶奶有大小姐作风。虽然生养了八个儿女，但她自己没有亲自带过一个，都是请保姆带的。奶奶出生在一户富裕人家。

我从小对奶奶的印象就是她常年一袭对襟蓝衣布衫，笑眯眯的。但父亲告诉我，奶奶以前是穿旗袍、穿貂皮大衣的。父亲还说奶奶一生嗜好小赌，年轻时下午一般都会和姊妹们去打麻将。"文革"时政府禁赌禁得很严，但奶奶还是会偷偷去赌，有一次她竟然在竹林里铺上竹毡，坐在上面做庄家打牌九。晚年时奶奶饭可以不吃，但每天的麻将不能不打，而且逢赌必输。每年奶奶都要输得让八个儿女给她凑钱还赌账。一直到九十五岁临终前的日子，奶奶还在打麻将。

奶奶去世得也很传奇。二〇〇三年九月的一天早晨，窗外晴空万里，祥云朵朵，奶奶躺在医院的病床上突然坐起来，双手做起搓麻将的动作，叫嚷着跟保姆说，她要搓麻将去。奶奶就是这样无疾而终的。

七

父亲叫他母亲为阿姨（黄岩人叫母亲为阿姨），他说八个儿女中，阿姨对他最好，晚年时也最听他的话。父亲还回忆起，一九四九年冬天，解放军解放了黄岩，并且立即进发宁海。为了及时补充在宁海县政府工作的干部，部队在黄岩招收了近十个初中生，一起到宁海工作。父亲那年十五周岁，就这样来到了宁海。父亲告诉我，临走的那天，奶奶哭了一个晚上。第二天，父亲披上奶奶给的爷爷唯一一件棉大衣，随部队走了……后来奶奶一直说，家里八个儿女数父亲达裘最苦。父亲就这样跟着部队步行了一天一夜，走过了崇山峻岭才到达宁海。

　　父亲还告诉我，爷爷和奶奶是"冤家"一辈子，年轻时是三天两头要吵吵闹闹，到了晚年，爷爷和奶奶还是床各睡各的，钱各管各的，饭也是分开吃的。爷爷一生不沾赌，但痛恨奶奶要打麻将。有时奶奶输光了钱向爷爷要，爷爷当时不肯给她，但第二天一早总会把钱交给女儿，假装是女儿出的钱，给母亲送去还赌债。

　　父亲说，其实爷爷一生护着奶奶，惦记着奶奶。有次爷爷对父亲说，你母亲是永远长不大的小孩。一九八四年元旦，爷爷在黄岩直下街老宅的二楼故去，临终前他对子女说，奶奶是个好人，她在应家功劳最大，为应家留下了八个子嗣。

　　父亲早奶奶三年就走了，临终时父亲对我说，不要告诉奶奶，她知道会害怕、会心疼死的。就这样，父亲病逝的消息，我们全家一直想着法子瞒着奶奶。奶奶至死也不知道，她的大儿子竟然比她早走了三年。

　　灯影朦胧，雨打芭蕉映窗户，相思相见知何时？今生太短暂，来生太遥远。

一位有"老克勒"气质的油漆匠

一九七二年，我十岁。那年七月闷热无比，只记得那晚天空湛蓝，挂满了数不清的星星，能听得见鸟虫清亮的叫声，我的外公就在那天晚上辞世，只活了一个甲子。

一晃四十三年过去了，岁月能磨掉人的记忆，外公的形象我也差不多忘却了。金秋一个偶然的机缘，我去看了外公那写满"拆"字的老宅。只见残墙断垣安静地躺在夕阳的余晖中，满目苍凉，突然间，有关外公的记忆伴随着泪水瞬间被打开了。

外公家在县前街的避司弄。避司弄这名字很洋气，好像上海滩弄堂的叫法。那是座典型的江南四合院，差不多有十一间木结构平屋，两厢各三间、正房四间、中堂一间，前道地栽有葡萄架，后道地种有大橙树。在我的记忆中，外公永远坐在中堂的太师椅上，梳着小分头，脸部轮廓分明，眼睛清明，腰板挺括。我徘徊在如今已面目全非的外公的老宅院，依稀还能听到外公在叫我："一鸣，过来陪外公说说话。"小时候，我叫林一鸣，随外公姓，因我生在凌晨一时，外公希望我"不鸣则已，一鸣惊人"。现在回忆起来，真觉得外公取的名字好，叫得响亮，但我终究没有实现外公的愿望，过得碌碌无为。

外公从小随父母生活在上海，接受西式教育，毕业于上海著名的教会学校沪江大学，说得了一口流利的英文，在旧上海做过外国银行买办，抗战时去重庆担任中美合作所的英文译员，二十世纪五十年代初，在上海市公安局任英文翻译。外婆是位美丽的女人，白白净净，也注重衣着，年轻时随外公在上海生活，一生都改不了上海腔调，邻居们都亲切地叫她上海阿婆。小时候，外婆也会给我们讲上海往事，说外公年轻时长相俊朗、风流倜傥，每天分头油亮、西装革履，裤子上两条熨线是一定要有的，皮鞋每天一丝不苟地擦得非常亮，平时喜欢吃西餐、喝咖啡，生活讲究。外公除了长相，言行举止都是洋派的，连三个女儿都取洋名，大女儿叫路德；二女儿也就是我母亲叫路茜；三女儿叫路芝；抗战后，四女儿出生，取名为爱华，林家四女都楚楚动人。在我记忆中，当时外公生活已经很潦倒了，但一切还是老上海做派，抽劣质烟，烟嘴却是象牙的；那时小镇上没人穿皮鞋，但外公有时会穿上双旧的但擦得锃亮的老皮鞋到街上去溜一圈。写到这里，我想起上海女作家王安忆的《长恨歌》和程乃珊的《上海滩上的老克勒》中写到的老克勒。外公就有上海滩老克勒的气质，率先接受西方文化，生活得很绅士。

　　母亲告诉我，外公失业后她们家日子过得很清苦。外公当时在上海市公安局做翻译，一九五二年，因为当年在重庆给美国人当过译员这段历史，被开除公职，在上海就地劳动改造，后从浦西巨鹿路举家搬到荒芜的浦东农村。那是外公一生最落魄的一段时光，他起早摸黑拉手拉车、干体力活、打短工，外婆有时出去帮他推车助力，有时在家搓稻秆绳赚点小钱，一家人有一顿没一顿地维持着生计。母亲告诉我，当时老家宁海只剩年迈的老祖母，母亲不到十岁就留守在老家陪老祖母。家里没钱又没粮食，她只得去开荒，种粮食度日。有一天，她挑着一担豆秆回家，挑到城南黄土岭时，天快黑了，实在挑不动就哭了起来，心酸无比，这时一位卖盐的老人看见，就帮母亲挑了一程。母亲几十年来老是念叨那位帮她挑过一程的老人，一定要我去找老人的后人谢恩，我也找过，无奈岁月抹去了痕迹。

一九六二年，国家还在困难时期，外公在上海实在待不下去了，被遣送回老家宁海。外公是个知识分子，又戴着"有历史问题"的帽子，能靠什么谋生？好在母亲当时在城关建筑工程队当会计，考虑到当时缺乏技术好的油漆匠，加上外公的父亲当年是上海外国轮船上的油漆技师，做油漆活也算家学，母亲就叫外公学做油漆，对无工作、无收入糊口的外公来说，这不是重体力活，而是有一定技术的工作，是个很好的选择。后来母亲经常说外公是"六十六，学大木"。外公学做油漆是没有师父的，全凭自己摸索。我小时候经常听到外公的口头禅"擦漆不用学，只要擦得薄"。苦难是人生的老师，没过多久，缑城小镇就出了位出色的油漆大师父"林师父"。

二十世纪六七十年代，油漆活是不多的，但当时宁海标志性建筑宁海剧院、宁海县政府招待所、宁海动配厂等建筑的油漆活都是外公当首漆的。读小学时，一次放学回家路上，看见外公爬在高高的脚手架上，用尺子在放大"宁海剧院"四个字，神情非常专注。前几天我遇上表弟龙龙，说起此事，表弟补充说，有一次我俩一起去宁海剧院看望正在做油漆的外公，剧院的铁栏栅门关着，表弟从栏栅缝隙中钻进去了，我个大钻不进去，站在门外着急得哭了。经表弟一提醒，我想起那天是外公出来开门放我进去的。外公在县政府招待所做油漆时，姐姐恰逢读初中放假，就来帮外公打下手"打砂子"。外公说，用砂子打磨器物对油漆工来说最重要，打磨不能用蛮力，要顺势，就像木工拉锯一样，土话说"拉锯如抓痒"，意思是要用巧力。外公有洁癖，别的漆工衣服总被油漆弄得脏脏的，但外公干活时也干干净净，好像他不是在擦漆。家乡油漆工世世代代用刷子刷，而外公在二十世纪六十年代中期就从外引进喷漆技术，并培养了一批人才，大大提高了油漆工的工作效率。尽管外公是小镇油漆界的"大师父"，但二十世纪六十年代工资仅八角一天，快到七十年代才涨到一元二角钱一天。好在当时子女都各自成家、都有工作，外公和外婆两个人生活勉强也过得去。

外公的大名叫林智备，外婆叫江新娣，外婆是奉化人，两个人都是虔诚的天主教徒，都是心境十分平和的人。两位老人相濡以沫，携手走过几十年。生活中，外婆总是尽力把外公照顾得舒舒服服。外公喜欢喝一盅，最喜欢用油炸蚕豆下酒，每年蚕豆收获季节，外婆总把蚕豆油炸过，放进瓷瓶里，再放到橱顶储存起来。那时候我小，贪吃，有时趁外公外婆不在，搭起凳子就偷吃一把，偷吃次数多了，外公外婆当然是知晓的，但都装得不知情。那时候外公是落寞的，没有什么朋友，我只记得住在剧院旁边的孔先生，也就是国军抗日名将孔墉的后人，和外公很说得来，除了共同的志趣，大概也有同病相怜的意味吧。后来外公生病了，挂盐水的针都是孔先生打的，好几次都是我跑过弯弯的小弄堂去不远处的孔家将他请来的。母亲说外公英文比中文好，我记得外公有本很厚的英文书，当时姐姐初中已读英文了，有时晚上外公会教姐姐英文。每次教英文的时候，外公都会拿出那本厚厚的英文书，在暗暗的灯光下朗读着。此时的外公目光清澈，面目慈爱，姐姐和我坐在小凳子上安静地听着，场面很温暖。外公最大的爱好是钓鱼，有空闲时间，不管刮风下雨都去海边或河里钓鱼，宁海用车盘放线钓鱼还是外公先引进的。母亲告诉我，那时没自行车，外公去海边钓鱼，许多时候都是走着去的，有时往来逾百里，但他乐此不疲。我曾多次遇见一位老先生，他都会唠叨地和我说，你外公不只是油漆匠，还是大知识分子，也是钓鱼高手。

由于外公低调为人，诚恳做事，"文革"时在家乡被审查、批斗的次数算少。外公老是说，要感谢乡里乡亲对他的照顾。但父亲晚年时只要说起外公就心怀歉意，那时代讲政治，父亲作为国家干部是要和外公划清界限的。我清楚地记得外公病逝出殡那天，送葬的队伍稀稀落落，我左看右顾，就是看不见父亲，最后才在队伍的最尾端看见父亲慢慢地跟着。现在我年纪大了，也能理解"文革"岁月时的父亲。

多年后，母亲还经常说起，当年外公病危时已说不出话来，人也已瘦得不成人样了，他躺在床上，用最后的一点劲，反复做着拿刷子刷油漆的动作。母亲知道外公的意思，他是要求把寿棺的油漆擦得厚些。这是一位有"老克勤"气质的老油漆匠生前最后的要求。

外公的大衣

外公有件英伦格子花呢大衣。

大概在我七八岁的时候，有年冬天冷得出奇。一天，外公把这件大衣给了母亲，叮嘱道，这件大衣你拿回家，给一鸣添添被。就这样，此后的几年里，外公的这件英伦格子花呢大衣始终压在我的被子上。我睡觉爱动，常把被子蹬翻在地，奇怪的是，有了外公这件大衣，被子就再未掉落到地上过。

外公从小就跟父母在上海生活，当时家境不错。外公自幼聪明，会念书，后来毕业于上海著名的教会学校沪江大学。因为英文好，毕业后他在一家外国银行寻了一份"跑街"的工作——类似于今天银行的信贷员。

那时的上海是远东著名的不夜城，人人时髦洋气，特别讲究穿戴。外公要去洋人的银行上班了，自然要保持一份体面。于是，外公的父亲便带着他去南京路上的洋装店置办了一身西服。当年的西服，最地道的是英国裁缝做的，手艺好，英国呢料子也好，叫英伦西服。外公相貌好，瘦长挺拔，特别适合穿西服。那天在英国裁缝那里，外公定制了三件套的一身纯羊毛西装，还有一件纯羊毛格子花呢大衣。尤其是这件大衣，由灰蓝两种颜色的纯羊毛织成，大翻驳领，有两个斜插口袋，很是气派。这种款式的大衣，在讲述欧美二十世纪三四十年代故事的电影中常会看到。很多年后，外婆对我说，这些衣服都是你太公用美金给外公买的。民国时，外公外婆住在上海巨鹿路小弄堂的洋房里。冬天，外公出门时，外婆便帮他穿上这件大衣。傍晚下班回家，窄窄的小弄堂里，外公穿着大衣的身影就会被斜阳拉得特别长。

外公在外国银行"跑街"了好几年，按今天的话说，业绩不错。本来他有望晋升为银行的经理助理，但此时抗战进入了关键阶段，外公一腔报国热血，就去了重庆中美合作所任英文翻译，为美国人服务了近三年，一九四九年后留在上海市公安局继续担任英文翻译。好景不长，在那个特殊的年代，因为中美合作所这段经历，外公最终还是失去了公职，并被赶到了浦东，住进了茅草屋。那时，一家人就靠外公拉手拉车、外婆搓稻草绳度日。为了贴补家用，外公的那些西装随家里值钱的物品都贱卖光了，唯独这件英伦格子花呢大衣被外婆留住了。外婆说，天冷可御寒。

一九五九年秋天，母亲到上海生姐姐，就是在外公浦东的茅草屋里坐月子。那时候没东西吃，母亲还在月子里就去郊外挑野菜。到了一九六二年，在上海实在待不下去，外公外婆便携三个女儿一起返乡，回到了老家宁海。回宁海后，外公没别的营生，便学着他父亲做起了油漆匠。那件英伦格子花呢大衣也被带了回来，总是干干净净地挂在衣柜里。阳光好时，外婆便会拿出来晒晒，晒好后又用熨斗仔细烫平，重新挂入衣柜。

一九七二年，我读初一。对母亲来说，孩子念初中便是大人了，要穿得像样些。在那个缺衣少食的年代，根本没有置办新衣的能力。于是，天气转冷的某天晚上，母亲便拿起剪刀，把外公这件英伦格子花呢大衣剪了，按照我的尺寸缩小成了一件翻驳领的小大衣。母亲自己裁，自己用缝纫机缝，修修剪剪，整整忙了两天。

说实话，那时的我特别不喜欢这件衣服，又花又硬，从来没见过哪个同龄的孩子穿这样的衣服。但我又不敢违背母亲的意志，只能硬着头皮穿着这件"奇装异服"去上学。那天，我一路上都忐忑不安。走进教室，全班穿着灰黄蓝衣服的同学的目光都诧异地集中在我身上，好像我是个外星球来的怪物。我又紧张又尴尬，无地自容，恨不得自己马上变成空气消失掉……那个上午，我都不知道自己是怎么熬过来的，中午一放学，我就跑回家将衣服换了。从此，这件由外公英伦格子花呢大衣改制的小大衣，我就再也没有穿过。母亲把它叠起来，放在了某个衣箱的最深处。

现在，外公和外婆早已不在了。几十年来，由于频繁地搬家，加之文明巷三号林家四合院老宅拆建，和外公外婆有关联的老物件几乎消失殆尽，其中就包括这件花呢小大衣。我曾无数次地翻找过，却始终找不到。母亲也说，她总是很后悔将那衣服剪裁了，外公叮嘱过，那是给一鸣添被的。如果不剪裁，或许就不会找不到了。只有搁在我书柜上那本旧得发黄的英文书还在，似乎还在证明着什么。

不知是不是年岁使然，我现在经常想起外公外婆，想起那件格子花呢大衣，甚至还能想起那件漂亮大衣的后下摆有一小块补丁——那是外婆亲手缝上去的。这些记忆温暖真切，就像曾压在我被子上的大衣，总是在我情绪最低落的时候，为我添被加衣。

外婆家的橙树

　　童年，我们一家住在外婆家，一座清代木结构四合院里，院子陈旧，但不失优雅。西厢房西侧有个小天井，南北窄长，十几平方米，铺着红石板，石板缝隙里长着青苔，一株橙树就长在这天井里。我认识它时已有碗口粗了，枝繁叶茂，高过围墙。春天满树都是白色的橙花，弥漫着好闻的清香；冬天挂满了沉甸甸的果子，是那么诱人。橙树下有口不大的石板水井，水源不涸，冬暖夏凉。

　　我就出生在外婆家橙树旁的西厢房里。一九六三年三月七日接近午夜，母亲肚子疼，要生了。一看这情形，外公急忙赶去请接生婆。次日凌晨一时，母亲生下我。我毫无选择地来到这个世界，一生幸福或痛苦都只能接受。很多年以后，母亲告诉我，生我后的当天早上，外婆摘了几朵刚开得雪白的小橙花，来到极度疲惫的母亲的床前说，今年天气暖，橙花开得早。在母亲的记忆中，那橙花白嫩白嫩的，极好闻。

　　幼时，外公和父母都要去上班，我是外婆带的。我蹒跚学步时，就在这小天井橙树下玩。橙树常绿，叶子宽大，树冠几乎笼罩了半个天井，只有中午，太阳能在天井上晃，阳光能穿过橙树叶间的缝隙，照在水井石圈和石板地上，光影斑驳，安静而美好。我经常坐在小板凳上，听外婆给我讲关于狐狸变美女但露出了尾巴、青蛙变王子和美丽善良的穷人女孩谈恋爱的故事。今天这些故事都是老掉牙了，但对于幼时的我来说，充满着奇思妙想。长大后才知道，这

些故事都是小姨讲给外婆听的，外婆又绘声绘色讲给我听。不知为
什么，许多人年长后回忆奶奶的故事少，回忆外婆的故事多，而且
回忆起来的场面都非常温馨。可能因为天下的外婆都溺爱外孙，舍
不得骂上半句。反正我记忆中，留下的都是外婆对我的好。

　　等头高出水井圈的那天，为了防止我掉落到井里，外公把橙树
下这口井用木板盖了起来。那天外公告诉我，这井是太婆叫人挖的，
这橙树是太婆种下的。太婆我没见过，自然没有印象，只记得小时
候清明节跟着母亲去东门外山上扫墓，太婆的坟冢很小，上面画着
一个十字架，很是凄凉。母亲告诉我，太公早亡，外公和外婆早年
生活在上海，老家只留下太婆和母亲两个人，一老一少，相依为命。
母亲和太婆感情很深，常念叨太婆的好。外公少小离家，中年返乡，
和他母亲的相处时间不多。外公说，看见橙树他就思念母亲。

　　一九四九年后，外公从上海回乡做起了油漆匠，油漆刺激人。
在家时，有时外婆会端来小凳子，让外公也坐在天井的橙树下。外
婆说，橙树会呼吸，吐纳清香，你在此呼吸对肺好，外公自然不太
理会。不过外公对我说，橙树香真好闻，当年他上海的院子里也有
一株橙树，只是没有老家这株大。

　　上学后，老师告诉我，没有光合作用植物很难生长。放学后我
就问外婆，天井没太阳，这橙树是如何长大的呢？外婆说，这橙树
每天中午能看见太阳在它头上晃，所以它挣扎着长，终于长出围墙，
去拥抱阳光了。这也让我懂得了一个道理，只要希望在，就有努力
的方向。

　　季节不知疲倦地轮回，春天的时候，我就盼橙树开花；五六月

的时候就盼它结果；以后就天天盼着橙子长得又大又圆。我每天看橙子，两三天看它，一礼拜看它，它都不长，可一转眼到了冬天，它竟然长得像足球一样大了。青黄的肤色，显示出它的成熟。由于和橙树熟，我还摸清了它的脾气。橙子生长有大年和小年之分，到了大年我会很开心，因为树上长得橙挨橙挤不下；逢小年我便有点失落，因为树上橙子稀稀拉拉，长得少。

　　每年橙子熟时，外公就会架起竹梯子开始采摘，我和外婆就在梯下忙来忙去，把外公从树上递下来的橙子先放在天井的石板上，我一个一个地数来数去，那时光快乐、幸福、祥和，这种气氛，今天不知去哪里才找得到。

　　我就这样在不知不觉中长大，而我的童年，也永远留在了外婆家。

盐水豆腐

　　孙子叫东东，一周岁三个月了。这小子长得不赖，牙齿也长齐了，走起路来像飞一样。

　　东东平时由外婆带，而外婆家住在南门菜市场旁一个四楼宿舍里。因为隔代宠，小小一个人天不怕地不怕，弄得家里总是翻江倒海似的。不过，正所谓"一物降一物，卤水点豆腐"，世上总有相克的事物。每当他"闹事"的时候，外婆便拿出撒手锏："你再不听话，盐水豆腐来了。"一听这句话，东东就会瞬间安静下来，或依偎在外婆怀里，或乖乖上床睡觉，一副害怕乖巧的样子，令人发笑。

　　外婆口中的"盐水豆腐"，其实是个女人。每天上午和下午的某个时辰，南门市场一带总会传来女人嘶哑和悠长的叫卖声："盐水豆腐，盐水豆腐……"这时，外婆总会说："'盐水豆腐'来了，东东不听外婆的话，会被'盐水豆腐'带走的。"说得多了，这"盐水豆腐"在东东脑子里就成了非常恐怖的东西。每当他来到我家，皮得管不住的时候，我也会学着说一句，"盐水豆腐"来了，他马上就会听话和安静很多，百试不爽。有时候我也会逗他，东东，这"盐水豆腐"在哪里啊？他就会用手指指窗外，露出怯意。看着这神情，我又不忍了，赶紧安慰他，爷爷在，东东不怕。

　　大人哄小孩的方法似乎是一脉相承的。我幼小时也极顽皮，不听话的时候，母亲就会说，"兑糖客"来了，你不听话，让"兑糖客"把你带走，每当此时我便会顺从很多。当年的"兑糖客"都是台州人，戴着草帽、穿着粗布短褂、挑着货郎担挨门串户，喊着："鸡毛、牙膏壳、烂铁皮，兑糖了。"由于母亲常拿"兑糖客"吓我，我小时候不像其他小孩一样喜欢挑着货物的"兑糖客"来，就算心里晓得可以换糖吃，但他们一来，我就会躲到门后，瑟瑟发抖。

虽然，"盐水豆腐来了"这句话，我们家每天都要重复，但东东没见过"盐水豆腐"的真容。一天晚上，一位胡子拉碴的朋友来我书房喝茶，正逢东东进来，我开玩笑地说，东东这就是"盐水豆腐"，话音未落地，东东"哇"的一声大哭了起来。我看东东真被吓着了，就连忙抱起他，假装用拳头打"盐水豆腐"，才化解了这一危机。但不知道这"盐水豆腐"的形象，会不会在东东的头脑中固定下来。

有一天，我突然也好奇这个"盐水豆腐"长什么样，就去南门菜场寻找了一番。最后真被我找到了，"盐水豆腐"是位和蔼的中年妇女，长得干干净净。如今为图方便都做"石膏豆腐"，而她坚持用传统盐卤做豆腐，很受人们的欢迎。为了区别于石膏豆腐，她每天推着手拉车出来卖豆腐时都会一路吆喝："盐水豆腐，盐水豆腐……"一听到这声音，许多居民都会端出碗来买上一方。

就是这么一位和蔼可亲的老阿姨，在孙子心目中的形象却是狰狞的。当然，我现在还不想把这个秘密告诉他。

我的除夕

腊月二十九陪几个朋友打牌，熬了夜。年三十就想赖床，不想一早老母亲就喊，年三十了，起来贴春联了。老母亲七十八了，但精神还好。临过年她是最忙的，忙着唠叨，忙着买菜买配料，张罗年夜饭。

日头已经很高了，院子里开满了各种小花，我搬来梯子贴春联。每年的春联都是我贴的，母亲给我扶梯子，递红联、胶水。母亲说，春联一定要大儿子贴，这是规矩。半个时辰的张罗后，房子的前前后后、上上下下贴满了对联、福字、剪纸金鸡，家里春节的喜庆味也就出来了。春联都是银行和保险公司送的。银行的春联是"中银贺岁财富增，凤鸣三江春色早"；保险公司的春联是"寿无疆鸿运伴福来，国运昌瑞意随春到"，都是些常用的喜庆好词。春联是不讲究文气的，讲究的是俗气，年俗年俗，这个时节最暖人心的，就是那些最俗气的东西。

年三十我从来都是不出门的，平时我一点家务都不做，也做不来，但年三十那天，我一定会听母亲的吩咐，顺从地干这干那。这一天，我们和很多家庭一样，都要操办两件事，一是谢年，二是吃年夜饭。这两件事都是母亲主持的，我和妻子当下手。

外公外婆是信天主教的，早年都生活在上海，不懂家乡的习俗，父亲少小离乡，更不懂。妻子进门后，母亲也就跟着遵循她从娘家带来的习俗。三时八节、清明月半、谢年还福这些仪式感很强的习俗活动，也都开始在家里做了。

宁海人的谢年，意思是感谢上苍和祖先的眷顾，让家里过去一年顺风顺水，全家安康，现在年关了，我们对上苍和祖先表示感恩。其实这也是农耕文化的表现。谢年是要杀鸡斩羊的，祭品有全鸡、全鱼、猪头、豆腐、豆芽、糕点、水果。我数了一下，今年母亲准备了十八盆祭品，盆盆都有寓意，比如鱼就是"年年有余"，豆芽和糕点就是"发财，子孙兴旺"，猪鸡羊鸭就是"财富"，等等。

我下午三点钟就开始搬八仙桌，由于母亲准备的祭祀品多，八仙桌放不下，我又搬来了半圆桌。下午四时，十八盆祭祀品置好了，妻子就点上香烛。我家传统是年三十谢年，父亲在，父亲先拜；父亲不在了，作为长子我先拜。妻子把前门、后门、侧门都打开，我点上三支香，走到门外，先向东西方拜，我念叨着：我叫什么，今年刚住上新房，新房在哪里，请列祖列宗、爷爷奶奶、外公外婆和父亲来家里吃年夜饭。弟弟的岳父今年刚去世，平时我跟他很熟，我就说，请伯伯也来吃。一般谢年只请自家祖先，请旁系已故的亲戚前辈来吃，他们会不好意思的。宁海的乡风有个解决的办法，请旁系亲戚的故人来吃的时候，一定要在已打开房门的背后放顶伞，这样他们就不难为情了。为此，妻子也就在门后放了顶伞。我估计，弟弟的岳父也来赴宴了。

接着，就正式开始拜祖先、祭天地，我行大礼顿首三跪拜。酒要过三巡，一巡拜三次，共跪拜九次。口中念念有词，感恩祖宗福泽，祈祷上苍保佑。我拜了以后，应姓的人按辈分顺序依次拜。应姓拜完了，我母亲先拜，其他家人也按辈分顺序拜。

全部拜完后，母亲和妻子就从每盆祭品中抓取一点，分撒到房子四周给土地公、土地婆吃，感谢他们的照顾，让我们家一年来风调雨顺。到了这个时候，香烛也差不多燃尽了，仪式就完成了。

一年中，除夕谢年是和清明节祭拜祖先一样重要的仪式，承载着中华民族以"孝"为核心的优秀传统文化，让我们记住，我们是从哪里来的。

年夜饭，母亲是丝毫不马虎的，提早一个月就准备了，这顿饭是我们家一年中最重要的饭。平时，我经常对母亲说，今后年夜饭清淡点，太油腻对身体不好。母亲总是"嗯嗯"地承诺，但之后年夜饭还是那样丰富，猪羊、鸡鸭、鱼虾一样都不能少。

今年，我们家可以坐十二人的大桌子了，放上十个冷菜就占去了桌子的一大半。本来母亲还要烧十八个热菜，我们共九个人吃年夜饭，全鸡、全鸭、猪膀蹄、红烧大鱼上了以后，在我的强烈要求下，母亲才非常可惜地说，热菜就烧十个吧，其他剩到初一吃。姐姐接腔说，十个冷菜十个热菜，十全十美，大吉。

华灯下，一家人团聚，喝着母亲热上的老东门老酒，长辈给小辈分压岁钱，小辈给长辈敬酒。过去一年中工作的疲惫、精神的紧张、诸多的不如意被此刻浓浓的亲情冲淡，留下的只有温暖。

年夜饭后，自然是守岁。我们家的惯例是姐姐和两个媳妇陪母亲搓麻将，平时搓麻将输钱母亲会不高兴，但今晚她们搓得很晚，母亲输也输得很高兴。她说，又分压岁钱了。

这就是我的除夕，我们家的除夕，一代一代的幸福和温暖。

桃花潭

到老家黄岩还是清晨，雾霭未散，凉风习习。

小叔带我去九峰公园，园内古树高大，树荫蔽日。我和小叔走在泥泞的小路上，发出的"嗒嗒嗒"声，在这空旷的公园里有寂寞的回响。小叔走在前面，我跟在后面。奇怪的是，我走得很轻松，好像浮在路面上飘着一样。走了一小段，看见了千年瑞隆感应塔，塔好像在晨雾中晃动，几只黑色的长尾鸟，围着塔身盘旋、飞翔。小叔径直带我走到了一潭水边，这潭我熟悉，叫桃花潭，打小每年清明或春节随父母回老家探亲，小叔都要领我来这边走走。只见潭水如镜，绿水盈盈，冷不丁，一条大鲤鱼倏地从平静的水面跃起，转眼又不见了踪影。一时，我觉得十分诧异。

桃花潭上有九曲桥，桥尽头的水岸边上长着几株桃树，桃花正灼灼盛开，桃树旁还有两间茅草屋。小叔带我走进茅屋，看见一条长麻绳把一只铜茶壶悬空吊在梁下，壶下有盆正燃烧着的柴火，一位清瘦的白发老人坐在矮凳上煮水。老人看见小叔和我，面态慈爱，起身拿出两只粗茶碗放在八仙桌上，用铜茶壶倒上茶水，我和小叔就拿起喝了两口，我不觉得烫。这时，小叔突然凭空消失了，我心里感到了恐慌。随后，老人便带我来到了潭水边，想不到老人突然跳进水中消失了，一会儿水面游出一条大鲤鱼来，让人意外的是，这鱼竟然从水中一跃而起，变成了一只鲲鹏。

这只鲲鹏叼着我飞上了天空。我糊里糊涂，只觉得山峦、湖面、浓雾从眼前一一掠过……一会儿，我和老人又出现在某古老的村庄，老人说了句，到仙居了。老人带我走进一家祠堂，建筑恢宏，雕梁画栋。南首有座戏台，独自伫立；北首中堂挂着一幅巨大的穿宋服的应氏太祖像，太祖炯炯有神地看着我，直逼得让人心虚。老人领着我向太祖像三跪九叩……突然，寂静的祠堂顷刻喧嚣了起来，戏台上下出现了唱戏的和听戏的，只见一旦角款款而出，娓娓唱道："对孤灯思亲人心神不定……"

　　这时我醒了，原来是在做梦。清醒后，我百思不得其解，怎么会做如此详尽而又荒诞的梦呢？这梦又预示着什么？我仔细分析梦境，搜索原委。最近，我一直在整理收藏的明清木雕鱼，在写关于它的文章，想不到作为吉祥物的鱼就跑到我的梦里来了。同时，年纪渐长，思亲、思乡之情愈浓。最近，我的脑子里反复回想着，今年清明回老家黄岩，小叔带我去九峰公园，指着桃花潭讲的一个关于太公的故事。小叔说，从前，这里搭了两间茅屋，住着两个道士，你太公的坟就在桃花潭东边岸上。"大跃进"时九峰建公园要移坟，当时，你爷爷在外地做生意，你父亲在宁海，你大叔在青岛上大学，我还是个小孩子。那天迁坟时，一个亲戚来叫，我赶来现场，看着你太公的遗骸被装进一个小木盒里迁走了，从此再也找不到了。小叔告诉我，太公名叫应亥亭，是从仙居移居到黄岩的。从此，太公在我心目中有了形象，他在一个小小的木盒子里。

　　人生皆有梦，也不会无缘无故做梦，日有所思才夜有所梦。欣慰的是，这梦没有什么不祥之兆，尽是美妙。

跋

目前，我还真找不出能比写东西让我更愉悦的事情，当然还有古玩。古玩是物化后精神的愉悦；写作是回忆、向往、倾诉的愉悦。其实，写作真不是作家的专利。反而有些作家，写油了，少了真挚。文字仅靠写得漂亮是不够的，要有好的情感、好的故事，而不是人云亦云。当然，再充沛的情感、再优美动人的故事，没有恰到好处的述说，也是白搭。好的文字是从沃土里长出来的鲜花及茁壮的树。

当作家是我小时候的梦想。十六岁去乡下开小店，住在竹篱笆隔的三五平方的小屋子里，昏暗的灯光下，我曾写过厚厚一本诗，里面都是生活的挣扎和对美好的向往。至今回忆起来，那三年是那么美好，今天所能回忆起所有的文学作品，几乎都是在那三年阅读的。后来的三十多年中，我为自己和家人谋生，操劳奔波，和书、和文学一点边都不沾。这三十年是物质膨胀的时代，彻底地清除了我们的贫穷，当然也改变了我的生活。人容易走向反面，吃喝玩乐补偿式的消耗会不可避免地走向精神的空洞。

有一天，我特别想写东西，所见、所闻、所经历的，所思、所想、所思考的。一个机缘，我又做起了少年时的梦——要当作家，但这事有点难。任何事情没有天赋、不下苦功是不行的，况且我读书少，写作训练少，自然当不了作家。好在我有许多感受，对文字敏感，不装腔作势，爱一事也能钻，也有自己的优势。我的优势就在于挖掘自己生活的"矿山"，越挖掘越发现矿藏真富有，有金银铜铁锡，都是贵金属。我不写别的，就写自己熟悉的人和事，这些人和事就像发生在昨天，清晰而明朗。能感动我，想必也能打动别人。关于这些人和事的许多记忆是大家共享的，我就像拨了一根弦，记忆的河流就流淌了起来。

其实，生活赠予我良多：一定的经济生活条件，堪称丰富的经历，包括近三十年收藏的艺术品……我心存感恩却无以为报。有时想想，不写点东西，这些记忆和感悟就会随着时间一点一点消失，像没发生过一样，没有了一点痕迹。我想写点东西，还有个简单朴素的想法，有点不甘心，我要告诉后人，我曾到这世界上来过。

我热爱生活，收藏艺术品是根据自身的财力，找自己喜欢的；写东西，我扬长避短，不故作玄虚，老老实实，不是从书本翻到书本、从书斋走到书斋。不知谁说过，生活本身远比小说精彩。

宋代范成大诗云："连雨不知春去，一晴方觉夏深。"意思是说，整天下雨都不知道春天已经结束了，天一晴才发现原来已到深夏。光阴荏苒，好景不再，人的一生有所爱好，善莫大焉。

作者谨白

2024 年 3 月 8 日于五丰楼